U0565839

陈忠实小传

陈忠实，1942 年 8 月出生，陕西西安人。2016 年 4 月 29 日，因病在西安去世。

1962 年毕业于西安市第三十四中学，先后在灞桥区灞陵乡蒋村小学、毛西农业中学、东李学校任教。1966 年 2 月入党。1968 年至 1978 年，任毛西公社党委副书记、革委会副主任。1978 年至 1982 年，先后任西安市郊区文化馆副馆长，西安市灞桥区文化局副局长、文化馆副馆长。1982 年，成为陕西省作协专业作家。1985 年至 1993 年，任陕西省作协副主席。1993 年至 1996 年，任陕西省作协主席。1996 年至 2001 年，任中国作协第五届全委会委员。2001 年至 2012 年，任中国作协第五、第六届副主席。曾任中共第十三大、十四大代表，中共陕西省委第七、第八届委员会候补委员。

1965 年开始发表作品。1979 年加入中国作家协会。著有短篇小说集《乡村》《到老白杨树背后去》，中篇小说集《初夏》《四妹子》《夭折》，《陈忠实小说自选集》(3 卷)、《陈忠实文集》(7 卷)，散文集《生命之雨》《告别白鸽》《家之脉》《原下的日子》等。

短篇小说《信任》获全国优秀作品奖，《立身篇》获《飞天》文学奖；中篇小说《康家小院》获上海首届《小说界》文学奖，《初夏》获《当代》文学奖，《十八岁的哥哥》获《长城》文学奖；报告文学《渭北高原，关于一个人的记忆》获全国报告文学奖；长篇小说《白鹿原》获陕西“双五”文学奖、人民文学出版社“炎黄杯”文学奖、第四届茅盾文学奖，并先后被改编为同名话剧、舞剧、电影、电视剧。

蓝袍先生

LAN PAO XIAN SHENG

陈忠实 著

百年中篇小说名家经典

BAINIAN ZHONGPIAN XIAOSHUO MINGJIA JINGDIAN

总主编 何向阳

本册主编 白烨

河南文艺出版社
·郑州·

一种文体
与一百年的民族记忆

何向阳 （丛书总主编）

自20世纪初，确切地说，自1918年4月以鲁迅《狂人日记》为标志的第一部白话小说的诞生伊始，新文学迄今已走过了百年的历史。百年的历史相对于古老的中国而言算不上悠久，但20世纪初到21世纪初这个一百年的文化思想的变化却是翻天覆地的，而记载这翻天覆地之巨变的，文学功莫大焉。作为一个民族的情感、思想、心灵的记录，从小处说起的小说，可能比之任何别的文体，或者其他样式的主观叙述与历史追忆，都更真切真实。将这一百年的经典小说挑选出来,放在一起,或可看到一个民族的心性的发展,而那可能被时间与事件遮盖的深层的民族心灵的密码,在这样一种系统的阅读中,也会清晰地得到揭示。

所需的仍是那份耐心。如鲁迅在近百年前对阿Q的抽丝剥茧,萧红对生死场的深观内视,这样的作家的耐心,成就了我们今天的回顾与判断,使我们——作为这一古老民族的每一个个体,都能找到那个线头,并警觉于我们的某种性格缺陷,同时也不忘我们的辉煌的来路和伟大的祖先。

来路是如此重要,以至小说除了是个人技艺的展示之外,更大一部分是它对社会人众的灵魂的素描,如果没有鲁迅,仍在阿Q精神中生活也不同程度带有阿Q相的我们,可能会失去或推迟认识自己的另一面的机会,当然,如果没有鲁迅之后的一代代作家对人的观察和省思,我们生活其中而不自知的日子也许更少苦恼但终是离麻木更近,是这些作家把先知的写下来给我们看,提示我们这是一种人生,但也还有另一种人生,不一样的,可以去尝试,可以去追寻,这是小说更重要的功能,是文学家个人通过文字传达、建构并最终必然参与到的民族思想再造的部分。

我们从这优秀者中先选取百位。他们的目光是不同的,但都是独特的。一百年,一百位作家,每位作家出版一部代表作品。百人百部百年,是今天的我们对于百年前开始的新文化运动的一份特别的纪念。

而之所以选取中篇小说这样一种文体,也是出于这个原因。

中篇小说,只是一种称谓,其篇幅介于长篇小说和短篇小说之间,长篇的体积更大,短篇好似又不足以支撑,而介于两者之间的中篇小说兼具长篇的社会学容量与短篇的技艺表达,虽然这种文体的命名只是在20世纪的七八十年代才明确出现,但三四十年间发展迅速,其中的优秀作品在不同时期或年份涵盖长、短篇而代表了小说甚至文学的高峰,比如路遥的《人生》、张承志的《北方的河》、莫言的《透明的红萝卜》、韩少功的《爸爸爸》、王安忆的《小鲍庄》、铁凝的《永远有多远》等等,不胜枚举。我曾在一篇言及年度小说的序文中讲到一个观点,小说是留给后来者的“考古学”,

它面对的不是土层和古物，但发掘的工作更加艰巨，因为它面对的是一个民族的精神最深层的奥秘，作家这个田野考察者，交给我们的他的个人的报告，不啻是一份份关于民族心灵潜行的记录，而有一天，把这些“报告”收集起来的我们会发现，它是一份长长的报告，在报告的封面上应写着“一个民族的精神考古”。

一百年在人类历史上不过白驹过隙，何况是刚刚挣得名分的中篇小说文体——国际通用的是小说只有长、短篇之分，并无中篇的命名，而新文化运动伊始直至70年代早期，中篇小说的概念一直未得到强化，需要说明的是，这给我们今天的编选带来了困难，所以在新文学的现代部分以及当代部分的前半段，我们选取了篇幅较短篇稍长又不足长篇的小说，譬如鲁迅的《祝福》《孤独者》，它们的篇幅长度虽不及《阿Q正传》，但较之鲁迅自己的其他小说已是长的了。其他的现代时期作家的小说选取同理。所以在编选中我也曾想，命名“中篇小说名家经典”是否足以囊括，或者不如叫作“百年百人百部小说”，但如此称谓又是对短篇小说的掩埋和对长篇小说的漠视，还是点出

“中篇”为好。命名之事，本是予实之名，世间之事，也是先有实后有名，文学亦然。较之它所提供的人性含量而言，对之命名得是否妥帖则已显得不那么重要了。

值此新文化运动一百年之际，向这一百年来通过文学的表达探索民族深层精神的中国作家们致敬。因有你们的记述，这一百年留下的痕迹会有所不同。

感谢河南文艺出版社，感谢编辑们的敬业和坚持。在出版业不免受利益驱动的今天，他们的眼光和气魄有所不同。

2017年5月29日　郑州

目录

椰子卷 六

引子

梆子井村的梆子老太死了。

头天祭灵，二天入殓盖棺，三天下土埋葬，这是目下乡村里贫富皆宜的丧葬仪程。这样照例一来，梆子老太刚一倒头，活人们趁着尸骨未冷，臂腿未僵，紧张地给死者洗脸洗手剃额剪指甲，穿戴起早已置备停当的老衣。在儿女们一阵高过一阵的悲恸的哭声中，安置起灵堂。用半升的小米做成的“倒头饭”献上了，意在死者吃饱之后，有劲走向阴世漫长的道路；彩纸扎成的童男童女已经侍立在灵堂两侧，准备给刚刚踏入冥国地界的梆子老太引路；招之即至的阴阳先生掐毕时辰，写过“亡期”纸牌（相当于讣告），又把一副白纸对联贴到街门门框上……屋院里外，紫香缭绕，蜡烛明灭，焚燃阴纸的黑色纸灰在院里飘落，弥漫起悲怆的丧葬气氛来了。

梆子老太的男人景荣老五，压抑着死别的痛楚，保持着一家之主的理智，和近门亲族的几个老年女人忙着安置这一切。现在不是他大放悲声的时候，关键的关键是把丧事安排稳妥，不出意外。好在这一切都进行得顺利，没有大的纰漏。

第二天午时入殓盖棺，板钉钉死，骨肉之情就永不复见了。在儿女、亲属男女混合的近于癫狂状态的哭声中，景荣老五使劲睁开泪水模糊的老眼，最后一次瞅一眼和他过活了一生的梆子老太僵硬灰黄的脸孔，就被人从棺材旁边拖走了，随之听见“哐当”一声压上棺盖，斧头铆击板钉的声音……悲痛是人之常情，而作为一件必办的丧事，这一切也进行得顺利，没有出现偏差，景荣老五倒也心安。

问题出在第三天出殡埋葬的时候。

梆子井是个小村庄，历来死人的坟地都选择在村庄背后的塬坡上。坡陡路窄，抬一副灵柩上坡，就需得全村精壮男子一齐出动，前拽后拥，左右帮扶，半路上易人换肩，才能保证棺柩在一路不挨地面的严格的忌讳下送到坟地。这样的地理条件就约成了这个村子的一条习俗：凡遇丧葬，不用邀集，所有男人都自觉前往，宁可劳力过剩而空闲，毋使人手紧张而把灵柩搁置在半路上，谁家也难保不遇丧葬之事而用着旁人的时候。还有一层意思，即是给予自己同在一个街巷里生活了半生的死者的坟地培一锨土，表示庄稼人的一点哀思，一种古朴的乡亲情谊啊！

乡村人至今遵循着午时入葬的迷信习律。眼看午时已到，景荣老五看见自家街门外的土场上，只有三五个尚未成年的娃娃掮着铁锨在晃悠，他有点沉不住气了，急得在屋里院里出出进进，慌急不安。眼睁睁等到午时已过，仍然不见人来，灵柩冷漠地停放在屋子中间的灵堂上，不能启动。队长龙生在村巷里吼喊人的声音，使景荣老五愈加惭愧和惶惑了。拒葬——最可怕的事情发生了！景荣老五心里不能不承受这个既成定局的事实。

这是令死者的亲属最难承受的耻辱。只有生前劣迹深重的人，死后才有可能招致如此的冷遇。小小的梆子井村，人们只记得清末民初年间发生过一桩死者无人抬灵的事情。那是梆子井村的一个土匪被外村人打死了，村民们耻于为这个败坏了村风民俗的恶人尽此劳举，致使土匪陈尸三天而不能“入土为安”。土匪的三个儿子齐刷刷跪倒在十字街心，替代土匪老子向乡党村民赎罪赎过，直到尚未成年的小儿子因羞愧冷冻而倒地昏迷，才感动得村里几位长老出面吆集起人手，把土匪被钉得遍体伤痕的尸首草草塞进坟墓……

景荣老五蹲在房檐下的台阶上，年近七十的老人的皱脸，皱得更紧了，脸色蜡黄，眼睛痴呆，胡须颤抖，已经忘却悲伤，转化为怨恨死者的强烈情绪了。她眼睛一闭，直挺挺躺在棺材里，等待活人把她埋进地下，不曾考虑把难以承受的耻辱留给她的男人和儿女了！

“甭急，老爷。”生产队队长龙生从街门外走进来，用明显的强装的镇静口气宽慰景荣老五说，“人马上就来咧！唉！现时实行责任制，人都贪着自家的庄稼活儿……”

景荣老五没有搭腔，仍然直勾勾盯着冷冷落落的街门。

龙生的安慰丝毫也不能减轻他心里的压力，反倒想，要不是当着队长这个官差，怕是你龙生也不来哩！ 老汉心里明白发生了怎样丢脸的事，现在无论如何也挽救不及了。

龙生看着景荣老五痛苦羞愧的脸色，难受极了。 他急得在屋里站不住，屁股一转又走出街门，回过头来，恨声恨气地说：“老爷，我再去叫人，非把他们……”

“甭去咧！”景荣老五大喊一声，猛然从台阶上站起，奔出街门，拦住龙生，终于说，“我到……十字街心去……”

“啊呀！ 那算一回啥事嘛！”龙生惊慌地说，死死拉住景荣老五的胳膊，“万万使不得！”

农历三月温暖的阳光静静地照射在空寂的街巷里的土堆、粪堆和柴火垛子上，行人匆匆，村巷静寂，现出一种压抑着的难堪的气氛。 那些紧闭着或虚掩着的大门里，男人们和女人们在怎样嘲笑那位不能出门的灵柩里的死者呢？

在时代已经进入公元二十世纪八十年代的时候，梆子井村的庄稼人，何以要用这种近于恶作剧的办法来为难一个业已死去的乡村女人呢？

一、梆子井村的梆子老太

小河川道里，黄土塬坡下，有个小小的村庄叫梆子井。这个村庄古远的祖宗为啥选用这样一个奇怪的名字作为他们的村名，连村里现在已过八旬的白须老汉也说不清来龙去脉了。

梆子井村现在居住着六七十户农家，多数姓胡，杂姓不多。一幢幢新房和旧屋组成的庄稼院，紧紧凑凑地汇集在东沟和西沟之间的平场上。每到春夏，村里的榆槐椿楸树木，郁郁苍苍，河川里杨柳列岸，葱葱蓬蓬；数九交至，白雪覆盖了村后的塬坡和村前的河川，房檐上吊下一尺多长的冰凌柱儿……一个景致幽雅的北方村落。

梆子老太本姓黄，是小河北岸黄家圪塄人，自幼以三石麦子两捆棉花的彩礼许订给梆子井村的胡景荣。过门这天，梆子井村的年轻后生用花轿把她从北岭上的黄家圪塄抬下来，涉过河水，抬进梆子井村来，停放到胡景荣家门口。男女老幼把屋里院外围塞得水泄不通，兴致十足地等待进入洞房揭去盖脸的红绸巾的那一刻，新媳妇是怎样的眉眼呢?

窗户纸被扯掉了。新挂的绣花门帘也被踩在脚下。没有机会挤进窄小的洞房的人，焦急地询问已经先睹过一眼的人，模样怎样？看过的人因为拥挤而喘着气，作难似的笑笑："说不上来……"又颇费思谋地眨眨眼，滑稽地一笑，悄悄说，"脸……长得像个……梆子……"

对于新来乍到梆子井村的任何一位新娘，谁也难逃第一次亮相之后被众人品评和议论的难堪处境。男人们自不必说，已经被众人议论和品评过而且无一例外地曾得过一个形象的雅号的老媳妇们，也更有兴味地反复咀嚼着一个新鲜的绰号：梆子！哈呀！真像……

这是生活贫困而又单调的庄稼人的一种乐趣，一般只限于新婚之后的十天半月里，尽兴取笑逗乐，甚至当着景荣的面说他的新媳妇的脸能当梆子敲，也不怕他犯心病。时日稍微一长，庄稼人各忙各的日月生计，谁还有心思去管人家景荣的媳妇脸长脸短呢！

不管旁人怎样苛刻地取笑和逗趣，景荣对他刚刚娶进屋里的媳妇是满意的。尽管在揭去盖脸绸巾时第一眼看见这位陌生女人的眉眼时，他也觉得那脸儿未免狭长了些，可他不在心。我的天！老父成年累月串游在渭河北岸产棉区给人家弹棉花，攒下一串串麻钱和铜圆，花三石麦子加两捆棉花的礼价，给他订下了这个媳妇。可怜老父未能等到看见儿媳妇过门，自己已经累下痨病去世了，三周年也过了。他能在该当婚娶的年龄娶回一个媳妇，不用担心打一辈子光棍儿，已经很令许多穷弟兄羡慕的了，怎敢弹嫌媳妇的脸儿是长是短呢？管什么梆子不梆子，哪怕旁人把她的脸比作扁担长哩！他是个庄稼人，穷庄稼人啊！要一个女人来给他管家，做饭，缝衣，生养孩子，而不是要一张年画儿上的人儿贴到墙上天天去欣赏！

景荣是胡姓景字辈里最后一个男人，人称老辈子，反倒比村里好多年岁高过他一倍乃至两倍的老汉辈分高过一格，这样，新过门的媳妇的辈分自然也随着他而高了。景荣排行老五，晚一辈的人称他的新媳妇为五婶，晚两辈的叫五太，晚过三辈的就一律不分差别地叫五老太了。“差过三辈没大小，婆婆孙子不讲究。”小辈子的年轻后生和媳妇们，却一律叫起梆子老太来，久而久之，连景荣老五也被他们叫成梆子老爷了。

新婚三五天后，勤快的景荣老五不敢贪恋新媳妇暖和的被窝，背起亡父传给他的那张紫红溜光的枣木弹花弓，告别了母亲和亲爱的梆子脸媳妇，赶到渭北棉花产区去弹棉花挣钱了，结婚拉下的粮款欠债，需当尽早还清。亡父留给他的生活遗训是：“紧还账，慢结债。莫看一文少而不挣，莫视一文少而滥花。”庄稼人背上账债过日月，吃饭睡觉都不踏实啊！

一月之后，景荣老五再转回到梆子井村的时候，他的短头发上落着棉花绒毛；棉袄的袖肘上和棉裤的膝盖上，黑色的粗布面子已经四处开裂，露出一串串棉花套子；满脸扑着黄色的灰土，手指裂着一道道结着黑痂的裂口；从外表上看，俨然是个沿门乞讨的叫花子了。母亲和新媳妇惊愕地睁大眼睛，看着他直挺挺走进院子，不知遇到什么凶事，该当如何是好了。

他端直走进上屋偏门，解开破烂棉袄上的布制纽扣，又从腰里解下蓝布带子，“哐啷”一声扔到炕上，黄灿灿的麻钱和红亮亮的铜圆抖撒在炕席上。他这时才一弯腰，嘘出一口气坐在炕边的木凳子上。为了防备土匪拦路打劫，他故意撕破棉袄和棉裤，把自己装扮成一个背着褡裢讨饭吃的叫花子了。百余里徒步跋涉，铜圆和麻钱硬邦邦别在腰里，腰脊筒直都要断裂了。谢天谢地，终于逃过了土匪的眼睛，把一弓一弓弹花挣下的血汗钱带回屋里来了！

老母亲和新媳妇顿然转换出一副惊喜的神色，不约而同地嘘出一口气。新媳妇忙着烧水做饭去了。老母亲把散乱的铜圆和麻钱整理成串，压到箱子里去了。

按照家规，景荣老五先向母亲问安。一月来家庭的内务和外事没有什么大的跌腾，他放心了。出门在外乡弹棉花挣钱，睡在这家那家的陌生的炕铺上，他想念刚刚过门的新媳妇，更惦记寡居的老娘。在兵荒马乱的乡村，把两个不能当事的女人撇在家里，他总是牵肠挂肚般地操心会不会遇到凶事呢。

母亲悄悄告诉他，经过对刚过门的新媳妇一月来的实际观察，勤快，孝顺，不抛撒米面，是庄稼院里过日月的可靠人手。更叫老人惊异的是，新媳妇居然能捉着铁锨，把猪粪挖起，从猪圈的矮墙上抛到外头去。她站在猪圈里挥锨挖粪的姿势，强悍而又潇洒，完全不亚于强健的庄稼汉小伙子。景荣老五惊喜地听着母亲乐悠悠的叙说，愈加觉得梆子媳妇可爱了。

美中不足的是，新媳妇有一个令人意料不到的缺点。老人咂着舌头告诉儿子，新媳妇的针线活计太差池了。这是一般乡村女人的本能呀，她却不会！

“唔……”景荣老五从嘴里拔出旱烟袋，笑眯眯的眼睛里顿时散了光，不会缝衣连袂的女人，对于一个农家来说是太叫人遗憾了，“那……会不会纺线织布呢？”

“不会。”母亲噘着嘴唇，现出鄙夷的神气，“锅上灶上也不行，连好一点的饭食也做不出来。”

“唉唉！”景荣在母亲面前毫不掩饰地吁叹起来，“我怎么就遇上了……这号笨熊呢？”

“甭愁，荣娃。”看见儿子灰心丧气的样子，母亲立即反转来宽慰儿子。儿媳妇虽然有令人遗憾的缺陷，她却压根没有弹嫌厌弃的意思，穷人家娶个媳妇容易吗？“妈十年八年死不了，就不能叫你屁股露在外头，连联补袂，纺线织布，有妈哩！”

“唉……”景荣又叹一口气，摇摇头，担忧地说，“我能靠你一辈子？”

“赶妈闭眼的时光，就把她教会了。”母亲宽厚地说，“听说她爸死得早，她跟她爷整年在地里做庄稼，倒把女儿家的针线手艺荒废了，可怜人呀……”

“噢……”她的缺陷是可以原谅的，可怜人呀！景荣老五想到早逝的父亲，自己十五六岁就承担起一个庄稼汉子应该付出的全部艰辛，心动了，再不哀叹自己遇到一个笨熊了，问母亲，“她现时还能学会吗？”

“能。怎么不能呢？”母亲和悦地说，信心十足，“我权当是给自家女儿教针线……”

春夜短暂。景荣老五和梆子媳妇亲亲热热睡过一夜之后，第二天一大早爬起来，就赶往渭北弹棉花去了。梆子媳妇不会纺线织布的缺点，他连提说一句也没有。

半月后，下过一场透雨，他赶回家来，该当收墒耱耙留作棉田的空闲地了。河川里杨柳泛绿，麦苗返青，路旁和田埂上，野草萌生了。

从河川的土路上望过去，沟坡下的三角洼地上，一个穿红袄的女人，叉开双腿，踩在耱上，一手牵着套绳，一手抓着黄牛尾巴，正在景荣老五家那块待播棉籽的空地上耱耙哩！那姿势，洒脱得完全像个熟练的庄稼把式。景荣老五惊呆了，远远地瞧着他的不擅长针线活计的梆子媳妇，心里一热，快步奔过去了。

“你……”奔到地头，景荣老五心里涌起一股男子汉的豪壮感情，“你歇下！让我耱——”

梆子媳妇嗔笑着，故意显示似的响亮地呵斥一声黄牛。黄牛加快了蹄脚移动的速度，在景荣面前停下来。她装出嗔怪的神气：“你刚走半月，又跑回来做啥？”

“我要是知道你会耱地……”他笑着，憨厚地笑着，“我怕晒得墒缺了。”

“单是为收墒棉田吗？”

“唔……”

“棉田误不了。你现在放心走……”

“你……”

媳妇瞧瞧四野，静寂无人，猛然搂住他的脖子，亲了一口，畅快地笑着，又跳到耱耙上，扯动套绳，吆着黄牛走了。她自如地站立在耱耙上，任黄牛拽着她前进，她扭腰移脚，保持着身体的平衡，忽然转过头来，甜甜地笑着："你就坐那儿歇着，你走了远路……"

他完全可以心地踏实地串游到更远的乡村里去弹棉花挣钱了，不必操心家里那三五亩薄地的庄稼作务了！她倒是有这一手长处！

转眼三年过去了，新媳妇变成了旧媳妇。虽然免不了梆子老太的称谓，但谁也再无兴趣去看她的脸长脸圆了，似乎倒成了一个亲切的称谓。即使她不会女儿针线也早已成为过时的新闻，会像男人一样作务庄稼亦被众人司空见惯，不足为奇了。她像一片普通的树叶夹生在绿叶之中，完全融合在梆子井村的女人窝里，生活着。

这时候，不知谁家女人终于把奇异的眼光从她的脸上转移到腰里——没有鼓起来的迹象。任何一位新娘子被抬到梆子井村的任何一座庄稼院门楼下，少则一二年，多则三四年，那新媳妇就会在奶下吊着个娃娃，在村巷里出出进进。梆子老太过门五个年头了，腹部平平。一个可怕的流言悄悄地又是迅速地传播——

景荣老五家的梆子媳妇不开怀！

母亲早已担着这份心。她心里焦急，担忧，又不便于直问，直到这个传言灌进她的耳朵，才决计不让儿子景荣常年在外乡揽工弹棉花了。宁可日月过得更清苦些，但愿小院里早日听到新生命的第一声啼哭。

景荣老五顺从地回到梆子井，把弹花弓挂到墙上去了，只是在邻近村庄里做点零活儿，晚上赶回家来，和他的梆子女人厮守在一起。整整一年过去了，没有任何令人欣喜的征象出现，一切已不再是秘密。

他终于忍不住："你身子有啥毛病吗？"

她难为情地低下头："我感觉好好的嘛！"

一家人开始张罗给她治病，母亲顶操心了。景荣请来十里堡镇上的老中医先生，又粜出一石麦子，把钱全部买成大包小包的中药，由老母亲亲手熬成汤水，灌进她的喉咙，却仍不见有丝毫的变化。庄稼人是宽厚的，热心的，一旦证实景荣婆娘确凿不抓养娃娃的不幸时，全都变得异常热心关照了，不断地有这家和那家的女人踏进小院来，神秘地向景荣一家举荐灵方妙药、单方验方。红公鸡肉啦，公猪肉的药引啦，外加三五样怪僻的中药啦。老母亲已经开始内心惶恐，日夜操心弹花匠家的后继人大事了。凡有推荐，尽皆一试，不怕花费铜圆和麻钱，催促已经有点不大耐心的儿子，到处搜寻购买药物。而她呢？无论把什么灵丹妙药吃进去，依然故我，毫无变化。老母亲急得束手无策，对一切药物神医渐渐失去信心，最后引着媳妇，到近处远处的神庙古寺，求拜起娘娘神灵施子赐福……

她的腰似乎更细，臀部也尖削起来，眼皮和嘴唇更薄了，燕翅骨愈加突出，更趋像一只梆子了。

十余年过去了，景荣老五不能不接受这个既成的事实，遵照母亲辞别这个家院时的临终嘱咐，抱养了别人一个女孩子，继之又抱养了一个男娃娃……总不能绝后哇！

两个不是亲生的儿女和他们组合成一个新的家庭。这时候，胡景荣和他的梆子女人，从他们满意又不满意的生活里仰起头来，聆听一个陌生的名词：解放了……

二、“盼人穷”

由于土地的重新分配，由于彻底干净地废除吸吮庄稼人骨髓的苛捐杂税，由于人民政府颁布发展生产的政令，由于提倡男女平等，尊重女权，由于风调雨顺……梆子井解放后三四年间发生了——首先是经济上随之是精神上——惊人的变化。一幢幢新瓦房在荒园空院中撑起来了，一匹匹高脚牲畜从十里堡集镇上牵回村庄里来了，一个个光棍后生喜盈盈娶回新媳妇来了。梆子井村前的河川里，时时可以听见庄稼汉子粗声豪气的“乱弹”调儿。

景荣老五更是雄心勃发。他对老婆不能生儿育女早已死心，抱养的一双儿女填补了精神上和感情上的缺憾，重要的是新的生活时时刻刻在激发他大干一场的雄心。做梦也想不到的好世道呀！不怕财东欺侮，不怕土匪打家劫舍，不怕拉兵卖壮丁，不怕军马草料捐税……景荣老五心里说，庄稼人现时还操什么闲心呢？啥啥儿闲心也不用操念了！只有一样：劳动生产，过好日月！在这样好的世道里，谁要是过不好日月，还弄得缺衣少吃，就不会引人同情反而要遭到唾骂了。

他分得一亩坡地，半亩水田，连同自家的土地算一起，有五亩地了。他把这五亩旱地和水田的庄稼，完全放心地交给梆子老太去务弄，自己重操旧弓，几乎一年四季都串游在熟悉的渭河北岸的棉花产区的乡村里。“嘣嘣嘎——嘣嘣嘎——”光滑的枣木弹花弓，在他怀里弹出流水般的音乐。直到他的腰包胀满，才在夏秋两季收获和播种的时月赶回梆子井村来。他心里有自己的算盘：先攒钱，后置买土地，人民政府的纸制钞票，再不用担心贬值啰！一般庄稼人手里有钱了，总是急于买地。他不急，想想吧，他买下的土地稍一多，梆子老婆就务弄不过了，就要把他的手脚拴到土地上去了，很难出门弹棉花挣钱了。他要攒钱，先盖一座三合院瓦房，住得宽敞舒服，再不必担心阴雨天漏雨滴水了。等到养子长得能扶犁耕地的时候，置田买地，那时他将是一户殷实的庄稼院的主人了。

“各家有各家的打算，咱有咱的计划。”景荣老五把他与众不同的打算，给梆子老太亮了底儿，自信地说，“你只管给咱把家管好，我在外乡弹棉花就放心了。甭看人家做啥！”

第二天，留下一厚沓人民币，交给梆子老太保存，他背起弹花弓，雄赳赳地走出家门，又走出梆子井了。

收割麦子以前的漫长的春季里，小河川道两岸的乡村里，呈现着农闲时月的和谐景象。锄罢麦子以后，田间就没有什么大的活了，棉花种得很少，整地花不了多少工夫。男人们各自寻找挣钱的门路，进城做工或者串游到外乡卖手艺去了。女人们从纺车下忙到织布机上，准备一家人夏季的衣服和拆洗已经脱下的棉衣棉裤。整个梆子井村，纺车嗡嗡叫，织机夸嗒响，和谐而又优雅的农家三月。

梆子老太终于没有学会纺线和织布的技能。阿婆在世时，忙着领她到远处近处的山神古寺里去求神乞子，没有心思教她坐在纺线车前或织布机上学习纺线织布。阿婆去世以后，她只好学会了简单的缝补手艺，勉强可以给景荣老五和抱养的儿女缝制针脚粗放（式样更谈不上了）的衣裤。她家的棉花，只好花工钱请旁的女人纺成线，再织成布。好在景荣老五一身好力气，弹花挣得不少钱，弥补了这个亏缺。

新社会所展示出的新的生活秩序，给梆子井村所有的庄稼人几乎无一例外地带来了好处。经济上开始翻身，人权上再不受保长和财东的欺侮了，梆子井村那几个活得顶窝囊的庄稼人，也敢于走到村当中的大槐树下，笑吟吟地说闲话了。而仅仅在两年以前，这个大槐树下的这块显眼的位置，是保长和财东的领地，穷人们望一眼也要腿脚发抖的。好了，雨后初晴不能下地干活的时候，庄稼人聚集到大槐树下来，说笑逗趣谝闲话，下棋“纠方”“狼吃娃”，尽兴地玩了。

所有别人能得到的好处，梆子老太和她的男人景荣老五也都得到了。可是……梆子老太不能生儿育女的缺憾却是无法解除的。虽然养子和养女已经高过膝头，毫不生分地唤爹叫娘，却总不能融化她心里的那一块冰土地带。虽然阿婆已经过世，她依然忘记不了阿婆领她求神乞子路上的那种怨恨的眼光，令人寒心啊！虽然景荣老五现在雄心勃勃地挣钱发家，她却忘不了他在那几年间对她的冷漠和鄙视。她和人不一样呀！从她对自己也失去生育的信心以后，就自觉低人一头了！她在屋里和丈夫、阿婆说话，有一种无法克服的理屈气短的心情；在村里和老婆婆或小媳妇们说话，也是有一种无法排除的不如人的感觉啊！

这一年春天，发生了一件不寻常的事。

河湾乡许乡长到梆子井村来，在村长胡长海的陪同下，亲自召开了梆子井村的村民大会，选举劳动模范。男人们围坐在大槐树的东侧，女人们围坐在大槐树的西边。妇女们扭扭捏捏，梆子老太则自觉地站在更远一点的地方，不料，快嘴二婶第一个发言，就提出了梆子老太，女人们纷纷表示同意。解放后政府提倡男女平等，要把妇女从锅头、炕边解放出来，有好些女人听了只是笑笑，仍然心甘情愿地在锅头和炕头周围打转转，解放不了自己。可梆子老太早在解放前就和景荣老五平等了，一样推粪，一样挑水，一样叉开双腿站在耱耙上，抓住牛尾巴耱地……梆子老太当选妇女们的劳模，是当之无愧的。

“黄桂英同志，不简单哩！”乡长问清楚梆子老太的真名实姓，当着全村女人们的面，大声感慨地说，“旧社会妇女受

‘三从四德’的层层压迫，出门不敢仰头，进门不敢大声说话，整天围着锅头转。 黄桂英同志能打破束缚，参加田间生产劳动，真个不简单哩……”

女人们纷纷把眼光朝梆子老太投射过来，惊奇的，羡慕的，盯得梆子老太不好意思了。 她低下头，脸热了，心在咚咚地跳。 许乡长的话像一把火塞进她的胸膛，全身都热烘烘的了。 阿婆在世时，没有当面说过她什么好话，寡言少语的景荣老五也很少夸奖她。 许乡长——河湾乡十里八村的一乡之长啊，这样的大人物在众人面前夸奖她，她简直承受不了这样的意料不到的光荣啊！

“大家要向黄桂英学习！”许乡长向梆子井的所有到会的妇女号召说，“男子汉能办到的事，妇女也能办到——黄桂英同志已经做出榜样了。”

梆子老太仰起头，许乡长粗壮的声音在大槐树下飞扬，男人和女人们仰着头，听许乡长要他们向她学习的话。 晚霞是明丽的，照在树梢、房脊上，天空多么蓝啊！

“你要发扬成绩，起带头作用。”许乡长侧转过身来，瞧着她，“带动全体妇女，积极生产！”

梆子老太发觉整个会场里那么多男人和女人的眼光，都随着许乡长的眼光集中到她的脸上来了，像突然面对无数强烈的灯光，不由得低下头……

许乡长临走给村长胡长海安排了几项工作，其中有一项照顾烈军属和孤寡老人的事，村长把它吩咐给梆子老太了，让她发动几个年轻姑娘和媳妇，给这些需要关照的人扫屋、担水、拆洗被褥。她受到村长的重用，满心喜欢地吆集起一帮年轻姑娘和媳妇，热热火火干起来了。那时既不要工钱，也不知道记工分，完全是义务劳动，乡亲情谊。解放了，人和人之间更加亲热了。

刚刚干了一晌，后晌没有人来了。梆子老太挨家沿门去传呼，姑娘媳妇们不是躲开就是支吾搪塞过去。梆子老太有点伤心，这个“带头作用”不好发挥哩……她终于从旁人口里得知，那些姑娘和媳妇，全被亲娘老子或阿婆拘在屋里，不能出门了。原因呢？少跟那个不生养的假婆娘在一起，那是灾星！似乎梆子老太不生育的缺陷也会传染给她们的女儿或媳妇，可怕！

这真是太可怕了！梆子老太身上的热劲儿一落千丈，气得浑身颤抖。怎么办？给人家烈军属和孤寡户拆洗的被褥，现在还晾晒在绳子上，后晌缝不起来，晚上让人家装老虎吗？“带头作用”得不到称赞，反要招人骂了。她去找村长，说明了原委，委屈得简直要淌眼泪了，胡长海一拍桌子，也生气了。这个梆子井村的第一个加入共产党的唯物主义者，强烈地感到了封建迷信思想的浓厚包围，鼓励黄桂英说：“甭灰心丧气！有共产党撑腰。咱能打倒地主、保长，封建脑瓜还怕破不开吗？我跟你一起去动员……”

给烈军属和孤寡老人的被褥总算在天黑睡觉之前缝好了。梆子老太回到自家屋里，抱着女儿痛哭起来，眼泪像冒泉一样倾泻出来，浸湿了女儿的衣襟。阿婆死了，梆子井村这么多的女人，还是用阿婆的那种眼光盯她哩！许乡长大声豪气表扬她的话，并没有改变她在她们心目中的位置，还说什么向她学习哩！

她哭得伤心极了。泪水终于流完了，沉重的脑袋里重复着一句话：让别人去起“带头作用”吧！黄桂英带不起头呀！她的心里却是平静的。

太阳照旧从东塬上升起，在西塬那边降落。月亮圆了又缺了。春风一天暖似一天，把庄稼人的粗布衣服一层层剥落，有人光着脊梁在河滩里整修稻地，准备插秧了。春天变成夏天了。

梆子老太的眼光不由自主地投注到每一个新来的梆子井村的媳妇身上。她们的针线手艺如何？线纺得细吗？布织得匀吗？当她获悉一个一个新媳妇不仅能缝单衣棉衣，而且会纺线也会织布的时候，常常有一种失望的心情。随之，她更加耐心地等待和观察新媳妇腹部的异常变化，等到确凿看出哪位媳妇怀孕的征兆，她就懊丧地转过脸，再也不愿瞧她一眼了，似乎工夫白花了，空等了，枉操了一番心思。

“牛犊的媳妇‘有了’！”梆子老太忍不住，给二婶说出自己的发现。

“‘有了’就‘有了’！”二婶不以为奇。

“真快！结婚才半年……”梆子老太说。

“新社会，男二十，女十八，果子一样熟透了。”二婶快嘴利舌，“只要茬儿遇得巧，睡一夜就‘有了’。”

梆子老太立时闭了口，低下头，二婶无意中的一句话，又撞着她心里的疤疤了。只要茬儿遇得巧……她和景荣老五睡了几十年，一次都没遇到茬儿上吗？她转过身，回家去了。

“根生媳妇过门八个月……”梆子老太又在街巷里碰见二婶，忍不住说出自己的发现，“八个月……娃娃夜个黑里落草了。”

“我早说过，新社会，男大女也大，果子一样熟透了。”二婶也很得意，“只要茬儿遇得巧……娃娃像在裤带上拴着，解下一个就是……”

“屁！”梆子老太这回不大信服二婶的话了，神秘地说，“新社会，婚姻自由倒是好。还没过门，你来我去，怕是带着‘肚儿’来的……”

“噢呀！五老太，快不要说这号是非话。”二婶惊吓地瞧瞧左右，“当心根生家里人听见……”说着，张开已经放大的封建脚，仓皇躲走了。

梆子老太暗暗地盼望着，梆子井村娶回一个不会纺线织布，也不能生男育女的媳妇。那样一来，在梆子井这个偌大的世界的一角里，她就会有一个伴儿了，不会显得孤单了。她会在任何人面前抬起头来说，不会纺线织布也不生儿育女的，不单单是我一个……可是，她耐着性子暗暗观察了娶回梆子井村的每一个媳妇，人家都会缝衣纺织，而且比赛似的一个比一个生得快。一次又一次失望，简直叫梆子老太妒恨起来了。

终于，梆子老太观察到了一个有希望的目标。

梆子井村的胡学文，在十里堡镇上的小学校教书，很受人敬重的，这是小小的梆子井村的庄稼院里脱出的第一位先生，有文化的人呀。他恋爱了一个媳妇，结婚三年了，那女人仍然不见“有”的征兆。梆子老太于是推测，教员胡学文之所以能不花彩礼捡便宜自由来一个媳妇，正是她有这个可怕的毛病，才甘愿让他“自由”。

梆子老太抑制不住这个重要发现的兴奋，凑到二婶跟前，还没开口，二婶已经借口躲开了。这个嘴快却又胆小的老婆子！

“你看出没？学文媳妇不开怀……”梆子老太又凑到年轻的根生媳妇跟前说。

“你怎么知道呢？”根生媳妇问。

“三年了，没见肚子有啥动静。”梆子老太说，“要是能生，早该生了，新社会结婚年龄大……”

“你把宝纳到空里去了！”根生媳妇笑着说，“人家两口子商量好的，自己不生。”

“那能由得人吗？”梆子老太不屑地撇着嘴，“能生的不想生不由人，不能生的想生也不由人。”

“人家文化人，能得出奇！”根生媳妇神秘地说，“那小两口……避哩……”

“能避得过吗？”梆子老太咄咄逼人地问。

“听说……学文戴着……橡皮套儿……嘻……”

“哈呀！ 天上的事！”

梆子老太头摇得像个拨浪鼓，嘲笑年轻的根生媳妇竟会相信这样荒唐可笑的什么橡皮套儿的事。 不能生养的学文媳妇，为了遮丑，为了护短，居然放出男人在那东西上戴橡皮套儿的烟幕来，她才不信哩！ 她头二三年里没有怀娃娃的时候，阿婆为了遮丑也给人家说，那是景荣长年在外乡弹棉花，遇不上茬儿……

农业社社长胡长海在给锄麦子的女人们宣布歇息的口令以后，梆子老太刚刚坐到大渠沿的白杨树下，教员胡学文的妈妈手里提着小锄走过来，开口就问：“老五家的，我问你，你凭啥说俺媳妇不开怀？ 咹？”一开口就能冲倒人，全是一派闹事的架势。

“我……”梆子老太猝不及防，口语短涩，无言应对，支吾说，“我也是……操心学文媳妇……”

“谁家媳妇要娃不要娃的事，要你操心？”学文妈妈寸步不让，直逼不退，“你操心你自个去！”

“我……”梆子老太退躲不及，又被揭着了短处，无力辩白说，“我真是……好心……”

“好心留给自家用！”学文妈妈毫不领情，一味进攻，“我看你是‘盼人穷’！ 盼得人家跟你一样，不会织布，不会要娃娃。”

梆子老太彻底败阵，被羞辱得难以还口。好在社长把学文妈妈拉扯走了，渐渐平息下来。锄麦的妇女们不作劝解，反倒三人一堆，五人一伙，窃窃议论：

“嘴长话多！你管人家要娃不要娃的事做啥？”

“她不会要娃，也盼人家不能要！”

“嘻！‘盼人穷’……”

…………

昏黄的煤油灯光里，景荣老五坐在木凳上，把工分本本交给女儿，让她代替爸爸到队办公室里去记工分。他早已挂起那把弹花弓，在农业社里挣工分了。支使开已经懂事的养女，他开始询问梆子老太和学文妈妈犯口角的原因。她说自己平白无故受人家欺侮，竟然流下委屈的眼泪。他静静地听完，不动声色，没有丝毫暴发起来去向学文妈妈雪耻的火气，反而平静地劝诫说：“农业社里大帮人马干活儿，人多嘴杂，一句闲话出口，立马传得满村都知道了。咱只顾做活，甭说长道短。”

没有得到男人的支持，也没有遭到训骂，梆子老太倒也心安。景荣老五把弹花弓搁到木楼上去了，灰土已落下厚厚的一层；他的弹花技术不得施展，手里也短缺了活便零钱，常常郁闷不乐；对梆子老太招惹的是非，不管有理没理，他都烦腻。梆子老太根本没指望这样的男人为她撑腰壮胆，寻到学文家门下去干仗。

景荣老五继续说：“社长派咱做啥活儿，咱就干啥活儿。

只做活儿，甭多嘴……”

梆子老太把简单的饭食摆到男人面前，不应诺也不反对他的处世方式，心里却觉得闷气，眼前似乎浮现着学文妈妈恶气逼人的眼睛，耳朵里响着那些偏向学文妈妈的议论……盼人穷……

盼人穷，是梆子井村庄稼人对那些嫉妒心特别强烈的人的贬称。自己无能，盼别人也无能；自己受穷，盼旁人比自己更穷；自己倒霉，盼别人更加倒霉……这是一个令人鄙夷的雅号，居然随便安到梆子老太头上来了！

像是故意给梆子老太示威似的，教员胡学文的媳妇，没过一年，果真生下一个娃娃来，足见根生媳妇说的“避着”的话是实事了。梆子老太想在梆子井村盼得一个伴儿的希望彻底破灭，看来继有的希望也很渺茫，也就没有耐心再去关注谁家媳妇迟“有”早“有”的事了。她的兴趣，随着生活的突然变化而迅速转移了……

三、艰难时月

越来越困难的生活，使梆子老太的眼睛从梆子井村女人的腰部转移到别人手中端着的碗里。

说不清从什么年代形成这样的习惯，梆子井村的农民，一年四季都在街巷里吃饭。冬天，围蹲在向阳的墙根前；夏天，坐在浓厚的树荫下，吃着饭，谝着闲话，舒适而又闲逸。这种习俗，即使在以瓜菜代替主粮的艰难时月里，仍然不改。一人一碗稀溜溜的苞谷糁糁，伴就着萝卜叶儿、雪蒿或是红苕叶子窝成的酸菜，香喷喷地喝着，嘻嘻哈哈地说着笑话。

“哈！妈的脚！稀糁子越喝肚皮越大……”

“你要是连着吃一月肥肉，保险越吃越小！”

“肉？哈呀……听说全都给黑豆小豆（赫鲁晓夫）坑去了……”

“唔……他们那儿净出产豆子……”

这些背负着国家沉重困难压力的庄稼人，满脸菜色，有的因为营养不足而浮肿了，可是依然在说笑。

梆子老太端一碗糁子，站在一边，有滋有味地喝着，似乎在听闲话，眼睛一转溜，就瞅遍了在场的男人女人手里的大碗或小碗，谁家锅里的稀稠，尽都一目了然了。

“差不多，一样稀。”她心里说，可见家家的日月一样艰难，原本就是从一杆秤下分得同样标准的口粮嘛。偶尔也能发现某人端了一碗面条，她无法抑制羡慕的心情，嘴里的舌头就像梆子一样敲响了：“啧啧啧！你家还有白面吃！我屋三月没动擀杖了……”

梆子老太家的日月似乎更艰难，一家四口，都是大饭量，两个孩子正是吃饭长身体的年龄，粮食越紧张，娃儿的饭量似乎增加得越快。她虽然腰细，饭量却不小。一顿饭做熟，总是先尽两个孩子吃饱。只有景荣老五似乎伸缩性很大，看着锅里多了，他就再盛上半碗；看着锅里所剩不多，就把烟锅点着了。他是四口之家里首先浮肿起来的。梆子老太看着男人黄肿透青的脸孔，心里难受，又拿不出什么吃食给他偏补一下。听说一般浮肿不会要命，她也就放心了，因为梆子井村有少一半的男人和女人都发生了这种奇怪的病症，多了则不奇嘛！

这天晌午，梆子老太及时出现在自家街门外边的“老碗会”上，左邻右舍的大人娃娃都围聚在这里，借着门外那一排高大的梧桐树的阴凉吃饭。大热天了，仍然是清一色的苞谷糁糁，没有发现新的饭色花样。梆子老太本来心里很平静，有心或无心之间，却发现饭场上缺少了胡三恒一家的成员，大人不在，小孩也没见一个，而三恒和他婆娘是梧桐树下的老碗会上最可靠的会员，几乎天天顿顿必到，又是能说会谝的受欢迎的角色。怎么回事呢？三恒一家干什么去了呢？梆子老太动了好奇心，大约是吃什么好饭，怕人知道，躲在屋里不敢出门吧？她端上饭，三跷两跷，已经走进三恒家院子串门子去了。

院里悄静无声，梆子老太愈觉神秘，一直朝上房里屋走去，朝侧旁的小灶房里一探头，冰锅冷灶，未见烟火。她好生奇怪，直到跨进里屋门槛，这才看见三恒老婆怀里搂着孙子，眼泪拍洒，三恒老汉蹲在屋角的矮凳上抽着闷烟，对门是儿媳妇的住屋，隐隐传出压抑着的啜泣声。这一家老少闹仗了吗？梆子老太想，乡村里公婆和儿媳闹仗以后，通常就是这种冰锅冷灶的别扭局面。

“咋咧？”梆子老太疑惑地问。

“嗨！明娃前日就去买粮，该是昨日回来。”三恒老婆诉说，“到现时还不见回来……”

梆子老太一听就明白了，买粮的明娃至今未回，三恒家等米下锅，现在断了顿儿了。

“那咋能成？”梆子老太不满意地说，“大人扛住一顿两顿不吃，也罢咧！娃儿不行呀……你该是先借下，吃了这顿饭，明儿买回粮来再还也成嘛！”

“而今都艰难哩！”三恒老婆说，“不好向人家开口……”

三恒老汉是个硬性子，老婆也是个好强的人，不愿意向人低头告借哩！梆子老太听着明娃媳妇在小屋里的叹息，看着三恒老婆怀里哭闹的小孙孙，她的鼻子酸了，不忍心再问什么了，立时转过身，跷过门槛，走出去了。

三恒老汉一锅旱烟还没吃完，梆子老太又跷进里屋门槛来了，手里端着一大碗苞谷糁子。她的脸上是一派仗义的气势，大方地说：“先去熬了，一家人喝上一顿，明娃回来就好办了。人不吃饭咋能成嘛！”

“哎呀！五老太……”三恒老婆放下孙子，慌忙接住盛满苞谷糁子的大粗瓷碗，动情地说，“你真是好心人哩……”

“咱们亲邻近门的，谁不用着谁一点……”

“明娃买回苞谷来，立马还……”

“说那么生分的话做啥？”

…………

没过半月，又是午饭时间，梧桐树下又聚集起吃饭的男女。梆子老太忽然发现，木匠王师一家没有一个成员出席老碗会，也是揭不开锅了吗？因为电通到小河川道，机械弹花代替了手工弹花，景荣老五祖传的那把被爷爷和父亲的手磨得紫红溜光的枣木弓，永远挂在木楼上的南墙上，不能出世了。可是，木匠王师却挺红火，政府颁布了“六十条”，王木匠可以背上刨子锯子串游四方，挣得比梆子井的劳动日价值高过十倍的收入，生活比一般死守农业社的笨汉们好多了。他们家里没有人浮肿，脸色红润，怎么会断顿儿呢？

她向来轻脚快步，一脚踏进王木匠家洁净的院子，一缕奇异的香味弥漫在空气中，钻进鼻孔。这种香味，对于长年累月不断装进瓜瓜菜菜的胃，具有不可抗拒的诱惑力。梆子老太想到猪肉的那种无可比拟的味道，大约整整两年没有沾过了。

梆子老太一脚踏进里屋，自己先愣呆了。王木匠一家老少围着四方木桌，筷头上挑着白生生的麦面饺子。天爷爷！旁人连稀糁子都喝不饱肚子，木匠王师居然吃大肉饺子……

木匠一家也有点惊异，一齐转过头来。木匠婆娘眼里转过一丝勉强的笑意，礼让说：“五老太，吃碗饭——”

“不啦！我来借……”梆子老太早已感受到一家老小讨厌的眼光，随口编诌出要借什么家具的话，装出无意间打扰了他们吃好饭的样子，一边往后退着，“算咧！不借了……”

“啊呀！狗娃妈，人家王木匠今晌午吃大肉饺子……”梆子老太半是惊奇，半是嫉妒，逢人便说出自己的发现。在严重的荒年饥月里，一顿大肉饺子，不仅使梆子老太惊倒，确实使一切处于饥馑状态中的庄稼人惊倒了。不过天黑，小小的梆子井村，人人都知道木匠王师家吃了一顿令人口馋的饺子了。

没过一月，正值夏收前夕，庄稼人最困难的关口上，人民政府给梆子井村批调来为数不多的救济粮，社员们早就翘首以待了。

支书胡长海和大队长胡振武从公社开会回来，召集起社员会，说明上级对这些粮食的分配办法，是重点解决困难户，不能搞平均分配，因为数字确实太少了。国家处于严重经济困难时期，干部们表现出严守党纪国法的高风亮节，为国家抵抗困局，他们很民主地把这批粮食的数字交给社员，让大伙民主评议，好把粮食分配给急需救济的人家。胡长海和胡振武则声明，他俩一斤也不要，好多人感动了。

尽管这样，评议的结果，仍然不能避免撒胡椒面的偏向，没有办法，需要救济的户数实在太多了。好多人申述困难的时候，鼻涕眼泪当着众人抹。梆子老太也被评为救济户。她哭得也很伤心，一把鼻涕一把泪，而且要众人去瞧景荣老五浮肿的脸色，证明她不是有毛偏装秃子。

因为干部和党员们表示出高姿态，本来容易出现纠纷的粮食分配工作进行得很顺利，一次会议就定了案。有点意见的人，碍于干部们的无私行动，也说不出口，就那样随合了众人。

木匠王师的老婆也提出了申求，没有获得众人的赞同，救济户里挂不上名了。其中很重要的一个原因，是在这样严重的饥荒年月，竟然敢于吃饺子，太浪费了！木匠的婆娘再三解释，说是她的娘家哥哥从甘肃来了，至少十年没见过面了，才破费给重要的亲戚浪费了一回粮食，而且说明饺子里包的全是萝卜叶儿……无济于事，总是饺子嘛！

连夜开仓分粮。梆子老太背着小半袋麦子，从仓库里走出来，心里踏实极了。有这半袋子，可以凑合到新麦上场了，应该给景荣老五改善一下伙食，他才能恢复一下体力，夏收活儿重呀！

走过十字街心，再走到木匠王师家门前，明亮的月光下，木匠的婆娘从门外的茅厕里站起身来，双手结着裤带，跳出茅厕，转脸开口就骂，像是早就等待着她："你狗日的现时分粮哩！你害得俺一家……"

梆子老太一听，明知骂自己，心里却发怵，木匠老婆没有拿到救济粮，恨自己不是没有原因的……她低了头，加快脚步，避一避也就过去了。

"你狗日的是特务！你监视东西邻家……"木匠婆娘已经结好裤带，对着梆子老太的脊背骂，"你狗日的盼人穷，盼人死……”

梆子老太避不过了，放下麦袋子，转身站住，回骂道：“你是狗日的！你没拿到救济粮，猴急了吗？”

“给我我也不要！”木匠婆娘气壮地说，“俺屋天天吃肉疙瘩，你狗特务来打听……”

“你拿不上救济粮，是社员会决定的。”梆子老太也不示弱，跨上两步，“你狗日的骂我，瞎了眼了……”

胡长海听到吵骂声，赶过来，问清缘由，批评了木匠老婆几句，推着梆子老太走了。

梆子老太虽然在道理上没有输，但并没有因此提高她的威望。木匠王师家因为吃了一顿饺子而丢失了得到救济粮的机会，使梆子井村的家庭主妇全都提高了警惕性儿：当心梆子老太来串门！严谨的内当家们开始限制男人和孩子到街巷里去吃饭，永久在自家屋里就餐，梆子老太总不至于一天三顿来检查吧？这样，梆子井村的习俗开始转变，热闹的梧桐树下的老碗会，逐渐变得冷清而又寂寥了。

“五老太，你瞅，我喝的苞谷糁子，够稀的咧！”胡二老汉把碗伸到她面前，戏谑地笑着，“咱不怕谁看咱碗里装的啥饭！”

“报告五老太——”狗娃也跟着把碗伸过来，“我也喝的是糁子，原料是苞谷。请检查——”

梆子老太顿时臊红了脸，说不上话来。她成了什么人呢？不给木匠王师分救济粮，是社员会上民主评议的，干部拍案决定的，大伙为啥这样对待她呢？ 梆子老太一肚子冤情。

景荣老五看着别人这样不尊重自己的婆娘，脸上像挨了鞋底，气得端起碗回到屋里，再不到梧桐树下乘凉吃饭了，也狠狠地训斥梆子老太，不许到老碗会上去，更不要在人家吃饭的时候去串门子。

梆子老太在屋里寂寞地吃饭，三五天后也就习惯了。 听见钟声，她捞起锄头或铁锨就去上工，工分是不能不挣的。走到村口，碰见莲花，她按照乡村人见面时的礼仪随便问："吃饭了没？"

"吃了。 吃的大肉白米饭。"莲花高喉咙大嗓门，连珠炮似的数说起来，"昨日吃的肉菜米饭，今日吃的米饭肉菜，明日还是……"

"莲花，你这叫做啥？"梆子老太受不住这样的奚落，脸孔煞白，"随便招呼你一句话嘛！"

"我知道你爱打听，就自动给你汇报。"莲花嘻嘻哈哈笑着，全不把比她长两辈的梆子老太放在眼里，肆意挖苦，"让你眼红，让你嘴里流涎水，让你盼人穷……"

梆子老太真想破口大骂，无奈莲花却嘻嘻哈哈笑着，自己又不好翻脸，想想闹腾起来，别人明知莲花无理，却不会同情自己，也就忍受了这辱践的话……哎嘘！

四、真成了一种毛病

困难的局面没有延续多久。三年没过，梆子井村像一个被突发的霍乱击倒的壮汉，亏损的肌体逐渐恢复，又显出生命的活力。没有人再为三五十斤救济粮而在众人面前抹鼻涕眼泪了；王木匠家的一顿饺子，再不会引起任何人的妒羡，以致闹出纠纷了，属于一种很普通的面食花样了……作为梆子井从严重困难之中完全恢复丰衣足食的标志，社员胡振汉首先在梆子井村撑起三间新瓦房来。

梆子井村东头，胡振汉扒掉了居住多年的窄小而又破烂的两间厦屋，盖起三间新房，青砖红瓦，新式开扇的宽大门窗，竖立在左右那些旧式厦屋的建筑群中，宛如一个风韵韶华的姑娘亭亭玉立于一堆佝偻驼背的老太太之中，更衬托得出众显眼。几天来，男女乡亲赶到了村子东头，仰起头，参观赞叹一番，向胡振汉夫妇表示热心热肠的祝贺。

庄稼人啊！过了多年集体化生活，再不讲置买土地啰！三大心愿就只剩下盖新房和娶媳妇这两件大事了。他们拼命挣钱，攥紧拳头攒钱攒粮食，盼望在自己的有生之年里，撑起一幢宽敞的大瓦房来。他们对于旁人勤俭操持日月所积攒下的令人眼热的成果，由衷地表示羡慕和钦佩。

梆子老太也到村子东头来参观了。她来的那天，涌涌而来的势头已经过去。她原不想来参观，怕胡振汉两口子又犯疑，在家忍耐了两天，还是不能排除那新房的诱惑。别人都能去看，自己为啥不能呢？胡振汉和她住得相距甚远，没有利害纠葛，那两口子人又厚道老好，看看怕什么呢？她心里提示自己：只用眼看，不动嘴说话。她随两三个女人一起走到新房跟前，眼前豁然一亮，红色的机制大瓦在阳光下闪亮放光，红砖顶柱，白灰勾缝，这无疑是梆子井村顶漂亮的一座房屋了。

同来的那几位女人，在新房前和振汉婆娘说笑，讲恭维话，说他们夫妻能吃得苦，能节俭过日月，盖起这样好的房子，太不容易了。不听这样的恭维话则罢，越听越使梆子老太心里不服气，她努力使自己保持脸面上的平静，心里却嘲笑那些说着廉价的恭维话的女人，太不晓得世事了。梆子老太心里再清楚不过——

前年春天，政府发布了“六十条”，准许社员开荒种粮食的政策一宣传，振汉两口子就扎进小河中间的荒草滩里，弯着腰，撅着屁股开荒，接着就栽下了红苕秧儿。这是河水分流改道以后，在两股流水之间逐年淤积起来的一片孤岛。

“河滩地不成业产！”有人劝振汉。

“再好的庄稼，招不住一场洪水。”有人断言。

“我是碰运气哩！”胡振汉笑笑，态度平和，“碰不上大水，收一料算一料；碰上大水冲了，拉倒。我不过摊了几个秧子钱，汗水不算成本！”

那终年荒芜的沙滩上，涨水里携带的腐枝烂叶，层层淤积，倒很肥沃。红苕的叶儿黑油油地发亮，稠密的藤蔓覆盖了沙滩，三亩大的一片，该收获多大一堆红苕呀！好多人站在村口的场塄上，眺望河石粼粼的沙滩上的那一片绿洲。要是躲过了洪水，振汉就该发财了。

胡振汉也鬼得很，不等秋收，早早地割去青绿的叶蔓，挖收红苕了。秋收开始前的半个多月时间里，两口子天不明起来，在薄雾笼罩的河心里开始挥动镢头，直到天黑，拉回一车又一车红溜溜的红苕来。三亩地的红苕刚刚收获完毕，一场预料中的洪水从那块绿岛上齐刷刷漫流过去。梆子井村的庄稼人大声惊叹胡振汉神机妙算，运气真是太好了！甚至有人传说振汉天天夜晚星齐以后给河神烧香叩拜，才得到河神的保佑云云……不管旁人怎样说，胡振汉可是冒了一身冷汗，整整睡了三天三夜。

那两口子也真鬼！他们挖下红苕，顺手用蔓叶盖住，害怕过往小河的人看出红苕堆子的大小。等到天黑，借着星光，用架子车拉回村里来，一般社员已经扯起了鼾声，谁也估摸不清究竟收获了多少红苕。可是，胡振汉两口子却无论如何也没有料到，就在他们喘着粗气，把装满红苕的架子车从塄坎下的漫坡道里拽上村子的时候，村边榆树阴影里，站着梆子老太，义务替他们计数，累计下一个确切的数字：四十一车……

梆子老太从胡振汉家观赏新房回来，走过梆子井村的街巷，心里十分鄙视那些向振汉婆娘尽说恭维话的女人。她们糊里糊涂地恭维她勤俭持家过日月，盖起这样排场的三间瓦房太不容易了。屁！梆子老太心里清楚不过，那四十一车红苕，现在变成砖、瓦和木料，撑起在梆子井村东头了！这些糊涂的女人难道忘记了？刚刚过去的三年困难时月里，市场上红苕的销价是一元人民币买三斤……不过，直到梆子老太走进自己的院子，也没有跟任何人说出自己的发现。可以藐视那些糊涂的女人，她却不便说出自己的发现。政策鼓励社员开荒种粮，胡振汉没有什么错处，自己说出来，不是正好应了“盼人穷”的绰号吗？

…………

梆子井村风景幽雅，却显得偏僻，也许那幽雅的自然景致正得助于地理位置的偏僻，偏僻造成村庄的闭塞和文化的落后。所有居民以务弄庄稼为祖传之事，仅有的一户地主也是属于土财东。地主分子胡大头也不过高小毕业，只会记账和春节时给大门上写一副歪歪扭扭的对联。庄稼人中，多有一些木匠、泥瓦匠、弹花匠和打土坯的手艺人，而有文化的人向来稀罕，几乎绝无仅有。

前头已经提到的那位小学教员胡学文，是解放后梆子井村出现的第一位教书的先生。在整个公社已经相当庞大的中小学教员队伍当中，他是一位很不起眼的小学教师，只读过师范，毕业后自动要求到自己偏僻的家乡来执教，可是在梆子井众多的不识字的庄稼人眼里，他简直是一位和孔子不相上下的大圣人哩！

这位圣人也真是出奇，在梆子井村占取了太多的“第一”。第一位文化人，第一个自由恋爱而引回媳妇的人，第一个使用避孕工具，不仅使闻所未闻的庄稼人兴味十足地嘻嘻议论，而且使梆子老太闹了一场结局很不愉快的笑话。更稀奇的是，近日他在什么报纸上发表了一篇文章，报社把一张十九元钱的汇款单寄到梆子井村来。这件新闻，霎时轰动了全村。十九元的汇款单，数字虽则不大，却压住了胡振汉新建成的三间大瓦房的新闻。胡振汉夫妻凭出笨力盖瓦房，梆子井的任何一位庄稼汉，只要运气顺，都可以办得到。而胡学文笔杆一摇，就有汇款单飞来，梆子井村哪一位能办到呢？真是稀奇的圣人！

梆子老太一时弄不明白，写什么文章挣钱？她活了四十多岁，听都没有听说过。没听过的事，自然就稀奇，就惊异，就得赶到人窝里去听，去问，搞得明明白白。一旦她听得多了，问得明了，反倒更稀奇，更惊讶了。天老爷！世界上竟然有这样美气的好事！二两重的笔杆捉到手里，坐在凉房子里头，不晒日头不淋雨，写画一篇文章就挣钱，太嫽了哇！听说不过是鞋样儿那么大一块文章，居然就值十九块。十九块该买多少红苕呢？又听人说，学文给人说他只写了三个晚上，三个晚上挣十九块，那么一月呢？一年呢？世上有这样轻松易便挣大钱的事……

“没看出，这娃子真是块料！平日看起来闷腾腾的样儿，倒是哑巴吃洋蜡——内里明！”有人说，兴趣也很高。

“有内才的人都是这个样儿，外表上并不张狂。”有人说，“这倒好，咱梆子井真是出圣人了！ 写文章，自古都是圣人才能做的事……”

“写文章挣钱，公家月月还给发工资吗？”梆子老太插上嘴，不介意地问。

“那当然发哩！”有人瞅一眼她，疑惑地说了一句，就闭了口。

“那……真好！ 一马备双鞍。”梆子老太装出替学文高兴的神情，不过太做作了，“可甭只顾写文章挣钱，把娃儿们的念书给误了……”

“放心！”有人随口说，“学文教出的学生，考中学年年考中的人最多。”

“听说他写文章，用公家的纸，公家的笔，连墨水也是公家的。”梆子老太终于控制不住，把心里的不平一下子全说出来，“挣钱连本儿都不摊！”

正在说着闲话的人，一齐哑了声，互相挤眼努嘴，忽然明白了什么似的，意识到可能会因此而牵扯到是非里，纷纷走散了，只留下梆子老太站在那儿。

初冬的夜晚，寒气袭人，天又黑得早。 梆子老太一人站着无聊，也就回到家中。 十里堡小学校长来家访，和景荣老五坐在方桌两边，交谈他的儿子在学校念书的情况哩。 梆子老太和校长打过招呼，就收拾起晚饭，摆上桌子。 校长说他已经在学校灶上开过晚饭，只喝水而不动筷子。 梆子老太热诚地礼让再三之后，也就不再勉强，坐在一边，插嘴问："校长，你看咱那娃子，念书灵不灵？"

"灵是灵着哩！ 是个聪明孩子。"校长笑笑，诚恳地说，"只是有点荒。"

"文章写得咋样？"梆子老太问。

"还可以，作文还不错。"校长回答，"比起来，这孩子算术学得更好些。"

"你教咱娃好好写文章……"

"小学阶段打基础，要全面练习……"

"我想叫娃长大写文章，又轻松，又干净。"梆子老太说，"俺村的学文……"

"噢呀！"校长一听就笑了，不过绝没有嘲笑的意思。他自解放以后就在乡村小学任教，熟知庄稼人盼子成龙的普遍心理，并不奇怪，笑着说，"那首先得看孩子爱不爱哩！"

"叫他爱他就会爱。"梆子老太不以为然，"这样的好事，他怎会不爱呢？"

"咱娃恁小，咋能写文章嘛！"景荣老五早听得不耐烦，就打断梆子老太的话，斜溜了她一眼，意思是，甭说没神儿的话了！

"哈呀……"校长眼里浮出一缕说不清不必再解释的超然神色，打着哈哈。 景荣老五也不好意思地陪着校长干笑着。

"好！ 正好校长也在这儿——"门外有人气冲冲地说。

人尚未进屋，声气却冲进来了。 梆子老太一回头，教员胡学文的母亲刚好跨进门来。

“五老太，你给俺学文满村扬风，说俺娃是一马备双鞍，吃官粮放私骆驼……”学文妈妈连一句客套话也不说，直来直说，“校长，你是学校领导，你凭实际说，俺学文教书教得……”

校长眨着眼，摸不清头绪，搞不明白原委，却准确地预感到要被牵扯进一桩是非里去了。 他只管笑着，不作正面回答。

“我啥时候说过？”梆子老太一口回绝，“你听谁给你挑唆？”

“你在村子西头说了，又在村子东头说。”学文妈妈强硬地说，“你说俺学文写文章挣钱，连本儿也不摊！”强悍精明的中年妇女，经济宽绰，向来不受任何人一句闲言，岂把梆子老太放在眼里！ 说着，她从腰里拉出两张纸，连扇带摔地铺展到桌子上，“校长你看，这号格子纸，是不是你们学校的？”

“甭急，也甭躁嘛！”校长瞧一眼桌子上的稿纸，不做裁判，只顾熄火，“没关系！ 没……”

“前几年，你说俺学文媳妇不开怀……”

“算哩！ 我给你赔不是。”景荣老五早已忍受不住，要不是有校长坐在当面，他会狠狠地骂一顿招惹是非的老婆。他按捺着性子，给学文妈妈赔笑脸，“算咧！ 你是明白人，甭跟那个黏糨子一般见识……”

在景荣老五的笑脸陪送下，学文妈妈总算走出门去了。校长也再无兴趣坐下去，起身告辞了。

“你不说长道短，由不得你吗？你不拨弄是非，也由不得你吗？”送走校长，转回屋来，景荣老五的火气爆发了，“我给你说过多少回了？咱们过自家的日月，甭管人家七长八短的事，你记不住吗？你一天招惹是非，让我也跟上受人辱践……你丢人不知深浅！”

梆子老太低下头，洗刷锅碗，一句不吭。和景荣老五过日月二十多年，她已习惯了当面遵从。尽管景荣老五不是那种架子大、家法严的男人，可是她怯他；虽然景荣老五从来没动过她一指头，她仍是怯这个不常动火的男人。在屋里，凡事总要先征询他的主意；偶尔发生的矛盾磕牙中，她总是自觉地作出让步。这种局面形成的原因，只有她心里明白：自从确切知晓自己不能生养儿女的可怕缺陷——可怕就在于无法弥补——以后，她就觉得失去了和男人争高论低的气力。

她低头洗碗刷锅，一任景荣老五发一通火，完了也就没事了。她的多言招引来学文妈妈闹事，又恰逢十里堡小学校长这样有身份的体面人物在当面，理该让男人发泄一番。她开始问自己：错在哪儿咧？果真得下了一种难于改易的毛病了吗？她下狠心往后再不说长道短……这回刺激太深刻了！

可是，晚了，于她的声誉已经毫无补益。她的人格和乡誉降低到十分糟糕的地步。男人们不屑一顾这个多嘴多舌的女人；女人们和她碰个照面，斜眼咧嘴地走过去，不予搭理；娃娃们唱歌似的喊着“盼人穷”的绰号……梆子老太简直觉得在梆子井村活成了独人！

但谁也料想不到，连梆子老太自己做梦也不曾想到，一场连一场席卷梆子井村的旋风，居然把她从众人蔑视的龌龊角落里哄抬起来，搁置到梆子井村特殊显要的位置上，造成了她一生中的鼎盛时期……

五、梆子声声里

历时半年之久的“四清”运动即将结束的时候，梆子老太当上了梆子井大队新成立的贫农下中农协会主任。

驻梆子井大队“四清”工作队队长把这一决定解释得合情入理：“盼人穷”属于什么性质的矛盾呢？如果拿黄桂英同志在运动中揭露的两件大案（暴发户胡振汉和写反动文章的胡学文）来看，那正好是她阶级觉悟高的铁一般的例证。这样的“盼人穷”，好得很！

梆子老太不是蓄意谋政谋权的阴谋家，只是在工作队队长“扎根串联”来到她家访贫问苦的时候，征询她对梆子井村现任的两位主要领导人胡长海和胡振武的意见的时候，她说她在梆子井村受欺压，受孤立，无意间说出了胡振汉在河滩种红苕而后盖新瓦房的事，又说出胡学文妈妈寻上门来骂她的事。工作队队长严肃地听着，在本本上记着……胡振汉在国家困难时期高价销售红苕，是新生的暴发户，新盖的瓦房予以没收，改作青年俱乐部了。胡学文的文章经过剖析，是攻击性质的毒草，建议县教育局处理，因为胡学文的行政关系属于教育系统。平心而论，梆子老太当初躲在榆树下，记下了胡振汉夫妻从河滩收获回来的四十一车红苕的数字，并非为后来进行的“四清”运动准备材料，她当初仅仅出于某种过分的好奇心，想得知胡振汉夫妻的家底机密。想不到，“四清”工作队队长正需要这样的人证和物证……

梆子井村的贫下中农接受了这样的决定，选举会上一律给梆子老太举起了拳头。人人心里明白，工作队队员们口口声声说“要依靠贫下中农”，实际呢？事事处处贫下中农得顺着工作队说话；要不，小心挨挫！

作为这件本来难以接受的事实的基础，前任梆子井大队大队长胡振武戴上地主分子帽子了，天天早晨在街巷里扫街道哩！这样意料不到的事变成实实在在的事实，那么梆子老太荣任贫协主任，就几乎是顺理成章的事了。一切无须追究它的合法性和合理性。意想不到的事太多了，整个中国正进入一个几乎天天都在发生使人意料不及的奇怪事情的时期。

与梆子老太荣任贫协主任这件事相映成趣的是：“四清”工作队队长自己顷刻之间垮台了！

宣布梆子井大队各级各部门新的领导人名单的社员大会正在进行，工作队队长刚宣布了贫协主任黄桂英的名字，一辆大卡车从村西大路上开进村子，一直驶进十字街心的会场。车上跳下十几个男女，一律的黄军装，一律的红袖筒，不由分说，把工作队队长扭胳膊拽腿地架抬起来，扔到汽车车厢里去了。梆子井村正在开会的男女社员吓呆了，这位三句话不离“革命”的老同志，怎么一下子……梆子老太也吓得脸黄如蜡，双腿颤抖。

“这是我们单位的‘走资派’！‘三反分子’！”一个中年人站在汽车上，向惊惊吓吓的梆子井社员宣布说，“欢迎贫下中农和我们一起造反……”

汽车卷起滚滚尘烟，开出村去了。

现在，谁也说不清工作队队长宣布的干部人选还算不算数儿，梆子老太一次也没有行使贫协主任的职责，梆子井村已被派性斗争搅得混沌一片了。

在激烈的口号和怕人的枪声中，梆子井村老成胆小的庄稼人缩在炕头上，度过了解放十八年来第一个兵荒马乱的春节。农历大年除夕的夜里，梆子井村背后的南塬上枪声彻夜不息。两派大交战，枪声代替了鞭炮，家家关着门，提心吊胆地捏着饺子……老干部被“四清”工作队打垮了，新班子在武斗中自动解散了，麦子没有施肥，也没有冬灌，夏收收什么呢？日子怎么过呢？谷雨节气已经过了……

两名年轻的解放军战士来到梆子井，采取强硬的又是应急的措施，不管两派组织怎样表白自己如何敢于革命和造反，都得接受梆子老太的领导。在农村，贫下中农是领导一切的。两派各出两名代表，组成五人临时领导小组，贫协主任黄桂英任组长。

一枚刻着梆子井革命领导小组字样的印章，由解放军战士郑重地交到梆子老太手里。已经交近五十大关的梆子老太的心里，一阵喜，一阵愁，忧喜交织，手也颤抖了。这是权力的象征。代表梆子井势不两立的两派头头，挖空心思想把这枚用红绸包裹着的印章攥到自己手里。解放军战士没有上当，双手交给她了。她怕因握有这个印章而招致祸端，心里怯得慌慌。解放军战士鼓励她说，他们支左的军队驻在公社机关，整整一排人马哩！

她接过印章来了。家里没有带锁的办公桌，搁在大队办公室更不保险，于是就装在一只吃完了点心的硬纸盒子里，搁在炕头上方的墙壁上挖出的窑窝里。这儿最保险了。

梆子老太每次攥着这枚印章的圆把儿按下去的时候，虽然免不了常常把字弄反，心情却是神圣的。反了正了，只要有这几个红字在！

许是慑于解放军的强大威力，两派头头们不管心里怎么捣鬼，表面上却不能不接受梆子老太的领导。景荣老五不管心里怎样害怕，也不能不接受解放军战士三番五次的谈心说服。多数还想依赖梆子井的土地养活儿女的庄稼人，已经想得很少了，无论什么人，只要在春耕生产的关键时刻，能站出来领着社员去出工就行了！梆子老太应运而生，人们倒是感激解放军，给梆子井村扶植起一位能牵动铃绳儿的人来。

“赶紧整备棉田！”有人积极地向梆子老太建议。她就指派社员去耕犁棉田了。

“该下稻秧了！”想依赖梆子井村吃饭的人继续建议。梆子老太立即指派几位有技术的老农去下稻秧。她虽然不大精通各项庄稼的活路，却比一般妇女强多了，也乐于听取众人的建议。

几项当务之急的农事活路纷纷铺开，取得进展，老成的庄稼人悄悄在私下议论，这个梆子脸老太倒是不错的一位干部哩！胡景荣看看自己的婆娘受人赞扬，心头也舒悦了许多，常常在夜里睡下以后，提醒她遗忘了的漏洞：该清除自流灌渠里的淤泥了！在渠沿上点下黄豆，不是小事哩！梆子老太第二天就会派人去挖渠点豆儿。

梆子老太领导下的梆子井大队，生产上逐渐铺开，庄稼人心里开始踏实，自己也增强了信心。她的一生中没有生育过的身板，愈显得刚强，走起路来，腿脚利落，似乎梆子井村的街巷一下子变短了，气呼呼走过去，又噔噔噔走过来了。说话的声音也不同于以往，高了，也脆了，理直而又气壮，毫不拖泥带水，倒是活像呱嗒呱嗒响着的梆子声音了。年轻人学着她的腔调说话逗笑，老人们呵斥年轻人说，管人家像不像梆子呱嗒做啥？只要她能领得大伙混饱肚子，哪怕她说话像敲锣呢！

也难怪梆子老太在村巷里匆匆来去地走动，说话，她太忙了。梆子井村的内务和外事，革命和生产，上级下级，大事小事，都集中到她的身上来了。

刚刚送走公社派来的两位检查大批判工作的干部，又有两位骑自行车的陌生人走进梆子老太家的院子。

“黄主任，这是我们的介绍信。”来访者其中一位年长的人，把一张铅印的介绍信递到梆子老太面前，“我们向你了解一个人。”

梆子老太接过介绍信，看见那上面盖有红色印记，虽然不识字，也就放心地撂到桌上，随口说：“你要了解谁的啥问题呢？”

“我们单位的胡玉民，老家在你们村里。我们想了解他的社会关系。”

“唔……有这人。”梆子老太稍一筹思，就说，“这人全家住在西安城里，老不回来，家里没谁了。”

“我们‘清队’中查出他有‘现反’言论，想了解他的家史……”

“这人……他爸死得早，他妈改嫁了，他要饭混进城里，给一家褙子场抹糨子糊褙子；解放后听说干阔了……”

“他倒是工人出身。”来访者说，“可是‘文革’以来，尽说反动话……”

“他家没人了。”梆子老太说，“他在你们那儿的表现，俺就不知道了。”

“唔……”来访者显然失望了，几十里路，从西安找到这个偏僻的山村，一无所获，实在有点不甘心地说，“他爷爷干什么呢？”

“他爷也是庄稼汉。”梆子老太回答之后，倒是想起一条重要的记忆，“他的老爷……要不要说呢？”

“他老爷……也是重要亲属嘛！”来访者眼里闪现出希望的光芒，“虽然出了三代，可以作为参考。”

“他老爷当过土匪……大概在啥时候呢？ 反正男人都留辫子那会儿。”梆子老太追忆说，“我听人说，他老爷让郑家村人打死了，尸首抬回梆子井，乡党没人去抬埋……”

“请你说得详细点儿。”

“就是这些了。”

“他老爷叫啥名字呢？”

“记不得……”

“请你盖章。”来访者把记录下的文字复述一遍，然后把写得密密麻麻的红格纸页送到梆子老太手里。

梆子老太看也不看（她不识字），从点心盒子里取出圆形印章，在印泥盒里蘸一蘸，又放在嘴前哈一哈气，庄重地压下去，揭起一看，很好，字迹清晰。 似乎只有盖上了这记圆坨儿，那份材料才活像一份材料了。

“麻烦黄主任了。”来访者满意地向她告别，推动自行车，告辞了。

梆子老太笑着，送客人上路。 当她再回到屋里的时候，却看见景荣老五慌慌乱乱在院子里转圈圈，火烧火燎的样子。

“啥事把你急成这样？”梆子老太忙问。

“回屋里说。”景荣老五气急败坏地说。

两人相继走进里屋，坐下了。

“我说你……”景荣老五气恼地抱怨说，口语不畅。

“我咋咧？”梆子老太也莫名其妙，气呼呼问。

“你……唉！”景荣老五一拍炕边，“你说人家……老爷的事做啥？”

“我说谁的老爷的啥事啦？”

“你说玉民他老爷当土匪的事做啥？”景荣老五终于说出口来。他在后院里破柴，通过后窗，窃听了老婆和来访者的全部谈话内容，眼都要急红了。

“噢！是这事——”梆子老太倒释然笑了，“人家问我嘛！”

“人家只问到他爷这一辈儿。你把他老爷的事说出来了。”

“对组织负责嘛！”梆子老太忽然变了腔调，“他老爷当土匪是事实嘛！”

“你见来？”景荣老五一急，抬起杠来。

“我听人说过。”梆子老太也不示弱。

“你听谁说？”

“我……”

变成老两口之间难分难解的争执了。

“这是组织对组织的事。”梆子老太提高嗓门，郑重地告诚不问政治的落后老汉说，“人家跟我来谈的是公事，党里的事，革命的事，你往后就……甭管！”

景荣老五一听老婆以官压人的话，不由得火起，烟锅“哐当”一弹，也提高了嗓门：“共产党讲的是以实为实，哪兴你给人胡说八道。”

“我说的哪句话不是实的？”梆子老太声调更高了，像吵架一样，“他老爷当过土匪的事，谁不知道？”

景荣老五软下来了。吵闹起来，把他们老两口的谈话内容张扬出去，结果肯定更糟糕。既然自己在气势上压不住老婆，他就忍气压火，恳切地说：“好我的你哩！你没看世事乱到啥地步了，好人尽遭罪哩！从那俩来人的话里，咱听出来，咱村的胡玉民现时也遭了罪了！人家专门来搜事整人哩，你还说那些几辈子以前的事，不是火上泼油吗？”

“你这思想，该当批判！公社里开会，革委会主任说，要批判‘老好人’思想！”梆子老太更加得意，嘲笑自家落后脑袋的老汉，“你只管劳动挣工分去……”

景荣老五彻底败阵，瞧着老婆子扬扬得意的脸色，厌恶地哼了一声，就掂着烟袋走出门去了。她虽然是梆子井村的头头脑脑，毕竟又是他的婆娘，和他白天在一个锅里搅稀稠，晚上在一个炕上脚打蹬，他不能不从一个男人的角度关照她的言行的合理性和安全性。这不仅是她一个人的事，也切实关系着他和他们抱养下的已经长得墙高的儿女的声誉……想到这些，他把怨气归结到前后几位把她扶到台上的人身上去了。他们走了，却把不尽的忧愁和烦恼留给这个家庭了。

他独自一人，远远坐到场塄边的榆树下。想到而今混乱的时世，斗人打人的奇事怪事流传不断，塞满了他的耳朵，在这样的时世里，怎敢抛头露面，胡说乱道呢？他的心头愈觉沉重，总有一种祸事迟早要降临的惶恐感觉。这个不明世事的混账婆娘……

梆子老太继续接待来访者。

前来访问的人络绎不绝。大多数是男人，偶尔也有女人。他们操着叫梆子老太难得听懂的南方或北方的陌生口音，笑着打开公文包，递上盖着红色印记的介绍信，叙说他们所要了解和调查的对象。梆子老太热情待客，倒水，让烟，然后尽其所知，一一回答，再盖上梆子井大队临时权力机构的印记，送客人上路。

运动在继续，看不出有完结的可能。作为整个“文化大革命”的组成部分，清队，整党，一打三反……梆子老太刚刚把一个新的名词说得顺口，一个陌生的新名词又响亮地提出来了。她渐渐摸出一个规律，大凡一个运动兴起，前来梆子井村找她调查了解情况的人就多起来。她掐指一算，六七十户人家的梆子井，在西安以及本省南北各地，以至在新疆、北京或南方什么地方工作的人，他们所在的大工厂或小机关，都派员光顾过这个隐藏在黄土塬下、小河岸边的偏僻角落了。

两位穿着军装的军官走进梆子井来了。

“黄主任很忙，我们打扰您了。”两位军人异口同声地说，态度和蔼、客气，照例先递上介绍信。

“没啥没啥！ 革命工作嘛！”梆子老太已经习惯于这种礼节性的客套，应对也已自如老练了，“有什么问题，直说吧！”

谈话正式开始了。

“你们村有个叫胡选生的？”

“有。 是普选那年生的。”

“这个青年在我们部队服役。”

“噢。”

“这青年参军两年了，表现不错。”军人热情地赞扬梆子井村长大的人民战士，“连里想把他当个苗子培养，我们来考察一下他的社会关系。”

从众多的来访者口中，梆子老太听多了也听惯了梆子井村在外工作的男女们的不测之事，听多了那些人的不幸，反而习惯于听那些不幸的事，倒不习惯于听这稀有的有幸的事了。 既然作为苗子培养，不言而喻的是，入党和提干。 梆子老太不知该对这样的人怎么说话了。

“胡选生家庭是贫农成分。”她说。

“对。”军人点头说，“父母亲在队里表现怎样？”

“一般。”梆子老太说，“不积极也不反动。”

军人很不放心地问：“没有什么问题吧？”

“大的问题倒没有。”梆子老太叹口气，表示惋惜地说，“他爸他妈的历史……复杂……”

“唔——”两位军人相对一看，脸色专注而严肃起来，显然是没有料到的。

“有人在大字报上揭发，说他爸是个兵痞，卖壮丁，搂一把钱，去了又跑了，回来再卖……听说到过广东、云南……”

“干过什么坏事没？”军人吃惊地问。

“说不清白。”梆子老太反而平静地说，“他妈的事，更说不清了。有人说，他爸卖壮丁跑到河南，躲到一家地主家扛活，没过十天半月，把财东家的小姐拐带跑了……”

“你们调查清楚这个问题了吗？”

“查不清。”梆子老太说，“我们派人到河南，她老家那个地方，修了水库，村庄搬迁了，找不到下落……”

“这……怎么办呢？”一位军官摇摇头，犯愁地说，“到哪儿去澄清呢？”

“我们也没办法。”梆子老太说，“弄不清，先挂起来……”

两位军人轻轻叹息着，走出梆子老太家的院子。梆子老太照例用干脆响亮的声音送客人上路：“慢走……”

六、报复事件

那个曾祖父当过土匪的胡玉民，由他所在的西安那家工厂的两个干部押解着，遣返回原籍梆子井村劳动改造来了。他的老婆，他的两个孩子，由梆子老太安置在村口储藏麦草的场房里。之后又有两个人被遣送回来，一个是正在兰州念书的大学生，一个是陕南什么县城的什么公司的经理。尽管他们戴着不同名号的“帽子”，梆子老太在接收安置他们的时候，总是一律地用这样的话安慰说：

“你们都是梆子井村人，在外边工作，不给咱们村的贫下中农争气，尽搞反党活动！现在倒好，都回到梆子井来！回来了……好好劳动改造……”

每天早晨，在大队办公室门外的请示台前，站在这里来请罪的队伍扩大了，再不是新地主分子胡振武和老地主分子胡大头两个孤零零的身影了，已经有了一排溜儿。构成这一列队形的成分也多样化了。梆子井村的庄稼人看见，再不是纯一色的黑色裤褂的农村型号的五类分子了，掺杂了蓝色和灰色，衣服虽然破烂，却是制服式样。那一律弯腰低垂下去的脑袋，也不全是过去那两个新老地主分子的光葫芦脑袋了，有了蓄留着头发的工作人的脑袋了。

按照上级要求，梆子老太起初天天早晨监督他们请罪，后来就交给民兵连长去执行，只是在有新的成分增加到这支队列里来的时候，她才来亲自监督一次，看看此人老实不老实，规矩不规矩。

她站在他们面前，听他们一个一个依次开口，说那些天天重复着的老一套的话。往昔里，他们都是梆子井村的头面人物。不说老地主胡大头了，新地主胡振武从村长当到大队长，一直是站在梆子井最显眼的地方说话的人，现在由梆子老太监视着悔罪哩！那些穿破烂制服的人，往昔里在天南海北干大事，挣工资，他们留在梆子井村的老人和家属，过着比一般庄稼人明显优越的生活；他们在年时节假里回到梆子井，穿戴一新，令村里的男女老少都羡慕。他们和她见面时，打一句招呼就过去了，不大把她收进眼角里，现在，这些梆子井村的头面人物，全都匍匐到她——一个乡村女人的半解放式的小脚前头了。她的一句话出口，就可能使他们流下许多毫无报酬的汗水。

“五类分子修河堤！”她给民兵连长一句话，这些人就被吆喝到河滩里，在晒死青蛙的沙滩上，扛石头，推沙车，从早干到晚。

有时，看着这些人累得扭腰拉腿、疲倦不堪的样子，她心里又觉得他们可怜。是呀！一个没有抓摸过土疙瘩的手指头，长得那么细，怎能有劲呢？细指头捉水笔和揭文件纸，倒是轻巧利索，捉锨挖沙扛石头，就显得太弱嫩了。她想派他们干些稍微省力的轻活儿，又怕那几个造反头儿说她同情反革命分子，也就作罢。转念一想，让他们流些汗，出些大力，吃点苦，也使他们亲身经受一下，该当知道庄稼人平日里受的什么苦了。再甭像以往回到村里，摆一副挣大工资的工作人的优越面孔了！

胡选生从部队复员回来了。

梆子老太站在十字街心，看见他穿着摘掉了帽徽和领章的草绿色军衣，背着军队上的那种黄绿色被子，走到十字街心来了。他和几位庄稼人打着招呼，并不停步，从梆子老太旁边走过去，装作没看见，或者像是从来不认识她似的，端直走过去了，走进梆子井村中间胡大脚家的土门楼去了。

梆子老太心里明白，他恨她。三天过去了，这个胡选生不见前来报到，意向十分清楚。梆子井村的任何一个复员军人回归本土，不出三天，就得向村里的最高领导者报到，由她再吩咐队长给他们安排活路。工分也不是随便可以去挣的。胡选生不仅不见来报到，也没见他像其他复员军人那样提上糖果糕点去走亲访友。胡选生回乡的第二天，就扛着镢头下地干活挣工分去了。他这样爱工分？他爸胡大脚也这样爱工分而不通人情世故吗？

他憋气，梆子老太猜想。她想指令生产队长：甭给他记工分！既然没有向梆子井的现任领导人报到，一句招呼也不打，谁认识你是什么人呢？你的户粮关系尚未在梆子井落下，能随便挣工分吗？她觉得理由十分充足，却终于没有给生产队长下达这样的指令。她心里有点虚，有点怕惹麻烦，终于忍住了这口气。

在一条没有岔道可循的田间土路上，梆子老太和胡选生迎头碰面了。她等待他先开口，和她打招呼。她是领导小组组长，又是长辈人，不能先开口问候他一个晚辈娃子，那样有失身份和尊严……可是，要是他还是不理她的话，怎么办呢？她总有点心虚，想到应该和他打一句招呼，缓和一下，这儿在河滩野地，谁先朝谁开口，没人看见……胡选生头一仰，脸一迈，丝毫没有放慢脚步，从她身边走过去了，满脸的傲气，这个狂妄的家伙！

现在清楚不过地证实了梆子老太隐藏在心底的那一层顾虑：他恨她。气她向部队的那两位军官说出了他的父母亲复杂的历史状况，使他失去了被连队当作苗子培养的可能，既没有提干，也没有入党，又回到梆子井村来务庄稼了……他不恨她才怪哩！有人恨她恨在心里，比如那个胡玉民，表面上一句不吭；那个什么县的什么公司的胖经理，不管心里怎么想，却总是踅到她跟前来汇报改造收获，满脸赔笑。这个胡选生硬得很！仇恨就摆在鼻子眼上，专给她瞅似的。她再三思量，得忍着点，胡选生和那一帮人不一样，他头上没有“帽子”，不好抓摸哩……

大约过了半个月，相安无事，梆子老太也约略放心。他敢把她怎么样呢？这一天，胡选生终于亲自登门来了。

“这是部队给大队的介绍信。这是户粮关系。这是团关系……”胡选生站在院子里，不笑也不恼，像对一位陌生的人交代手续一样。

“屋里坐。”梆子老太礼让说。

“没有什么事情了吧？”胡选生打算立即走开的神气。

“甭急。”梆子老太把那份团组织介绍信，又塞回对方手里。那是参军时从梆子井村团支部转入部队的，现在换了一张表，又从部队转回梆子井村团支部来了。她说，“你到团支书那里去办团关系。”

胡选生把那张表格塞进裤兜，抬脚要走。

“选娃。”梆子老太转念一想，不管怎样，表面上也该缓和一下这种紧张的气氛。她装出什么也不介意的样子，关心地说，“你回来了，要多帮助咱村干工作，老太我没文化……”

胡选生停住脚，转过身，从门口重新走回院子当中，咧开的嘴角上，荡漾着不屑的嘲笑。

“你在部队受过教育，表现不错。”梆子老太廉价地安慰失败者。她虽然不大习惯给胜利者祝贺，却能大方地安慰失败者，不惜言辞，“咱们队里革命生产忙啊！正需要你们年轻人！”

“需要我？”胡选生眼里滑过一缕疑问的光，“你说的是真心话？”

“啊呀！老太啥时候哄过你？”

“黄主任，既然你把话说到这儿了，我就忍不住，想问你个问题——”胡选生冷声静气地说，“关于我爸和我妈的历史问题，做结论了吗？”

梆子老太愣住了。在这个年轻的复员军人的冷静的语气里，感觉到了蓄久而又压抑着的愤怒；那一双被蓬乱的头发掩遮下的眼睛里，透出一股憎恶的冷光；因为外表上努力做出平静，反倒使他那种愤恨和憎恶的怒气更显得深沉和不可压抑，像暴雨降落之前的静寂中掠过的一股风，带着冷气，直透进梆子老太的骨缝。

"你爸是贫农，你妈也是贫农，这不含糊。"梆子老太干脆地说，丝毫也不拖泥带水，"没有做不做结论的事嘛！"

"说我妈是逃亡的地主小姐的事，从何说起呢？"显然是经过千百回的思忖和度衡，胡选生不慌不忙，把自己心里要说的话，一句咬到要害处，"我想问个明白。"

"那是有人在大字报上揭发。"梆子老太作出不在意的样子，仍然和气地解释，"群众意见嘛！要正确对待，相信群众相信党嘛！"

"群众意见我不计较。"胡选生说，"如果有人以党和群众的名义，把这些专门害人的谣言当作事实，给我装进档案，我就会成为兵痞和逃亡地主的狗崽子……背一辈子黑锅！"

"咱们……没有……这样看待你。"梆子老太心里发慌了，一切已不再是秘密，看来是不好对付的，"你甭……背思想包袱……"

"我怎么能不背包袱呢？"他眼皮一翻，紧紧盯住梆子老太的眼睛。他想说，你和部队外调干部的一席谈话，把我一生的前途葬送了，还叫我不要背思想包袱！ 他忍一忍，继续谈他早就要谈清楚的问题，“我只有一个要求，把我爸我妈的历史调查清楚，做出结论。 要是证据确凿，我当逃亡地主的狗崽子，算我活该！”

“我们派人到河南，查不到……”

“那应该再想办法去查！”

“不好办哩……”

“光说‘不好办’不解决问题。 我背着黑锅哩！”

“群众意见嘛！ 正确对待……”

“什么‘群众’的什么‘意见’嘛！”胡选生终于忍不住大声说，“我爸背了河北宋家财东一身烂账，万般无奈，卖壮丁给人家还钱，你说他是兵痞！ 谁家里有一丝活路，愿意拿性命冒险换钱？ 俺妈家在河南，穷得要饿死了，才卖给财东家当丫鬟。 俺爸从国民党队伍里偷跑了，躲到财东家扛活儿，看见财东把个穷丫鬟打得半死，锁在柴火房里，他可怜穷人，救了她，两人逃回陕西……咱村人谁个不知，哪个不晓？ 你不想想，凭俺爸一个穷汉人，能勾引来地主家小姐不能？ 你……”

“我早就说过，是群众大字报上写的嘛！”梆子老太无法应付了，只是勉强地重复她领略到的这句政策性十分广泛的话，“群众在恁大的运动中……难免有不太实际的话写到大字报上……”

“哼！ 我说——”胡选生无可奈何地冷笑着，“如果有人贴大字报说，你不生娃，是当姑娘的时候，让野汉子给搞坏了……你能正确对待吗？”

梆子老太一哆嗦，眼睛里起雾了，黑了。这样刻毒的辱骂，从一个晚辈后生的嘴里吐出来，像迎头浇来一盆屎尿，她被呛得张不开口了，嘴唇颤抖，眼前发黑，脑子里嗡嗡响，几乎昏厥了。

“反正……我背一辈子黑锅了……活着有啥意思！”胡选生快快地转过身，眼里泛出恶毒的报复以后的得意神气，似乎什么都在所不惜了，他出够了气，准备走了。

“你放你妈的臭屁！”梆子老太一下子从沉重的打击中醒悟过来，蹦前几步，把一口唾沫喷吐到选生脸上，骂起来，“你狗日的翻了天了！”

胡选生抹着鼻脸上的唾沫，阴冷地笑着：“看看你……这下也不能‘正确对待群众意见’了吧？”

梆子老太更加气急，一甩手，就抽到选生的脸上，再扬起手的时候，就被选生铁钳一样有劲的大手攥住了肘腕。她伸出另一只手，掐住了选生的领口，纽扣一个个挣断脱落了。

胡选生没有想到会打架，原来只想骂几句出出气罢了，他突然有些后悔，和一个老太婆打架，太没意思了。他甩开她乱抓乱撩的手，准备摆脱，不料梆子老太突然趴在地上，双手抱住他的左腿，大哭大喊：“救命——”

胡选生没有料到会有这样的麻缠，打不敢打，一个老太婆怎能招架得住他的拳脚呢？ 摆脱又摆脱不了……突然，小腿上一阵钻心的疼痛——她咬了他一口。 小伙子疼得难以忍受，又听着她虚张声势的哭叫，愤恨的火气喷涌而出，抬起另一只脚，照梆子老太的屁股踢去——

这一脚，可能结果梆子老太的性命，从而酿成人命案件，至轻也会踢得梆子老太皮烂骨折。 幸亏门外扑进一个人来，连滚带爬地扑倒在两人跟前，恰到紧要关头，抱住了选生刚刚抬起的脚腕。 选生自己始料不及，身体失掉平衡，摔倒在院子里。

来人是胡选生的父亲胡大脚。 他早已从儿子的言行神色中窥察出来某些异常的神态，暗暗地监视着儿子的一举一动，生怕闹出乱子来。 他的心机没有白费，恰到好处地制止了一场可能酿成的祸事……

这件事处理得十分及时，三天没过，胡选生被县公安军管会拘捕了，性质定为阶级报复。

拘捕胡选生的吉普车刚一开出梆子井，村民们一股水似的涌进胡大脚家窄小的院子。 女人们安慰号啕大哭得嘶哑了嗓子的河南籍女人，男人们劝解双手抱头唉声叹气的胡大脚，悄声怨骂那个瞎心眼的梆子嘴……太过分了！

“啊呀！ 这个梆子嘴，不知给外边来的人，都胡说乱道了些啥……”

“甭想从她嘴里听到一句吉利话！”

“上头来人尽听她瞎汇报……吹胀捏塌，好事说瞎，全由她叨咕！”

梆子井村的庄稼人都养儿育女，悉心盼望自己的儿女将来比自己活得更有出息，顶好能到外部世界里去干一番事业。那不仅是单纯的经济收益上的实际利益，重要的是标志着作为父母教养儿女的光荣啊！尽管他们自己在梆子井村里不打算加入共产党，甚至开会时总朝拐角挤，甚至甘当落后分子，但他们几乎一律诚心地希望儿女们在学校、在部队、在工厂或记不清名号的单位里，积极工作，思想进步，最好能加入共产党，能提拔成干部……解放以来形成的新的社会观念是：党员和干部是一切角角落落里的优秀分子，是好人的同义语，处处受人敬重和爱戴啊！

现在，梆子井村的父亲和母亲们不能不切身考虑：如果自己的儿女将来参了军（或服现役），上了学（或已在校），在西安或外省工作的话，要入党，要进步，仍然与梆子井村的现任领导有割不断的关系哩！即使你走到天涯海角，仍然得由梆子老太向你所在的单位证明一家老少乃至骨头早已化成泥水的上几辈祖宗，究竟是好人或者是坏人！谁家几代人中没有一点纰漏和过失呢？梆子老太实实在在叫他们不放心呀！岂止仅仅是同情胡选生的厄运？一个盼人穷、瞎心眼的婆娘，能指望给你的儿子和女儿说什么好话吗？甭想！

于是，在胡大脚家的院子里，七嘴八舌，乱口纷纷，把梆子井村几年间所有人的倒霉和劫难，都有根有筋地与梆子老太联系起来了。梆子老太的存在，显然已经对全体村民都构成一种潜在的威胁：只要她健在，只要她手里还攥着那个“红圆木”（印章），他们就怕怕……谁能保证那不祥的梆子似的声音不会敲响在自己的头顶呢？

七、光荣的孤立

梆子井村贫协主任黄桂英被阶级敌人殴打的严重事件，震惊了公社和县上贫协的领导同志。他们或骑自行车，或坐吉普车，先后赶到南塬坡根下的偏僻的小村庄来，带着沉重的心情，表示关切和慰问。

梆子老太深受感动，当着领导人的面，流出擦不干的泪水。她艰难地用胳膊撑起身子，想坐起来，躺着和县上的领导说话，太没礼节了。领导人亲切地按住她的肩膀，坚决地劝慰她继续躺着，安静地养伤，不能乱动，不必讲究礼仪，养伤要紧呀！她就躺着，仔细认真地聆听上级领导热心热肠的鼓励的话。她感到无上荣光，甚至受宠若惊。好呀！让梆子井村的男女老少都瞅一瞅，县上的坐小车的大领导亲自看望黄桂英来了！梆子井任何一位庄稼人生疮害病，甚至老死病逝，除了他们的亲戚来看望，公社和县上的领导看望过哪一位普通庄稼汉呢？她的心情十分好，胡选生的辱骂带给她的是难得的荣耀，而他自己现在则蹲到县公安局的拘留所里了。她向领导表示，自己决不怕打击报复。在梆子井这个阶级斗争越来越尖锐复杂的村庄里，为贫下中农掌好印把子……

所有来访的人，无不为这个五十多岁的乡村老太婆所表现出来的斗争精神所感动。县贫协主任当着梆子老太的面，指示随身前来的小秘书说，把黄桂英同志的事迹整理出来，印发到各级贫协组织，学习她的斗争精神；而且诚恳地做着自我批评，因为官僚主义，竟然没有发现这样一位富于斗争精神的好同志……

梆子老太抱养的女儿已经长大成人，白天守候在身边炕前，默默地递水递饭，晚上就由景荣老五来代替侍候了。

“你觉得怎样？”整整躺着五天了，仍不见梆子老太康复，景荣老五有些焦虑，“腰还疼不？”

“轻是轻些了，腰还是疼得翻不过。”梆子老太皱着眉，很痛苦的样子。

景荣老五一声叹息，就低下头去默默地抽烟。不管怎样，她和他过了大半辈子，老夫老妻了。她被一个晚辈的年轻后生打伤，他心里难过。他不能解除她的痛楚，也体味不到她疼痛的程度，只是这么一直躺下去，他很担心，万一瘫痪了咋办？他是那种胆子小而不愿招惹是非的手艺人，就说：“要是还不减轻，我拉你到城里大医院去检查，看看伤没伤着骨头。”

“过两天再说……”梆子老太有气无力地说。

这时候，会计送来一张通知。

“啥通知？”梆子老太躺着问。

“公社召开‘活学活用讲用会’，通知你参加。”会计回答说，“明天上午八点，会期三天。”

会计走了以后，景荣老五劝说：“你有病，另派旁人去吧！”

“旁的会不开没啥，这个会非开不可！”

景荣老五正想认真地劝解，未及开口，却吃惊地看见，刚才哼哼唧唧痛苦呻唤着的老婆，忽的一声坐起来，一把掀掉被子，旋即溜下炕来，双手紧着裤带，像要出征的将军。他一下子愣住了，忙问：“你——病没好哩……”

“好了！”梆子老太赌气似的说，“我一没伤，二没病，让那娃子乖乖蹲劳改窑去！”

景荣老五听罢，难为情地低下头来，默默地装烟打火，张不开口了。担心老婆瘫痪的顾虑虽然解除了，可是她装病唤疼用以扩大事态而致使胡大脚的儿子套上法绳的行为，无论如何使善良的弹花匠老汉感到了良心的谴责。

他从父辈手里继承过来一张枣木弹花弓，也继承了父亲靠手艺吃饭、正直为人的家训。他给人家弹棉花挣钱吃饭，不想蓄意设陷伤害任何人。他参加农业社集体生产以后挂起了弹花弓，虽然留恋背一张弹花弓走四方的自由自在的生活，却仍然遵循着与人和善相处的父训，听从干部分配，不避不拣重活轻活，实实在在地在梆子井村生活着。因为老婆子进入村里的最高权力机构，他更加注意善言善行，与人和睦友善，意在弥补招惹是非的老婆子所造成的乡党友情方面的损失。看到梆子老太确实是装病装疼，他顿时产生一股厌恶的情绪，用吸烟来调节这种不快的心情。

梆子老太倒水洗脸，梳理散乱的头发。

公社和县上的那些领导，要是知道了他们不顾路程僻远前来看望的并不是一位受伤的人，而是一个完全的好人，心里会怎么想呢？县公安局要是知道了胡选生并没有打伤黄桂英的真相，又该怎么办呢？唔呀！那样一来，从里到外，从下到上，他的老婆就臭名远扬了！近几天来，看着乡邻们一溜一串出出进进胡大脚家的门楼，庄稼人不来看望挨打受害的人，反倒同情打人肇事的胡选生的父母，已经使景荣老五心里承受着压力。现在，他觉得这种无形的压力愈加沉重了，出门怎么和乡党见面说话……

“你要去开会，我也不敢拦挡你。”景荣老五思谋再三，使自己的情绪缓解下来，委婉地劝说，“开会时跟领导说话，注意尺码！经过这场事，咱也该学得灵活些，说话办事，多想想前后左右……”

“阶级敌人斗到我的大门里头来咧，你倒叫我装乖学龟！”梆子老太气呼呼地说，“你倒说说，‘前后左右想’什么？”

“我是说，该说的说，不该说的就甭说。”景荣老五依然耐心地说，“咱已是五十多岁的人了！”

“我说过啥不该说的话咧？”

“人家选生他妈的情况……你不该给军队上来的人乱说

嘛！”

“你倒跟他一口腔！”梆子老太真的动气了，“我说得不对，为啥法办他娃子？”

“甭看法办了选生，乡党骂咱哩！”景荣老五难受地说。他认为有必要提醒已经丧失正常理智的老婆，甭看公社和县上有领导来看望你，梆子井村的男女却拥到胡大脚家去了。他终于把社会舆论摆到她的当面，想促使她冷静下来，“人家叫你‘盼人穷’，瞎心眼，连我也恨着哩！”

“被敌人反对是好事。”梆子老太不屑一顾地回顶道，反而更加气壮声粗，“县贫协主任那天批评你落后脑袋，你咋只笑不说话？”

“乡党不是敌人嘛！”景荣老五争辩说，“县贫协主任批评我落后脑瓜，我没说话，是看他远远地来了，礼让他的。我心里也没接受！”

“你怕人骂，你躲远。”梆子老太不愿意和落后男人再啰嗦，“我的事情由我办，你往后甭在我跟前嘟嘟囔囔！”

厌恶地瞅一眼这个不明世情的婆娘，景荣老五站起身，掂着烟袋走出院子，蹲在门外平场里的青石碌碡上了。月色溶溶。梆子井村早已沉寂。从一家一户的大的或小的透着光的窗户上，他想到人家的夫妻们在灯下窗前和声细语，在商量如何安排家庭生活吧？在商量给儿子订媳妇或给女子寻婆家的事情吧？不管贫富，人家生活过得安宁和平静。他已接近花甲之年，希望晚年的日月过得安宁，特别是在已经纷乱得令人烦腻的当今社会里，他希望有一个安宁和谐的家庭。现在，在这样大的世界上，没有一个能叫他劳动、吃饭和睡觉的安宁角落了……唉！他断定自家这个门楼里日后更不会少事，和胡选生的纠葛不过是一种先兆罢了。那些骑自行车或坐吉普车来光顾他家门楼的县社干部，只顾鼓励他的老婆去斗争，却不知把景荣老五一家的乡邻关系完全破坏了！他们的话，像火一样烧燎着他的不知深浅的老婆，屁股烫得坐不安稳呀！他毫无办法……

梆子老太按时出席了公社召开的“讲用会”。她的发言，引起了强烈的反响。

“真是人老心不老的‘老来红’……”

“黄桂英同志真是睁着眼睛睡觉——警惕性最高了！”

“学活了，用活了，有阶级感情呀……”

梆子老太简直应接不暇了，迎着她的是一张张笑嘻嘻的脸孔，钻到她耳朵来的是一句句热情赞扬话，始料不及的巨大成功，使她感到生活的欢乐了。第一天会议结束，她心里装着盛不下的欢悦之情，格外有劲地走完公社离梆子井之间的十多里路程，凯旋似的归来了。自从一顶花轿把她抬进陌生的梆子井村，她从来没有今天这样得意过，几十年来别人赞扬她的话加在一起，也没有今天一天里听到的多！

梆子老太兴冲冲走进街门，看见儿子坐在院子里的青石礅上喝水，乘凉，瞅见她进门，白眨白眨看她一眼，既没打招呼，也没问饥问渴，狠狠地翻给她一副白眼，扭身走出街门去了。

“你在公社胡乱讲些啥呀？”女儿腰里结着围裙，从小灶房里走出来，一瞅见母亲，劈头就问，像是早就等待着她似的。女儿嘲笑说，“你这下光荣了！光荣得全公社都闻名扬声了！”

“你——不想活咧？”梆子老太从热烘烘的公社会场，一下子跌进自家小院的冰窖里。她一时搞不清儿女们顶撞她的原因，无法忍受下辈人的放肆和无礼，骂道，“反了！”

“你是硬逼别人去跳井！”女儿根本不把母亲的斥责当一回事，看来已经是忍无可忍，火气更盛地反唇相讥，“你耍积极。你逞能。你把俺爸也贴赔进去，糟践再糟践！你简直——”

在公社大礼堂的讲台上，梆子老太绘声绘色地讲述自己在梆子井村与阶级敌人做斗争的事迹时，公社自办的有线入户喇叭，准确无误地把她的每一句话，高兴时的笑声，难受时的哭声，一声咳嗽，都传遍整个公社的每一户农家了。其时，景荣老五和他的儿子和女儿，坐在院子里，一个个脸红耳赤地听着，当梆子老太讲到她与顽固派老汉做思想斗争的时候，儿子一跃身，从门楣旁边的土墙上，把那只纸质舌簧喇叭扯下来，摔到地上，踹得粉碎了。

梆子老太从女儿的言语间，大体明白了缘由。她现时置身于自家的小院，面对丈夫和儿女，回想起在公社的“讲用”发言，似乎觉察到有些话说得过分了，不仅伤老汉的面皮，也伤了儿女们的面皮，儿女已经长大成人了呀！ 那些过分的话，大约是在频频而起的掌声中，她的嘴巴变得收拢不住了。 她有点懊悔，又不甘在儿女面前示弱。 于是就把气使到景荣老五头上。 一任儿女横加诘责母亲，他不拦挡，也不劝解，掂着烟袋倒像看热闹。 她说：“说了就说了！ 谁要他一天尽说落后话！”

“你也该想想，五十多岁了，你积极得想当中央文革小组成员吗？”女儿气呼呼地挖苦，“你在公社胡说乱道，村里人听着广播骂，唾沫星儿把人都要淹死咧！ 你爱光荣，我嫌丢脸……”

这样的话，太叫做母亲的难以承受了，梆子老太气得脸色蜡黄，气呼呼地骂：“你嫌我丢脸，你滚！”

“你把丢人当喝凉水！”儿子此时走进门，粗声粗气地接上说，比姐姐的话更难听，“人家把你当猴耍，你还当你能行哩！ 公社干部吃公粮，挣工资，耍嘴皮子。 你跟上人家瞎哄哄，难道不怕众人指脊背吗？”

梆子老太孤立无援，被四面围攻，气得浑身发抖，脸色由黄变青，双手捂脸，“呜”的一声哭起来。

景荣老五憎恶地翻一眼老婆，又低头抽他的旱烟。 他也早已准备了一肚子难听话，准备和老婆闹一闹，甚至做了退一步的打算：分家另过，和这样的女人生活在一起，他无法安宁。 现在，儿女们已经说得够多够难听了，他把想说的话全忍下了，老好的老汉啊！ 儿女们近乎辱骂的话语是不该有的。可是对于头脑发热的老婆，好言规劝变得无济于事了，有几句冷言冷语，使她发热的头脑凉一凉，也许正好。他觉得事态不能再扩大，就开口斥责还不肯罢休的儿女。

“你要当积极分子，你去！”听了父亲的斥责，儿子赌气地说，“把我分开。我单独过。我受不了旁人的白眼……”儿子几乎哭了。

“把我也分开！我跟俺弟俺爸过。”女儿也施加压力，“你积极，你革命，你一个人过活。俺一家老落后不沾你的光，也不受你的气！”

梆子老太不曾注意，她和景荣老五抱养人家的女儿和儿子，已经长大成人了，开始在梆子井村里和周围的邻近村庄里，结交同龄的相好和伙伴了。在她超出一般乡村庄稼人接受能力的言语和行动中，不仅把自己孤立了，而且把儿女们在年轻的伙伴当中也孤立起来了。旁人撂下的杂话碎语，儿女们听到了，脸烧哇！

“你们多嫌我……我给你们离眼……呜呜呜……”梆子老太哭得好伤心，“我受苦受难……把你俩养活大了……呜呜呜……”

儿子一甩手走出门去了。女儿在灶房里也不再出声，磕碰得碗儿碟儿乒乓乱响。

“你要会听话。娃们原为你好。”景荣老五这时才开口，劝解哭哭啼啼的老婆，“人家公社那些人抬哄你，是哄得憨狗去咬石狮子！你当是人家赏识你哩！”

“你吆喝起一家大小骂我……你看我不顺眼……唉嗨嗨嗨……”

“该当修德养性了，甭叫人斜着眼瞅咱。咱们都是上了岁数的人咧！”景荣老五诚心实意地说，“娃儿长大了，要在人前站哩！咱们挨骂，儿女在人前也难说话呀……”

这些陈腐的为人处世的俗理，与公社领导讲的话，恰好相悖，相去太远了。她在公社受尊崇，受赞扬，回到屋里遭围攻，太叫她难以接受了。她听不进去，景荣老五不知给她重复过多少回的这些处世俗理，没有任何力量。她又无法辩解，儿女们几乎一边倒地站在顽固脑袋的老头子一边，对她的威胁太大了。要知道，儿子和女儿毕竟不是亲生骨肉，终究有一层后天无法弥补的隔卡呀！要是真的闹出分家的局面，她怎么办呢？哭着想着，梆子老太强迫自己吞咽了儿子和女儿的恶言秽语，就不再开口，算是平息了骤然暴发的这一场内乱……

无论是景荣老五诚心实意的劝解，抑或是儿子和女儿恶言恶语的刺激，都无法挽回梆子老太的“讲用”在外部世界所产生的影响，更无法使梆子老太安静地屈居于他们的农家小院了。

公社为期三天的“讲用会”结束以后，梆子老太被推选为出席县“活学活用讲用会”的积极分子了。下半年里，参加过县上“讲用会”，她的发言引起更大范围的反响，县广播站播放了全部录音，铅印的单行材料发至县属的各个单位。黄桂英的名字，已经从偏僻的梆子井村飞出来，叫响在全县的角角落落里。

第二年春天，梆子老太光荣地出席地区“活学活用积代会”，会后又被选为出席省上会议的代表了。梆子老太占有别的代表无法竞争的优势：五十多岁的农村老太太，一个大字不识，尚且能学好用好，势必对众多的识字的人是一种刺激！她到处都受到重视和欢迎。省上的会议需得等到下半年召开，梆子老太暂且回到梆子井村里来。

景荣老五和他的儿女们大惑莫测，真不敢再往下想，说不定省上的“积代会”之后，他的老婆要上北京，怕是也难说哩！这对他们过去对她的那种态度，无疑是一个绝妙的讽刺。他在老婆归来之前，提早告诫过自己的儿女：

“看清了没？你娘现在落不下马了！凭咱爷儿们劝不回来了！她愿意做啥由她去，咱爷儿们过咱的日月……”

八、梆子声声响

在一年多的时间里，梆子老太参加各级“活学活用讲用会”，从公社走到县，又从县城走到地委所在的城市，后来又被地委选为巡回“讲用团”成员，到处去现身说法。她究竟走过哪些县城，已经记不清楚了，至于去过哪些工厂、学校、商店和公社，就更难于说得清了。笼统的印象是，所到之处，锣鼓，鞭炮，红旗和大幅标语，一处比一处欢迎的场面更热烈，更隆重，像暗中比赛着似的。所到之处，热烈的掌声，满台的笑脸，许多记不清名字的领导人的欢迎词，真诚而又谦恭。所到之处，七碟八碗，肥的瘦的，烧的炒的，辣的甜的，洋的土的一齐涌上餐桌，也像暗中比赛着似的。

梆子老太一生只去过十里堡，县城一次也没去过，这回可是大开眼界，见到了平生没见过的大世面，受到许多有头有脸的领导人的欢迎和尊敬，尝腻了从来没尝过的美味佳肴……她的心胸也变得开阔了，没有必要和顽固脑袋的老汉计较了，他经见过什么呢？

乍一回到梆子井，梆子老太顿然觉得南塬和北岭之间的这条小河川道太狭隘了，梆子井村的街巷太污脏了。她心里很不满意，街巷搞得这样脏，五类分子干什么去了呢？给他们规定的每天早晨清扫街道的制度，因为她不在家，显然是松懈了。她去找干部，民兵连长到渭河北岸的什么地方买粮去了，生产队长给队里买化肥去了。

要不要到支部书记家去呢？在她外出的时间里，公社派人整顿选举产生了梆子井党的支委会，胡长海任支部书记了。她不想到他家里去，起码是不必刚一回来就去找他，给人造成她去朝拜他的印象。什么样的大领导，梆子老太都见过了，和地委书记握过手，照过相，吃过饭，地委书记还给她碟儿里夹过菜哩！县委书记扶她上车哩！胡长海算几级干部呢？本该在她一回到村里，他来找她汇报工作才对。虽然他是支书，可她是省“积代会”代表。

梆子老太觉得不去朝拜胡长海是对的，于是就从村里转过来，整个村巷里的树木、房舍、粪堆和柴火垛子，既熟识而又显得陌生。社员们看见她，有的远远走过去了，有的平淡地打一句招呼，也就没精打采地走过去了。梆子老太不大在意，这些只知道挣工分的庄稼人，又经见过什么大世面呢？她也许知道也许是不知道，梆子井村的社员，一年四季的吃食，主要靠渭河北岸的农产供应了，用一句调皮话说，户口在梆子井，而粮食关系早已转到渭北去了。

梆子老太走过地主分子胡振武家门前的时候，看见那家院子里，拥着一堆一伙妇女和娃娃，有人走出来，又有人走进去，熙熙攘攘的样子。她不由得一惊，这么多社员围在阶级敌人家里干什么？地主分子太猖狂了，竟然敢把这么多贫下中农拉拢到屋里，搞什么鬼名堂呢？她径直走过去。

“哈呀！黄主任也来看新媳妇了！”

梆子老太刚走到门口，一个眼尖嘴快的妇女高声喊，她才明白了是怎么一回事。她停住匆忙的脚步，进去不进去呢？人家给儿子订媳妇，自己进去干什么呢？转而一想，在上级开会时，领导人反复强调，阶级斗争处处有，婚丧大事中更不会风平浪静，何况胡振武本身就是地主分子！这样想着，她决定：应该进去看看究竟。

“主任，回来了。”大队会计花儿正从门里走出来，急急忙忙的样子，和她招呼说。

“你急急忙忙做啥？”梆子老太问。

“我去开个介绍信。”花儿事务式地说。

“给谁开啥介绍信？”

“给解放哥开介绍信，他跟媳妇明天到公社领结婚证，急着要大队的介绍信哩！”

梆子老太闭了口，瞧瞧左右，就跟着花儿走到远离胡振武家门的街巷里，悄声问：“你审查过了吗？”

“两人都超过晚婚年龄了，再没啥审查的！”

“女方是哪里人呢？”

“陕北人。贫农。”花儿有点不耐烦地说，“女方合格不合格，由公社审查。咱们大队，只负责审查男方。”

“一个贫农女子，怎能嫁给一个地主儿子呢？”梆子老太紧盯着花儿问，“你想过没有？”

“人家两相情愿嘛！”花儿烦了，“我管不着。”

“你管不着？”梆子老太重复着花儿的话，加重了语气，“你知道不知道，你手里攥的啥？”

“章子。”花儿说，“公章。”

“贫下中农的印把子！”梆子老太纠正说，“怎么能丧失警惕性？”

“地主家的娃娃也得娶媳妇嘛！总不能去当和尚！”花儿不服气地说，“再甭疑神疑鬼了！”

“我没说不准他结婚！”梆子老太毫不放松，“要严格审查！”

“好！黄主任，你不放心我，你亲自去审查吧！”花儿烦腻地说，“你啥时候审查完毕，合格了，我再来开介绍信。”

“我就是要审查！”梆子老太一脚踏到底，毫不动摇，“你叫解放和那个女的到办公室来。”

“你叫啥名字？”

“兰铃铃。”

“哪里人？”

“陕北。兰家峁。”

“到这儿来干什么？”

“跟他……结婚。”

“为啥不在你们陕北找对象？”

“当地没粮吃。我想落脚到一个产粮的地方。”

“陕北革命形势大好！你咋说没粮吃？”

“俺家净吃糠。你不信，跟我去看看。”

“你家啥成分？”

“贫农。”

“你知道他家的成分吗？”

“知道——地主。他到俺家，头一回见面，就给俺说清白了。”

这个贫农的女子呀……梆子老太深深地惋惜，脸蛋儿圆圆的，眼睛很聪灵，可是太没出息了！眼看着这样好看的一个贫农姑娘要被地主的儿子引进屋里去，她心里难受，就耐心地开导说：“你仔细想过没？终身大事呀！”

“想过了，俺一家人都商量过了。”兰铃铃话语里不留一丝缝隙，表现出死心塌地的样子，“俺看出他人老实，对我好。他爸戴‘帽子’，那是他爸……”

梆子老太丧气了，甚至觉得这个甘愿投身地主家庭的贫农女子，未免太没骨气。她对呆呆地站在一边的解放说：“你俩先回去。介绍信现在不能开，等干部会上研究以后再说。”

“我给支书说过了。”解放急了，生怕到手的媳妇再发生变故，急忙解释说，“他同意呀！他说这号事一律由会计经办，用不着找旁的干部。”

“我也没说不同意，得研究研究，不能一个人说了算。”梆子老太一听解放找过胡长海，心里就更不美气，冷冷地说着，又转过脸，叮嘱陕北姑娘说，“你再好好想想……”

…………

解放领着铃铃走回家去。两人把梆子老太审查他们的经过如实叙述一遍，人家怎么问，她和他怎样答……感动得解放的妈妈热泪直流了。不等俩娃叙说完毕，她已经忍耐不住，一把拉过铃铃，把这个操着生硬的陕北口音的姑娘搂进怀抱，五十多岁的乡村老婆皱纹密布的脸颊，紧紧贴到未婚儿媳乌黑发亮的头发上，竟然呜咽起来了。

自打会计花儿来通知解放和铃铃到办公室，接受梆子老太的审查，解放妈妈的那颗母亲的心就冻结了。吉凶难测！简直完全可能是凶多吉少！她在屋里坐不住，站不稳，出出进进，慌慌乱乱，像是要发疯了。铃铃的回答真是恰到好处，这是多好的一个姑娘呀！她觉得那颗冻结在胸膛里的心，顿然舒脱了，紧紧地搂着陕北姑娘、可爱的未来的儿媳妇！

“四清”运动中，她的男人胡振武，一夜之间，由共产党员大队长变成了地主分子。她跟着受了多少折磨，且莫说起，她已经五十多岁了。使她日夜揪心的是，儿子解放长到二十八岁了，订不下媳妇，人家哪个贫农女子愿意进她的家门呢？好容易托人在陕北山区介绍下这个姑娘……如果梆子老太一棍子把她给吓跑了，她的儿子解放就可能打光棍了！那样一来，她真的可能发疯。现在，这样的祸事可以避免了，尽管介绍信还没弄到手，尽管梆子老太说还要“研究研究”，她觉得心里踏实，那颗承受过太多的折磨和惊吓的心，一时盛不下这个可爱的陕北姑娘带给她的太多的喜悦了。

胡振武磕掉烟灰，长长地嘘出一口气，这个姑娘给人心里的安慰，足以排除梆子老太给人的反感。他动情地瞅一眼老伴搂着未来的儿媳的动人情景，背起双手，放心地走出门去了。他已经养成不说话的生活习惯了。

他是地主分子。一九六六年，在“四清”运动中，他从梆子井的共产党员大队长，一下子变成人民的敌人了。他不服气，也不理解，却是硬得出奇。他可以天天无偿地扫街道，干最脏最重而工分最低的活儿，却是硬着嘴巴不请罪，只说自己有过错误，而拒不承认自己是剥削压迫群众的地主，即使没有蓄留头发的光头被打得疙瘩连着疙瘩，他的嘴也咬得紧紧的。

他默默地出工，默默地收工回家，坐在院子的树荫下抽烟，绝不无事迈出大门一步。梆子老太和民兵连长监督着他的一举一动，屁放得响了，她也怀疑他要嚣张起来了。他从早到晚可以不说一句话。无论是天大的喜事，抑或是地深的灾祸，他都保持沉默不语，遇事不惊了。谁能了知这个外表硬得像一块钢铁的汉子，心里整天在淌血！刚刚从三年困难生活中恢复起来的梆子井大队，现在在梆子老太一帮人手里，又穷得和三年困难时期不相上下了！他给家庭和儿女们带来的深重灾祸，日夜咬噬着他的心……面对这件本来就很伤情的喜事，他有什么好高兴的呢？看着老婆抱着陕北姑娘泪流满面的样子，他实实不忍心再看了！

人说胡长海当支部书记是睁一只眼闭一只眼，胡长海自己说，他的两只眼都闭着。

问题恰恰在于：眼不见，心也烦！一个在梆子井村起早摸黑为党和群众利益工作了二十年的共产党员，强令自己容忍许多实在无法容忍的事情在眼前发生，是一种自我折磨，只好闭上双眼不看。多少回，他忍不住想站起来，只需三五句话（多了用不着），把梆子老太瞎折腾的话驳斥回去，想想又作罢了，长叹一声：唉！何必！

眼前发生的这件事，他忍不住了。梆子老太卡住解放的结婚介绍信，已经一个月了，那个陕北姑娘真是好，就死守在胡振武家里。他想看看，梆子老太将会把这件民怨鼎沸的事弄到什么地步，也就忍着，等待着。令他不能容忍的是，梆子老太竟然追到他家里，诘问起地主儿子哄骗贫农女儿做媳妇的事来了。

“地主儿子到处乱窜，两次跑到陕北，给你请假没？”梆子老太一开口就咄咄逼人，“我可是一点不知——我在地区开会哩！”

“请假是给队长请。”胡长海淡淡地说，“我管不着社员请假的事嘛！”

“他从陕北拐骗回来个媳妇，请示过你没？”

“人家订婚娶媳妇的事，请示我做啥嘛！”胡长海一听就想发火，管得太宽了！他强迫自己依然保持住沉稳的口气，说，“人家是订媳妇哩！不能随便说是‘拐骗’。”

“一个贫农女子，咋会心甘情愿嫁给地主？”梆子老太眉头紧皱着，“我看有麻达！”

“解放是社员，不是地主分子。‘帽子’扣在他爸头上，没有扣着解放。”胡长海声音不高，口气却不软，不断纠正梆子老太言语中出现的概念上的混乱，“贫农女儿不能嫁给他；地主家庭出身的姑娘嫁给他，又咋说呢？怕是又要说成臭气相通了……地主家的娃子……只有断子绝孙！”

“反正……眼看着一个阶级姐妹被敌人腐蚀拉拢过去，我们不能不管。”梆子老太心里明白，胡长海偏向解放，就强硬地说，“党支部不能不抓阶级斗争！”

“婚姻法上没规定说，地主子女不准和贫农娃结婚！”胡长海也强硬起来了，“这件事算不算阶级斗争，我还没吃准哩！有什么责任的话，我担承着。”

“我看是阶级斗争的新动向！”梆子老太也不想再磨叨下去。她是个性急的人，见不得拖拖拉拉，磨磨蹭蹭。听见胡长海要承担责任的话，她真想一下子戳破他包庇阶级敌人的问题，话到口边时，她又绕了一下，改为批评教育了，“这次，我在地委开会，领导们再三强调，阶级斗争……”

胡长海点起烟袋，一任梆子老太给他传达她听到的那位领导人的讲话。他觉得好笑，让他们到梆子井村来吧，住上三年两月，看看社员吃什么，就懂得饥饿比地主分子胡振武要凶恶十倍！黑市苞谷卖三毛八分钱一斤……看看庄稼人的日月怎么安排？哪里有劲去搞斗争……现在的紧迫问题是，怎么把这个有恃无恐的女人支使开，甭让她给解放把媳妇冲散了，那就不会给胡振武一家带来灾祸了。他忍着性儿，好言解释说：“解放已经二十七八岁咧！甭说他妈他爸着急，乡党们都替娃操心这门亲事哩！咱们要是把这婚事给弄瞎了，不说解放本人吧，乡党们都要骂咱们当干部的哩……”

“你怕挨骂，我不怕！”梆子老太不假思索地说，“地委领导说，要和民主派思想斗争……”

“说我是啥‘派’我都应承了。”胡长海笑笑，“只是……这婚事……咱们最好再甭过问了。”

“我要管到底！”梆子老太说，毫不含糊，“你不管的话，我以贫协的名义，给她老家陕北打电话，让县上领回他们的‘盲流’人口！”

“我不同意！”胡长海一听，再也忍耐不住，霍地站起，把手中的烟袋“啪”的一声摔到桌子上，声音都颤抖了，“你没资格代表梆子井！ 也没有资格给陕北打电话！ 我还是支书！”

梆子老太真的吓了一跳，足足呆愣了半分钟。 平素，无论开什么会，都是她说了算，他只是蹲在墙角吸旱烟，临走时给地上留一堆黑色的烟灰。 所有她对梆子井的工作意见，他都不表示异议，更难见到他发怒动火了。 梆子老太完全在心底证实了他和地主分子胡振武穿着连档裤的看法，更加得意地说：“好！ 支书，把你今天说的话，全盘端到公社去，让公社党委评评理！”说罢，梆子老太转过身，气冲冲地走出门去。

“到北京告状去！”胡长海一听梆子老太有恃无恐的话，更加火冒三丈。 这个平素闭着双眼的支部书记，现在怒目圆睁，呼呼喷火了。 他跳出里屋门槛，站到庭院里，对着即将走出街门的梆子老太的背影，大声嘲骂说，“那个害人的婆娘给捉起来了！ 你找不上了……”

胡长海的老婆正在门外看守淘净晾晒的粮食，听见喊声，慌忙奔进院子：“你疯了？”

“欺人太甚！”胡长海余怒未息，把老伴平素叮嘱他的话完全忘记了，“这个混世婆娘……”

九、春天的梆子井

梆子老太远远望见，大队办公室的玻璃窗户上亮着电灯光。春天的夜晚，温柔的夜风。从敞开的窗户里，传出忽高忽低的说话声，一阵争论，又一阵笑声，总能听出杂乱的声音里胡长海那种苍劲的声音，那声音里透出一种刚强和沉稳的气色。梆子老太听惯了胡长海吭吭吧吧的那种说话声，现在倒像是蜕变成另一个人了，说话畅快了，声音高昂了。她此刻听到这种变化明显的声音，心里怪不是味儿。

胡长海在办公室召开什么会议呢？咋能连她也不通知参加？梆子老太生气地想，没有她参加的会议，算是什么会议呢？自从梆子老太登上梆子井村的政治舞台，大队办公室是她一贯坐镇的地方。她在这儿主持召开各种会议，接待来人来访，给五类分子训话……胡长海像是有意躲避她似的，从来是绕着大队办公室的门口走。现在，他召开什么会议，竟然不通知梆子老太参加？她所负责的临时领导小组虽然名存实亡，而贫协主任却是毫不含糊的。

梆子老太愈想，气儿愈加不顺，把出席过地区一级“活学活用讲用会”的先进人物甩开，胡长海眼里还有谁呢？她照直朝大队办公室的大门走来，你不通知我，我自个找上门来，看你咋说。贫协主任有权监督一切！

她气突突地走进门，往屋子中间一站，一只手不自觉地叉在腰上了。果然，在她往常坐的那把红漆靠背木椅上，坐着胡长海——不，这家伙不是坐着，而是蹲在椅子上，身子前倾，正在和谁大声争论，会开得好像很热闹。

“你们……正开会？”梆子老太想直问，你们开什么黑会呢？可是看看会场那四五个人的脸色，这样的话不好出口了。她的舌头临时打了弯儿，把话改变了。

“噢！”胡长海转过头，这才注意到她，眼一眨，完全明白了梆子老太的来意，毫不含糊地解释说，“党支部召开支委会，研究工作哩！”

梆子老太肚里气得鼓鼓的，却开不得口，她不是支部委员，毫无办法！多年以来，在她执政的年月里，从来没有分门别类地召开过什么名堂的会议，全是“一揽子会”。在好多场合下，需要谁参加，全是由她点了名，再让会计花儿去通知。胡长海从来也没主动召开过支委会，倒是她有时通知他来参加一些会议，表示有党的领导人来哩。胡长海在她主持召集的大小规模的会议上，总是蹲靠在办公室里那根明柱下，头低在两膝之间，自头至尾不发表任何意见。梆子老太不由得瞅瞅往常开会时胡长海常蹲常靠的那根明柱，现在空下了，胡长海蹲到桌子旁边的椅子上去了！坐在他周围的那四个支部委员，没有谁打算搭理她，脸上全是明显的或隐蔽着的厌烦之色。梆子老太有点尴尬，贫协主任能监督一切，却不能参加党支部会议。她勉强装出无意间走进办公室的神气，说：“那好，你们开会……我走。”

“没关系，会开完咧。”胡长海大声说，“你坐下，甭急着走，我正想寻你哩！”

那位女支委懒洋洋地挪一挪屁股，给梆子老太在长凳上腾出一席之地，绷着脸儿招呼她坐下。

“关于平反冤假错案的工作……”胡长海看着梆子老太坐下来，就说，“我晌午到公社参加了党委扩大会，后晌回来先给支委们传达。按照公社党委的安排意见，先成立一个领导小组，有计划、有组织搞好这件工作……”

“唔……”梆子老太恍然大悟，早就风传着要给五类分子平反，现在可见是实事了！怪道你胡长海说话声音这么粗壮，调门这样响亮呀！这些五类分子要是都平反了，那么她这么多年专他们的政，要他们老实劳动、老实改造的事，全都错了！她的心在往下沉，慌乱了，说话也有点结巴了，“那……怎么弄呢？”

“我来挂帅！”胡长海说。

梆子老太心里轰然一响，鬓角哏哏直跳。胡长海口大气粗，简直浑身都是劲儿了。这是上级党委安排的工作，她有什么办法呢？世事怎么一下子翻了过来，怎么料想得到……看着胡长海得意的样子，她张了张口，没有说出话。

胡长海确实完全变成另外一个人了。他的多年闭着的眼睛，现在闪闪放光了！这个受梆子井村庄稼人拥戴的领袖人物，重新抖擞起精神来了！

“四清”运动中，他被斗得死去活来，没有弄出一分钱一斤粮的问题。临近“四清”运动结束时，工作队长说运动“考验”出他是“比较好的干部”，要他继续革命。他说他再经不起拳头和唾沫的“考验”了，当不了支书。直至工作队队长用开除党籍来威胁，他才松了口。胡长海留任支书后，还没来得及开一次支委会，“文革”开火了，造反派们要夺权了。他拍手大笑，拱拳作揖：“不用抢不要夺，这权我还没掌稳哩！谁要谁拿去……”

前年整党时，公社里要他当支书……仍然是在以处分相加的压力下，他又当上了。他当是当上了支书，实际跟没当一样。他整天在地里出工，偶尔被梆子老太叫去开会，他低头蹲到散会，总是不哼一声。他冷漠地看着梆子老太在村巷里奔走呼号……

“支书，公社里布置批林批孔……”

“你领着人去批吧！我记性不好……”

“公社明天要汇报，开了几回批判会，写下多少批判稿……”

“你去汇报吧！我感冒咧……”

他把梆子老太从眼前支使开，自己就又扛起家伙下地去了。

他心灰意冷……待他从“四清”运动骤然而起的冰雹中苏醒过来，第一眼看到的是被这场雹灾彻底击倒的前大队长胡振武。他和振武从土改干到一九六六年春天，人称梆子井的“左右手”。 振武比他更惨，一巴掌给抽到敌对阵营里去了……每当他看见振武脊背上背着打×的白布块，在村巷里扫街道，在田地里担稀粪，在河滩里扛石头，和那个老地主胡大头一起做惩罚性劳动，心里就不寒而栗！ 太令人伤情了啊！ 他的老婆一天三次给他敲警钟：“你大公无私！ 你一心为社员！ 你……振武的下场等着你哩！”

他冷眼看着梆子老太东奔西颠，唾沫飞溅，而不予理睬。 或者说，他根本就没有把这个多嘴多舌的女人放到眼里。 那纯粹是一个既没有本事也没有德行的人，怎能指望一个既无本事而且心术不正的人办出有益于社会和群众的事来？

他和景荣老五年龄相仿，他和年轻的伙伴们从黄家圪塄把她用花轿给景荣老五抬回来，在一个村庄里生活了几十年，他不知她的什么秉性呢！ 作为一般妇女，她有令人同情的生理缺陷，谁也不能因此下看她，这是普通常识。 作为一般社员，她心眼窄些，有点“盼人穷”的毛病，也坏不了梆子井任何人的任何事，须知旁人是无法“盼”得“穷”的嘛！ 可是，梆子老太一登上梆子井的权力宝座，这个女人一下子变得非同小可，搅得四处不安了！

他决计不跟她共事。 她喊她叫，他只是不在乎地笑笑。 他不屑于跟她去辩争——揭露和排除这样一个女人能费多大劲嘛！ 问题在于：时势不对。 时势正在把这个昏头昏脑的女人哄抬起来，竟然登上县和地区的讲台了……他能跟她争执什么呢?

“我来当组长。”胡长海重复一遍,毫不拖泥带水,过去的那种干练的办事作风又显现出来,“领导小组三个人,还有你和大队长。”

梆子老太本想一口回绝:不当! 不当你的什么平反领导小组成员! 要她给那些人去平反,那不是让自己打自己的耳光吗? 想想,即使她不当,平反工作还是要进行的,反倒失去了监督胡长海他们的机会。 她终于没有应声,算是默认了。

“下设专案组,拟定七个人。”胡长海继续说,“工作量大! 咱们小小的梆子井,粗略算一算,两场运动(‘四清’加上‘文革’)中需要复查的人,不下二十个! 当然,有些人的案子简单些……”

“专案组的七个人都是谁呢?”梆子老太问。 领导小组的三个成员,是由支部、大队管委会和贫协三家的头头组成,各代表一方。 专案组物色的什么人呢? 胡长海肯定会把他的人手安插进去。 她准备在这个问题上不作退让。

“专案组的成员,一要公道,二要有点文化。”胡长海说,“明天召开社员会,让大家推举。”

“那样……”梆子老太一愣,这样的选举办法,对于她所信任的那几个人,一个也选不上去。 她急中生智,“我看应该先在贫下中农中间酝酿,提出人选,再放到社员会上通过。”

“算咧！咱村除了一户老地主，五户中农，剩下全是贫下中农，甭多费一番手续了！”胡长海断然说，“时间短，任务重，麦收前要搞出个段落，免得干扰三夏。”

“可是，党在农村的阶级路线……”

“那些受冤受屈的人，早压得一天也憋不下去了！”胡长海从椅子上下来，站在梆子老太当面，沉重地说，“咱们少绕些弯路，该当早一天给他们把套枷打开！”

“怎么能是‘绕弯路’呢？”梆子老太认真地争执说，“依靠贫下中农，是党的路线……”

“你有意见，咱们个别谈。”胡长海并不介意她的话，可也并不打算改变已经定下的办法。他对支委们说，“大家回去吃晚饭吧！”

四个支委一转身全走掉了，好像谁也不愿意再听她啰唆。梆子老太心里冒气，全都把她当什么累赘一样讨厌了。是谁刚走出门，就在院子里呼喊起胡长海，也叫他赶快回家吃饭……

梆子老太似乎感到脚下铺地的砖块在下陷，在崩塌，不祥的阴云愈加浓厚地聚积到胸间。

无法改变了！无可挽回了！她也不再开口，示威似的猛转过身，走出门去了。给胡长海点难看！

夜幕笼罩着树荫苍郁的梆子井。西边河天相接的地方，有轻烟似的一缕亮光。河川里的麦苗的气息，随着夜风弥漫到村巷里来了。有人在畅快地谈论，日前那一场透雨下得太好了，太神了！于麦子拔节好，于棉花播种也好，于一切庄稼的生长都好极了！

“经公社党委批准，将胡振武同志在‘四清’和‘文革’中受到的一切诬蔑不实之词，全部推倒，予以平反。现决定：一、撤销胡振武家庭地主成分的决定，恢复下中农成分；二、撤销对胡振武作出的地主分子的决定，恢复一切公民权利；三、恢复胡振武同志中国共产党党籍……”

公社党委常书记亲自宣布党委的决定，还没落音，掌声就把一切声音都淹没了。

这是一九七九年的早春时节，历史将记载这个重要的年代，梆子井的庄稼人，也难以忘记这个年代发生的生动的一幕。

胡振武浑身颤抖，头脸上涌下黄豆大的汗珠。这个强硬的庄稼汉子，在他扣着地主分子帽子的整整十三年里，梆子井村的男女老少，谁也没见过他流一滴眼泪。现在，汗水和泪水从鼻翼两边涌流下来了，竟然站立不稳，一个踉跄，几乎摔倒。站在麦克风前主持大会的胡长海双手扶住他，两人抱扶着，“哇”的一声哭了，同时在讲台上蹲下身去……

梆子老太作为平反领导小组成员，也坐在主席台一角，无论怎样努力使劲，总是抬不起头来。平心而论，在给胡振武定地主成分的问题上，她没有提供什么虚假的证据。只是在她把他当敌人专政的时候，也许过分了一些……人无法掩饰自己干过的亏心事被揭穿以后的尴尬情绪，更无法鼓出与几百双鄙视的眼睛相对峙相抗衡的力量……

“欢迎胡振武上马！”

一声粗浑的呼声刚落，立时激起洪大的响声，在会场背后的黄土崖上发出回响……

“社员胡振汉在河滩开荒种红苕，是党的政策允许的事。现在决定：将没收胡振汉同志的三间瓦房，退赔本人。”

胡振汉从讲台下爬上台子，愣呆呆地盯着常书记。梆子井村的庄稼人忽然发现，当年开荒种地的壮年汉子，现在老了！他腰弯背驼，一只眼睛里蒙着一层白盖儿，苍老成这个样子了啊！他哆嗦着手，狠着声问：“你这回说话算话？”常书记没有回答，瞧着老汉，嘴唇也抖动着，用涌满眼眶的热泪回答了乡村父老。

教员胡学文十几年前在报纸上发表的那一篇小故事，“四清”时定为毒草，因为发端于梆子井，也一起平反了。常书记握着中年教师胡学文的手，鼓励他重新提笔……

胡振武，胡振汉，胡学文……一摆溜站在主席台上，接受公社党委常书记宣布的平反决定，接受台下几百个社员同情的目光。三月末的太阳照射着南塬坡根下的绿叶葱茏的梆子井，有人在会场剥掉棉衣了，太阳的热力好强呀！

梆子老太坐在主席台一角，心情与在场的庄稼人相去太远了。如果说胡振武被错划为地主分子与她的直接关系不大，那么胡振汉被定为国家困难时期的暴发户而被没收了三间新瓦房，却是因为她向工作队提供了“四十一车红苕”的确凿证据，工作队队长曾经赞扬她是“睡觉也睁着一只眼”……胡振汉老汉跌跌撞撞爬上台子，愣呆呆地问常书记这回说话算不算话的时候，梆子老太立时闭了眼，会场里投射过来的那么多眼光，简直要把她挤扁了。

梆子老太真想离开会场，立即回到屋里去，把门关紧，什么人也不要见，什么声音也不要听。她坐过多少次主席台，从来没有觉得坐在众人头前是如此别扭！可是，怎么好意思走掉呢?

需要平反的人太多了，啊啊！轮到胡选生了！梆子老太更加惶惑了，头上直冒虚汗。

“胡选生同志，你的问题平反了。”常书记宣布过平反决定以后，征询被平反者的意见，“你和家属还有什么意见、要求，尽管说。”

胡选生头也没抬，只是摇摇乱蓬蓬的脑袋。

“常书记！你不知……”胡选生的父亲胡大脚，挤到台前来，溅着唾沫星，急头急脑地说，“把娃的好前程毁了呀！人家军队上原先要……”

胡选生一把把老汉扯得坐在地上了。

会场里响起轻微的笑声。大伙笑胡大脚可爱的愚笨的举动。能给选生平反，再不按前科犯对待；彻底否定选生娘是地主小姐的说法，再不按逃亡地主去对待；彻底否定对你胡大脚兵痞的看法……还不足够你胡大脚和那位河南籍老伴畅快一番吗？ 居然提出选生毁不毁前程的事……

在那阵轻微的善意的笑声中，梆子老太愈加觉得如坐针毡了。

十、跌落

在社会上颠跑惯了也更多经见过大世面的人，一旦不得不把自己封闭在冷清的小院里，那种寂寞的慌乱简直是不可忍受的。 梆子老太关紧后门，又闭了街门，决心不复到村巷里去走动，工分也不想挣了。

景荣老五出工去了。 女儿早在四五年前婚嫁了，成了别人家里的一位成员了。 儿子也在三年前娶下媳妇，因为婆媳关系不和睦，分家另过了，搬到村子东头的新庄基上去了。屋里现在剩下她一个人，没有一丝声息，老鼠公然在大白天也敢于在屋里穿游。

透过窗户，可以看见蓝天上纹丝不动的白云，伸到屋脊上空的绿色的树梢，南坡上泛绿的梯田。 春天给自然界带来了繁荣，给梆子老太带来的却是凄风苦雨啊！

可是，梆子老太毕竟生活在梆子井的村巷里，无法把自己与世隔绝。 轻柔的带着草木的清香气息的春风，从窗孔和门缝里吹进来了，街巷里的说话声，女人们的尖笑声，男人们打诨骂俏的声音，还是越过土打的围墙，传进小院里来了。 她听了心烦，烦一切人的一切声音。 那架在树杈上的大喇叭，把许多使她烦恼的消息倾泻下来，梆子老太仍然不能求得一个心里安静的去处。

平反大会以后的整整三天里，白天晚上，梆子井村的男女老少，掂着烟袋，抱着娃娃，赶到胡振武家里去看望。邻近村庄里的熟人，也有不少男人走进梆子井村来，端直朝胡振武家的门楼走去。胡振武家远远近近的亲戚，提着鸡蛋和烧酒，也纷纷赶来庆贺了……

胡振汉两口子，在搬进退赔的那三间瓦房的时候，居然在门口放了一长串鞭炮……

胡学文家来了两位戴眼镜的记者，说是他曾经发表过文章的那家报社专门派人来访问，记者鼓励他重新开始写稿，文艺政策也放宽了嘛……

平反会后的第三天，就有人给胡选生介绍下对象，把女方引来和胡选生见面了……

梆子井村的生活乱了脚步，变得沸沸扬扬的一番景象了，被柴火垛子、粪堆和树木充塞着的街巷，由葱绿的小麦、棉苗和稻禾覆盖着的田野里，到处都议论纷纷，传说着稀罕的事。

梆子老太却出不得街门了。

梆子老太百思不得其解，怪她的什么呢？她错在哪里呢？难道不是“四清”工作队队长亲自跑到她家里，千方百计鼓励她揭发出胡振汉的“四十一车红苕”的事吗？她当初记下这个数字的时候，不过是出于好奇，而绝没有想到后来去揭发。她当贫协主任，难道不是众人举拳头选举的吗？她当临时领导小组组长，难道不是那两位解放军的命令吗？让她抓对阶级敌人的斗争，难道不是各级领导每一次会议布置的要求吗？她从公社到地区逐步去“讲用”，难道是她自己能决定的事吗？现在，梆子井村的庄稼人，不管这些事情是谁布置她做的，而只知鄙夷地朝她翻白眼了！

大队会计花儿，尖着嗓子几乎天天晚上在大喇叭上宣布通知，有县上的，也有公社的，还有梆子井大队自己开会的通知。有的通知支书胡长海参加，有的通知刚刚被众人拥上台的胡振武参加，独独没有通知梆子老太参加的会议。贫协主任被闲置下来了，梆子老太被各级政府遗忘了，冷落了。十余年来，她在县、社两级参加了多少次各种名称的会议，会议多得她都开烦了。现在，十天半月里没有一次她出去开会的机会，似乎生活里严重缺少了什么。听着别人去这里那里开会，她心里很别扭，觉得自己被冷落到这样的地步，简直活不下去了。

她有一肚子想不通的问题，决计到公社去找党委常书记问一问，现行的政策到底是啥政策？适逢花儿在当晚的广播中，通知贫协主任到公社去开会，正好。

梆子老太早早来到公社，端直坐到公社小礼堂的前排靠背连椅上。这是公社党委常书记亲自主持的会议，足见其重要了。梆子老太不会写字，就集中精力，努力去听。

万万没有料到，常书记宣读的文件，竟然是在农村各级政权中取消贫下中农协会这个机构的内容。文件说，以后再不提贫下中农这个说法，只说社员……梆子老太耳朵里呜呜呜响，怀疑自己的耳朵是否出了毛病。

就是在这个小礼堂里，常书记多少次强调过，要依靠贫农下中农，抓紧阶级斗争这根弦呀！他现在却念着一份要取消贫协的文件，难道把他过去说过的话都忘记了吗？

不管梆子老太想得通或想不通，常书记宣读的文件，却是省委郑重其事发下来的。常书记一边念着文件，一边作着解释。梆子老太心里乱糟糟的，耳朵里乱嗡嗡的，一句也听不进去。邻近坐着的几个贫协干部，叽叽咕咕在小声议论，也是料想不到又不大想得通的话，夹杂着牢骚。她似乎受到鼓舞，在常书记要大家讨论的时候，第一个开口发言了。

"毛主席说，没有贫农，就没有革命。"梆子老太像受了委屈，委屈得几乎要流泪了，口气却是怒冲冲的质问，"老人家去世了，说过的话也不算数了？"

"黄桂英同志很直爽，把自己想不通的话直言提出来，这很好嘛！"常书记不恼也不怒，笑嘻嘻地说（梆子老太简直不能容忍这种不经心的轻松的笑），似乎早有思想准备，不慌不忙地瞧瞧众人，又笑着问，"黄桂英同志，你知道不知道，主席讲这句话，是在哪一年？"

"'四清'运动那年讲的嘛！"梆子老太胸有成竹，不假思索，脱口而出道，"主席刚讲下十来年，就不管用了呀？"

有几位年轻的贫协干部哧哧笑起来，他们大约知道梆子老太说错了，而且错得太远了。

“你大概是‘四清’当中才听到主席的这句话。”常书记不笑了，表情庄重。他在农村工作好多年，此类笑话早已不足为奇。对于没有文化的农民，这种情况是正常的，像见多识广的城里人分不清谷子和糜子一样正常。他耐心地解释说，“这句话，主席是在一九二七年讲的，离今天五十多年了。‘四清’运动当中重新喊响起来的。”

“不管哪一年，总是他老人家讲的话。”梆子老太不仅不窘，反觉得理直气壮，“现在不管用了吗？”

“五十多年前，地主阶级统治中国乡村，贫农受压迫，贫农是党领导的革命的中坚力量。五十多年后的今天，乡村里是共产党领导了，搞农业现代化建设，要团结全体农民群众，治穷致富，情况和形势早已发生了根本性变化，同志们应该想得通……”

“我想不通！”梆子老太积聚在胸间的闷气，终于压不住了，把她在自家小院里关门自守时想到的问题，捅出来了，“现在是：五类分子张狂咧，贫下中农不香咧……”

“黄桂英同志的这个话，我在其他村里也听到过。”常书记仍然不动气，倒显得老练而宽容，却认真地说，“我们也应该问问自己：脑子里有没有‘左’的东西？过去的工作中有没有过火的地方？”

梆子老太张不开口了。过去有没有过火的事呢？这是常书记巧妙地对她的批评了。她又多么委屈、多么服不下这口气呀！ 多少回，坐在这个小礼堂的连椅上，常书记安排任何工作，头一条总是抓阶级斗争，最后一条总是搞生产。 他安排让她去抓胡振武等人的破坏活动，现在反问她有没有“左”的东西。 她忽然想到儿子骂过她的一句话：“公社干部吃公粮，挣工资，人家把你当猴耍……”她的脑子里一震，真应了儿子的话吗？ 顿然觉得往常里很敬重的领导者也不值得那么可亲可敬了！

“我在公社这几年的工作中，有不少错误，主要是‘左’的思想造成的错误。”常书记诚恳地盯着梆子老太，又扫过整个会场，沉重地说，“我正在筹备党委扩大会，中心是解放思想，打破‘左’的教条。 欢迎大家将来给党委，特别是对我本人提意见。”

梆子老太安静下来了，心里的气往下泄，既然常书记承认自己“左”了，她还能“端正”吗？

“我需要清理一下脑袋了！”常书记沉痛地说，“‘文革’中我赔了两根肋骨，重新工作以后，却搞了好多‘左’的名堂……”完全是痛心疾首的神色，对大家说，“我给你们也灌输过不少错误的东西，咱们应该一起清理……”

梆子老太有点难受，她忽然想哭，不是为常书记难受，而是为自己……会议结束后，她端直走出公社院子，又走出了大门。 到这里来开会，大约是最后一次了，既然贫协取消了，她就什么干部也不是了！ 心里激起一股酸溃溃的东西，腿脚都软了，简直跟做梦一样啊！ 现在，她又是什么头衔也不披挂的那个弹花匠胡景荣家里的老婆了……

梆子老太在田野里的大路上走着。收割过麦子的土地上，秋庄稼又罩上一层淡淡的嫩绿。天空高远，热气蒸腾，人们躲在屋里歇晌，还不到后晌出工的时间，田野里静静悄悄。

——“黄桂英同志，睡觉也睁着一只眼！”

——“人家是哄得憨狗咬石狮子……”

那些胖的或瘦的各级领导的脸孔，和景荣老五憨厚的黑脸同时在眼前叠印；那些领导热情赞扬她的话，和景荣老五的冷言冷语同时在耳朵边响起，不光彩的记忆啊！

苞谷苗儿蓬蓬勃勃长起来了，棉花已经开花坐桃了，一片连一片的苞谷，一块接一块的棉花，田野这样静谧。梆子老太走着，真想坐在地塄上，放声痛哭一场，胸间的酸水积得盛不下了，哭一场，也许会轻松一下。既没有丧事，又没有闹家庭纠纷，平白无故地在这儿哭号，遇见路过的熟人，会怎么说她呢?

梆子老太终于忍住没有哭，走回梆子井村了。她从来也没有像今天感到如此疲倦。走到村口，梆子井村通往南坡和河川的几条土路上，男男女女扛着工具去出工。从塄坎上朝河川里一瞅，在白杨参天的机耕大路和灌溉大渠交叉的拱桥上，站着两个人，梆子井大队支部书记胡长海和新任大队长胡振武，两人穿着汗夹，站在一堆，对着广阔的河川指指点点，大声说着什么。她心中不知是一种什么滋味，转头走回村子里去了。

走过代销店门口的时候，她听见几个婆娘说话的声音：

“多日不见梆子老太，怪想的……嘿嘿嘿！”

“你想听她敲梆子了？耳朵刚清闲下来……”

“梆子长，梆子短，梆子从早敲到晚。不怕风刮日头晒，单怕梆子黄老太……哈哈哈……”

“嘻嘻嘻……”

梆子老太吐一口唾沫，走过去了，真是墙倒众人推！

她一走进院子，看见景荣老五扛着长柄锄头，准备去出工。梆子老太再也忍不住，扑到景荣老五怀里，失声痛哭了。

“这……咋咧？”景荣老五扔下锄头，扶住老伴，“看人家盯见……笑话……”

“唉嗨嗨嗨嗨……”梆子老太浑身都软了。

“这……”景荣老五也难受了。他能理知老婆的心情。虽然她过去不听他的话，而今落到这样难受的地步，他不给她宽心，还有谁呢？她毕竟跟他过了一辈子穷苦日子，给他缝衣绱鞋，虽然针脚粗放，总是能在下雪以前穿上棉衣，春天来到时换上单衫啊！再说，她是被人家哄弄得昏头昏脑了，没主见的傻女人……

“我现时才明白……”梆子老太被老汉搀扶进屋里，拍打着景荣老五的胸膛，哭着说，“只你是……我的……实在的亲人……”

景荣老五也难受了，鼻腔酸酸的，抽一下鼻子，想再安慰老伴几句，却没词儿了。许久，他只能用自己的老话安慰说：“过去的事……错的对的，都甭想了！咱过咱的……日月……”

不管梆子老太心里怎样想，急骤变化着的生活，还是把她从关紧前门和后门的小院里挟裹进梆子井村男女社员中间来了。

胡长海和胡振武召开社员大会，要在队里划分作业组了。她不参加别的会议问题不大，这个会不参加是逃脱不了的。人家划成作业组劳动，她跟谁在一起挣工分呢？日后分粮呢？

她坐在会场偏远的边角上，再不想到人前走动了。胡振武宣布了作业组的组合办法，胡长海叮嘱了几件应该注意的事项，就把男社员划定到会场东边，女社员划到西边，让他们去商量，去自由结合，去选择自己的组长，原则是：人合脾气马合套，不要勉强。

妇女们叽叽嘎嘎的笑声、喊声、吵闹声覆盖了整个会场，显得聚集在会场东边的那些男子汉太老实了。她们公开地互相串联，互相靠拢。很快地，那些老婆、媳妇和姑娘，划归成三堆儿了，而且推举出三个组长来。

梆子老太远远地坐在一棵伐倒的榆树干上，没有人来拉扯她入组。年轻女人没人拉她，老婆婆们也没人来拉她入组，全都远远地躲避到一边去了。梆子老太坐在那儿，难堪地听着那些婆娘女子叽叽喳喳地笑闹，冷眼瞅着会场。她不想向任何人低声下气，申求她们收留自己入组。她知道她们讨厌她，她也在这样的场合里抹不下脸呢！看你胡长海怎么办吧！总不能把我排除出梆子井吧？

胡振武接过三个妇女组长送交给他的名单，一一审查着，问她们："再看看，把哪个女社员漏掉了没？"

"没有。"三个组长说。

"没有参加会的人呢？还有今日不在家的……"

"唔！小牛妈到她娘家去了，划到俺组吧！"

"还有谁，齐摆摆数一遍！"胡振武大声说。

胡振武说着，抬头看到人堆后边坐在榆木树干上的梆子老太，又低头查看分组名单，没有发现黄桂英的名字，似乎明白了什么，问："黄老太划在谁的组里了？"

梆子老太立即偏转开脸，心想，明知没有人收留我，你大声咋呼，故意丢我的面子！

三个妇女都不说话。很明显，谁也不愿意要梆子老太入组。

"搁到你那一组。"胡振武命令似的对他的儿媳妇说，"再甭推诿了，再推下去不好了。"

怀里已经抱着一个会笑的娃子的陕北媳妇兰铃铃，没有说话，完全体察到了作为大队长的阿公的难处，抱着孩子走到她的那一堆组员跟前，操着陕北调儿说："就这样吧！算我主观一回。要不，我也不当组长了。"

组员们勉强同意了。解放从陕北山区娶来的这个媳妇，到梆子井村几年来，以她的率直、朴实和勤劳，赢得了男女老幼的夸赞，甚至那一口生硬的陕北话儿，听来也别有风味。梆子井的庄稼人崇尚正直和勤劳，并不狭隘地一律排斥外地人。她们一致推举她当作业组长。

“黄老太，参加我们这一组吧！”兰铃铃抱着孩子，走到梆子老太面前，毫不介意这位曾经刁难过她和解放结婚的梆子井大队的前掌权人，像什么事也不曾发生过，或者是因为过去发生过那件令人反感的往事，今天更需要毫不介意地和这位长辈相处。总之，兰铃铃态度自然，说话得体，一切都恰到好处，“走吧，黄老太，咱们组里还得定几条劳动纪律哩！”

好多人在悄声叨咕，看着混混乱乱的会场一角里的这段小插曲，更加佩服这个陕北来的媳妇，心肠好，度量大，不记恨人……

梆子老太反倒不知如何是好了。她的脸热臊臊地难受，似乎血液一下子全都涌到面部来了。这个因为要“找一个产粮的地方”而愿意走进当时是阶级敌人的胡振武家门楼的陕北姑娘，笑盈盈地站在她的面前，拉扯她去入组，梆子老太从心底里惭愧了。

太令人尴尬了！梆子老太不好意思立马应诺，又没有力量拒绝，难在人家面前开口呀！

“好咧！”兰铃铃像是摸透了她的心思，也就转过身走了，唱歌似的畅快地说，“我把你的名字写上了！ 黄老太……”

尾声

胡长海和胡振武参加县委农村工作会议回来了。

新的农业经济政策又从中央传达下来了，县委已经做出执行决定：各种形式的责任制，由社员讨论选择，干部不要主观干涉，包括“大包干”的责任制形式，即把土地和牲畜承包到一家一户去……

生活发展的步子太快了，连性急的人也觉得赶不上趟了。这样宽限的农业政策，连多年来受批挨整的胡长海和胡振武，起初听到时也目瞪口呆了。 他们俩在梆子井村的土地改革结束以后，组织互助组，又建立起农业社，地畔上的界石是他俩带领着社员，一个一个拔除掉的；牲畜是他俩一家一户说服动员，集中到大槽上来的。 现在，得由他俩再把一条条地畔划分开来，把一头头牲畜送交社员牵回家里去饲养……

不管感情上是否完全通畅，他们已经向县委明确表示：保证尊重社员意见，由社员选择责任承包的形式。 他们也伤脑筋：包干到组的办法实行不到一年，麻烦更多，难以为继了……

两人春风满面，走进梆子井街巷，突然看见队长龙生和景荣老五在门口拉拉扯扯，龙生急得满脸汗水，景荣老五急头晕脑，要从龙生的拉扯中挣脱出来，不知发生了什么事。经旁边一个看热闹的小伙子悄悄说明缘由，两人都愣住了：怎么弄出这号没名堂的事呢?

胡长海和胡振武快步走到跟前。

“好五爷，你咋胡来哩嘛！”胡长海说。

“你真个老糊涂了吗?”振武也说。

两人说着，把景荣老五拖着架着拉进屋里去了。

胡振武紧紧勒在腰里的布带，捞起皮绳，动手在棺材上捆绑抬杠。他说：“长海哥，你去叫人吧！”

胡长海走出门去了。

胡振武捆绑好抬杠，和景荣老五挨肩坐在条凳上，接过老五递来的一支纸烟，点着了，诚恳地说：“你一个人怎么办呢? 想法子和娃娃合到一起过吧！ 要是你愿意，我给那小两口子说话……”

景荣老五感慨地摆摆头：“缓后再说……”

“心放开，五爷！”振武说，“庄稼人的好事来了啊！”

陆陆续续有人走进院里来了。景荣老五拿着纸烟，给大家敬着。

胡振武蹲下身，把一条抬杠压到自己肩上，七八个汉子先后蹲下身，肩膀顶着抬杠了。

胡长海大喝一声：“起！”装着梆子老太尸体的棺木平平稳稳离开地面，起动了。

孝子和亲戚在灵柩起动的一刹那，哭声骤然爆发了。

吹鼓手们吹打起悠扬哀婉的祭灵曲。

那些随后跟来的人，扛着镢头和铁锨，尾随在灵柩后，朝坟地赶去。

一切进行得顺顺当当，梆子老太的灵柩安然入土了，梯田根隆起一个黄土墓堆。所有参加埋葬的人，在坟地上轮流对着瓶口，喝了景荣老五敬奉给掩埋人的答谢烧酒，再接过一支香烟，就沿着山坡上的小路往下走。

往昔里，他们埋葬了梆子井村的任何一位死者，喝了酒，咂上纸烟，回去的路上，总是以惋惜的声调，谈论死者生前一切可以记忆的光荣，如何耿直，如何勤俭，如何孝顺父母，如何敬重乡党……绝不提死者生前一切不大光彩的作为，似乎也成了一条习俗，算是生者对死者的一种庄稼人式的伟大宽容吧！

现在，人们缓缓走在坡间小路上，既不谈梆子老太的好处，也绝口不提她的过失，什么都不说，只是感叹今年麦子长得好，好得简直令人难以相信这是梆子井村的田地里长出的庄稼！你看吧！坡地和滩地，旱田和水田，全是一样成色，不分彼此，似乎种到石头窝里，也会长出好麦子来！人说“麦吃三场雨”，从播种到入夏，场场雨都下得及时而又足透，肥料又供应得充足，麦子怎能不长呢？真是政通人和，风调雨顺哪……

1984 年 2 月于西安东郊

蓝袍先生

我的启蒙老师徐慎行先生，年过花甲，早已告退，回归故里，住在乡下。他前年秋末来找我，多年不见，想不到他的身体还这样硬朗。

他住在塬上的杨徐村，距我居住的小河川道的村子，少说也有二十里远，既不通汽车，也不能骑自行车。他步行二十余里坡路，远远地跑来，我的第一反应是要我帮他做什么事情。他接过我递给他的茶水和卷烟，坐稳之后，首先说明他没有什么事，只是找我闲聊。他确实只是闲聊。整整一个下午过去，天色将暮时，他顶着一顶细草帽又告辞了。他说他在三个多月前埋葬了老伴，过了百日，算是守完了节，心里实在孤寂得受不了，才突然想到来找我聊聊的。我信了他的话。老伴初逝，女儿出嫁，男娃顶班在县城小学教体育，屋里就剩下他一个人，怎能不感到孤独和寂寞！我心里也有一缕悲怜的气氛了。

腊月里，入冬以来的头一场好雪，覆盖了塬坡和河川，解了冬旱，大雪封锁了道路，跑小生意的农民挂起秤杆，蒙住被子睡觉了。大雪初霁的中午，奇冷奇冷，徐慎行先生又走进我的院子，令我惊叹不已。他的身上和胳膊肘上，膝头和屁股上，粘着融雪的水痕和泥巴，两只棉鞋灌满了雪粒，湿溜溜的了，可以肯定，他在坡路上跌翻过不知多少回。又是孤独和寂寞得受不了了吗?

“我有一件事，要跟你商量。”

徐慎行先生呷了一口茶，就直截了当地开了口。他的脸上泛出红光，许是跋涉艰难累得冒汗的原因，而眼里却泛出一缕羞怯神色，与六十岁人的气色很不协调。他终于告诉我，说是别人给他介绍下一个五十多岁的老婆儿，他已见过一面，颇以为合宜，可是两个女儿和儿子均是一口腔反对，没法说服他们。他自己当然不好直接与儿女商议，只好托亲友给儿女做解释。他的大女儿嫁到小河川道的周村，与我的住处相距不远，人也认识，于是就想让我去给他做大女儿的解释工作。

我不假思索，一口应承下来。

第二年春天，草木发芽了，一直没有见他的面，不知他的婚事进展如何，我倒有点惦念不下。我和他的大女儿以及女婿都是熟人，话可以敞开说，我说了许多条该办的好处，譬如徐老先生的吃饭穿衣问题、生病服药问题、家务料理问题，统统都解决了，对于儿女们，倒是少了许多负担。又解释了儿女们最为担心的一个问题：老汉退职薪金的使用，会不会被那个老婆子揽光卡死了?终于使他们夫妇点了头，表示不再出面干涉，我也算是给启蒙老师尽了一点心。我随之就担心他的二女儿和儿子的思想通了没有。据说主要阻力在二女儿身上，她不出面，却纵容唆使弟弟出面闹事……

徐慎行先生来了，时在河川和坡塬上的桃花开得正艳的阳春三月。他一来，我从他的眼里流露出来的羞怯神色就猜出了结果。

“我想忙前把这事办了。”他说，“到时候，你可要抽空来坐坐。”

我很乐意地接受了老师的邀请。

他坐下喝茶，抽烟，说那个老婆儿的脾气和身世。从他的语气里可以听出来，他是很满意的。说到她的人样，她的长相，他说能看出她年轻时很俊……

我实在想不到，夏收之后，他第四次来到我家的时候，又是一脸颓唐的神色，先哀叹了三声，说那件事最后告吹了！

我很惊诧，忙问他，到底哪儿出了差错？谁又从中坏事了？

“谁也没有坏事，也没有啥差错——”他淡淡地说，“是我不办了！”

“为——啥？”我不得其解。

“唉——”他摇摇头，叹息着，不抬头，“我事到临头，又……”

既然他觉得不好开口，我也就不再强人之难，于是就聊起闲话。他轻轻摇着扇子，眯着眼，扯起他三十多年教书生涯中的往事，一阵阵哀叹，一阵阵动情……

我送他走之后，心里很不好受，感到压抑，一种被铁箍死死地封锁着的压抑，使人几乎透不过气来，而他却在那道无形的铁箍下生活了几十年，至今不能解脱……

读耕传家

南塬上的村庄，不论是千儿八百户的大村，抑或是三二十家的小庄，村巷整齐，街道规矩，家家户户的街门沿街巷开设，坐北一律坐北，朝南一律朝南，这一家的东山墙紧紧贴着那一家的西山墙，而自家的西山墙又紧挨着另一家的东山墙，拥拥挤挤，不留间隙。俗话说，亲戚要好结远乡，邻居要好高打墙。家家户户在自家的庄院里筑起黄土围墙，以防鸡刨狗窜引起纠纷和口角。院墙临街的中间开门，门上很讲究修一座漂亮的门楼。

那儿的农民十分注重修饰门楼。日子富裕的人家修建砖木门楼，多数人家则是土木门楼。无力修建门楼的人家，就只好在土围墙上凿开一个圆洞，安一个荆条编织的篱笆门，防贼亦挡狗。生人进入任何一个村庄，沿着街巷走过去，一眼溜过两边高高矮矮的各姿各式的门楼，大致就可以划出各家的家庭成分了。不过，这是解放初期的旧话。现在，门楼的规模和形式，已经与土改时定的那个成分关系不大了；如果按着旧的习惯去猜度，准会闹出牛头不对马嘴的笑话来。

门楼正中，一般都要挂门匾，门匾上镌刻四个大字。这四个大字的选择，实际是这个门楼里的庄稼主人的立家宣言。解放初，庄稼人心劲高涨，对门楼上的门匾的选择，免不了受时风的影响；土地改革时，好多人喜欢用“发展生产”“发家致富”；合作化时又时兴“共同富裕”“康庄大道”；三年困难时期又流行起“自力更生”“勤俭持家”；及至“四清”和“文革”运动接连不断的十余年中，诸如“红日高照”“万寿无疆”“斗争为纲”“真学大寨”等政治口号，确实风靡一时。

解放前门楼题匾的内容，可就单调得多了。凡是能修建得起砖木门楼或稍微像样的土木门楼的殷实人家，题匾上的立家宣言，十之八九都选用“耕读传家”四字，其用意是显而易见的。我们杨徐村，在南塬上的稠如星海的乡村里，只算个中小型村庄，二百多户农家中，门楼修葺得最阔气的是大财东杨龟年家的。水磨青砖，雕梁画栋，飞檐翘角，俨然一座富丽堂皇的四角亭子。门楼下蹲着两只青石雄狮，墙上刻着飞禽走兽。门楼正中，在象征着吉祥永久的鹤鹿图像中，刻下四个篆体“耕读传家”的题字，与团团祥云相协调。杨龟年的大儿子在咸宁县政府做官员，家里有百余亩河川水浇地，整整两槽高骡大马，真是有耕有读，宣言与实际相一致。其余那些也能修得起土木门楼的殷实户，虽然也东施效颦地题下“耕读传家”的门匾，却大都是有耕无读，名不副实，甚至一家老少尽是些目不识丁的粗笨庄稼汉子。但作为立家宣言，自然主要是照亮后世，无读书人的缺憾，必当由后辈人来弥补。

杨徐村另一户能修得起砖木门楼而且名副其实的“耕读传家”的人家，当推我家了。

我爷爷徐敬儒，对“耕读”精神的尊崇，甚至比杨龟年家还要纯粹。杨龟年的大儿子在县政府供职，主要是为官而不从读了；二儿子从军耍枪杆子而鲜动笔杆子了；家里的庄稼全靠长工和短工播种和收割而无须杨龟年动手抬脚。我爷爷徐敬儒，那才是“耕读”精神的忠诚信徒和真正的实践者。

我爷爷徐敬儒，人称徐老先生，是清朝的最末一茬秀才，因为科举制度的废止而不能中举高升，就在杨徐村坐馆执教，直到鬓发霜染，仍然健坐学馆。也不知出于什么思想影响，我爷爷把门楼上那块“耕读传家”的题匾挖掉了，换上一块“读耕传家”的题匾，把“耕”和“读”的位置作了调换。字是我爷爷亲笔写的，方方正正，骨架峻嶒，一笔不苟，真柳字体，再由我父亲一笔一画凿刻下来。我父亲初看时，还以为我爷爷笔下失误，问时，爷爷一拂袖子，瞪了儿子一眼，没有回答。我父亲不敢再问，却明白了是有意调换而不属笔误，该当慢慢地去体味，低下头小心翼翼地凿刻起来。

更有一件蹊跷的事。我爷爷垂老之时，对我父亲兄弟三人做了严格分工，一人继承他坐学馆，体现“读”，二人作务庄稼，体现躬耕，世世代代，以法累推。这样的分工，兄弟三人还勉强接受得了，临到爷爷咽气时，又留下严格的家训，可以归纳为“三要三不要”的遗嘱。其训示曰：教书的只做学问，不要求官为宦；务农的要亲身躬耕，不要雇工代劳；只要保住现有家产不失，不要置地盖房买骡马。

兄弟三个瞪大眼睛，你瞅瞅我，我瞪瞪你，不知所措了。他们三个正当成年，早就想着齐心合力一展宏图，在杨徐村与杨龟年家争一争高低。近几年间，杨家兵强马壮，置田盖房，百业兴旺，已成为方圆十里八村新兴的富户。眼看着杨家小河涨水似的暴发起来，兄弟三人对父亲拘拘谨谨的治家方针早已多有不满，又不敢说，想不到老先生活着时限制他们的手脚，临走前还要把他们死死地捆绑在这点小家业上。老先生似乎早已揣摸算计到三个儿子的心数儿，怕自己走后儿孙们有恃无恐，干脆一句话说死：不遵从父训者，孽种也！不许给他上坟烧纸。兄弟三人只好委屈隐忍，不理解的也要执行，遵循老先生的遗训，耕田的亲身躬耕垄亩，坐馆的潜心静气研读圣贤诗书。村里人把我爷爷这种古怪的治家训诫编成顺口溜：“房要小，地要少，养头黄牛慢慢搞。”当作笑话流传。

嘀呀！到得杨徐村一解放，杨龟年家耍枪杆子的老二死在解放军的枪口之下；当县官的老大囚在人民的监牢当中；家里的深宅大院、高骡子大马以及水地旱田全部分给杨徐村的贫雇农了。我至今也忘不了那个晚上的情景，我爸兄弟三个，捧着我爷的神匣，磕头作揖，又哭又笑，简直跟疯癫了一样。夜静以后，兄弟三个又跑到村后的祖坟，趴在我爷的坟堆上，啃啊！扒啊！恨不得掘开坟墓，把留下“三要三不要”遗训的先知先觉的老祖宗的尸骨抱在怀里亲一百次！该怎样感激老祖宗——比诸葛孔明还要神明的老祖宗啊！亏得他早已看破红尘，留下严格的治家遗训，使得儿孙后辈免遭杨家的横祸！我们家定为上中农成分，虽然不是工作组依靠的对象，却也不在被打击被孤立的剥削阶级的圈子里，这已经是万幸了！

我爷爷瞑目前五年，已经选定我父亲做他的接班人，去杨徐村的私塾坐馆执教。据说，老先生在长期的观察中，觉得我大伯父工于心计，善于谋划，带一股商人的气数。二伯父脾气拗倔，合当是一介武夫。我父亲自幼聪灵智慧，既不像大伯父那么诡，也不像二伯父那样倔，深得老先生钟爱器重，加之他对我父亲的面相也满意（用我爷的话说，天庭饱满，眉高眼大，肤色滋润），于是就在他年过花甲之后，由我父亲坐上了私塾里那把黑色的令人敬慕的太师椅子。

我依稀记得，爷爷死后，父亲脱下了蓝色长袍，换上了一件藏青色布袍，一来表示给爷爷的亡灵守志守节服孝，二来标志着他已过而立之年，该当脱下青年时期的蓝色长袍了。我的印象十分深刻，爷爷死后，父亲似乎一下子变成了另一个人，那眉骨愈加隆起，像横亘在眼睛上方的一道高崖，眼神也散净了灵光宝气，纯粹变成一副冷峻威严的神气。在学堂里，他不苟言笑，在那张四方抽屉桌前，正襟危坐，腰部挺直，从早到晚，也不见疲倦，咳嗽一声，足以使那些调皮捣蛋的学生吓一大跳。来去学堂的路上，走过半截村巷，抬头挺胸，目不斜视，从不主动与任何人打招呼。别人和他搭话问候时，他只点一下头，脚不停步，就走过去了。回到家中，除了和两位伯父说话以外，与俩伯母和七八个侄儿侄女，从不搭话。除了两位伯父，没有不怯他的。父亲从学堂放学回来，一进街门，咳嗽一声，屋里院里，顿然变得鸦雀无声，侄儿侄女们停止了嬉闹，伯母和母亲烧锅拉风箱的声音也变得低匀了。我和堂兄堂弟们要是打仗吵架，一不小心，父亲站在当面时，无须动手动脚，他只用眼一瞅，我们就都不敢出声了。他倒是从来不动手打孩子，可也从来不对任何人表示哪怕是少许的亲昵，我似乎比堂哥堂弟们更怯着父亲。

我现在唯一能解释父亲这种性格变化的原因，是爷爷死后父亲在这个十五六口人的大家庭里的地位的变化。爷爷死时，意外地打破了长子主事的传统法则，把全部家事委于父亲来统领。据说爷爷怕大伯父太诡而远伤乡邻近挫兄弟，怕二伯父脾气暴烈而招惹家祸，于是就由排行最末的父亲统领这个家庭。他要领导两个哥哥和两个嫂嫂，要处理三兄弟三妯娌以及七八个侄儿侄女和亲生儿子的种种矛盾，要处理这个家庭与远远近近几十家新老亲戚的关系，要处理与杨徐村二百多户同姓和异姓的乡邻的关系，真是太复杂了！我当时尚不能体味父亲的种种难场，只觉得他的脸上，笑颜永远消失了。

尽管父亲在这个家庭里严于律己——母亲、姐姐、弟弟以及我，宽以待人——伯父、伯母以及堂兄堂妹，家庭里的摩擦总不会间断，只是没有公开闹到分家的程度。大伯本来对父亲统领家事就觉得有失面子，再加上三条遗嘱死死捆住了他的手足，终日憋气。他的大儿子已经长大，意欲送到西安去学生意，因为父亲坚持遗训而不能成行，有气无处发泄，就哄唆直杠子二伯发难。父亲一切都看得明白，只是隐忍，不理睬二伯的恶火，大伯也就无法了。

这样下去，终非久远之计，父亲不能眼看着这个以礼仪之风在全村享有最高乡誉的家庭，在自己手中闹出分崩离析的结局，令杨徐村人耻笑。他断然决定，从学堂里告退回家，统领家事。他自己在学堂执教，一心难为二用，顾了学堂顾不了家，顾了家庭又怕贻误人家子弟的学业。更重要的是，在他一天三晌坐在学堂里的时候，家里和地里，给大伯留下了毫无顾忌地唆弄是非的太大的时空环境。这样，在我刚刚交上十八岁的时候，父亲就把我推到他坐过的那把黑色的太师椅上了。

蓝袍先生

父亲选定我做他的替身去坐馆执教，其实不是临时的举措，在他统领家事以前，爷爷还活着的时候，就有意培养我

1990 年代的陈忠实

1963 年的陈忠实

中年陈忠实

2010年学老腔艺人表演

2010 年在陕西省蓝田县档案馆查看蓝田县志

1999 年在贵州黄果树瀑布前

2011 年冬在祖居老屋

在陕南山区与学生们相遇

1990 年代在秦岭山中

在西安二府庄工作室

和《白鹿原》第一任责任编辑何启治

在陕西省作协办公室

作为这个“读耕”人家的“读”的继承人了。只是因为家庭内部变化的缘故，才过早地把我推到学馆里去。

我有一个姐姐，已经出嫁了。一个弟弟，脾气颇像二伯，小小年纪就显出倔拗的天性，做教书先生的人选，显然不大合适，“人情不够练达嘛！”父亲再无选择的余地，尽管我也是差强人意，也没有办法了。如果说父亲也暗藏着一份私心，此即一例，大伯父的二儿子灵聪过人，然而父亲还是选了我。

读书练字，自不必说了，对我是双倍的严格。尤其是父亲有了告退的想法之后，对我就愈加严厉了。那柳木削成的木板，开始抽打我的手心，原因不过是我把一个字的某一画写得离失了柳体，或是背书时仅仅停磕了几秒钟。最重要的是，对我进行心理和行为的训练，目标是一个未来的先生的楷模。“为人师表！”这是他每一次训导我时的第一句话。

“为人师表——”父亲说，“坐要端正，威严自生。”

我就挺起胸，撑直腰杆，两膝并拢。这样做确实不难，难的是坚持不住。两个大字没有写完，我的腰部就酸酸的了，两膝也就分开了。猛不防，那柳木板子就拍到我的腰上和腿上，我立即坐直。几次打得我几乎从椅子上翻跌下去，回头一看，父亲毫不心疼地瞅着我。

“为人师表——”父亲说，“走有个走势。走路要稳，不急不慢。头仰得高了显得骄横，低垂则萎靡不振。两目平视，左顾右盼显得轻佻……”

我开始注意自己走路的姿势。

“为人师表——”父亲说，“说话要恰如其分，言之成理。说话要顾及上下左右，不能只图嘴头畅快。出得自己口，要入得旁人耳……”

所有这些训导，对于我这样一个刚刚十七八岁的人来说，虽然很艰难，毕竟可以经过日渐长久的磨炼，逐步长进，最使我不能接受的，是父亲对我婚姻选择的武断和粗暴。

对于异性的严格禁忌，从我穿上浑裆裤时就开始了。岂止是“男女授受不亲”，父亲压根儿不许我和村里任何女孩子在一块玩耍，不许我听那些大人在一起闲谝时说的男女间的酸故事。可是，在我刚刚十八岁的时候，父亲突然决定给我完婚了。他认为必须在儿子走进学堂之前做完此事，然后才能放心地让我去坐馆。一个没有妻室的人进入神圣的学堂，在他看来就潜伏着某种危险。

父亲给我娶回来多丑的一个媳妇呀！

婚后半个月，我不仅没有动过她一指头，连一句话也懒得跟她说，除了晚上必须进厢房睡觉以外，白天我连进屋的兴趣都没有。我却不敢有任何不满的表示，父母之命啊！

父亲还是看出了我的心意，有一天，把我单独叫进他住的上屋，神色庄严。

“你近日好像心里不爽？”

“没有。爸。”

“我能看出来。有啥心事，你说。”

“爸，没有。”

“那我就说了——你对内人不满意，嫌其丑相，是不是？”

“……不。”

我一直未敢抬头，眼泪已经忍不住了。

“这是我专意儿给你择下的内人。”父亲说。我没有想到。他说，“男儿立志，必先过得美人关。女色比洪水猛兽凶恶。且不说商纣王因妲己亡国，也不说唐明皇因贵妃乱朝，一个要成学业的人，耽于女色，溺于淫乐，终究难成大器……”

我惊讶地抬起头，看了父亲一眼，那严峻的眉棱下面，却是满眼的赤诚，坦率的诚意，使我竟然觉得是自己太不懂事了。大丈夫立国安家成学业，怎能贪恋女色！我长到十八岁，从来没有听过怎样对待婚娶的道理，父亲今天第一次坦诚地对我训导，我悟出人生的道理了。

父亲当即转过头，示意母亲，母亲从柜子里取出一件蓝袍，交给我，叫我换上了。我穿上那件由母亲亲手缝的蓝洋布长袍，顿然觉得心里咯噔一声，沉重起来，似乎一下子长大成人了！服装对于人，不仅是御寒的外在之物。穿起蓝袍以后，抬足举步都有一种异样的庄重的感觉了。

父亲领着我走出上房的里间，站在外间里。靠墙的方桌上，敬着徐家祖宗的牌位，爷爷徐敬儒生前留下一张半身照，嵌镶在一只楠木镜框里，摆在桌子的正中间。父亲亲手点燃大红漆蜡，插上紫香，鞠躬作揖之后，跪伏三拜，然后站在神桌一侧，朗声道："进香——"

我走前两步，站在神桌前头，从香筒里抽出五根紫香，轻轻地捋一捋整齐，在燃烧着的蜡烛上点燃，小心翼翼地插进香炉，抖索的手还是把两支弄断了。重插之后，我垂首恭候。

"拜——"父亲拖长声喊。

我抱起双拳，作揖。

"叩首——"

我跪在祖宗神牌前，磕了三个响头，就抬起头，等待父亲发令。

父亲从腰里掏出一片折叠着的白纸，展开，就领着我向祖宗起誓：

"不孝孙慎行，跪匍先祖灵前。矢志修业，不遗余力。不慕虚名，不求浮财，不耽淫乐。只敬圣贤，唯求通达，修身养性，光耀祖宗，乞先祖护佑……"

父亲念一句，我复诵一句，及至完毕。我呆呆地站在灵桌前，诚惶诚恐，不知现在该站还是该走开。父亲紧紧盯着我，说：

"明天，你去坐馆执教！"

由我代替父亲坐馆的仪式是在文庙里举行的。时值冬至节气。一间独屋的庙台上，端坐着中国文化的先祖孔老先生的泥塑彩像。屋梁上的蛛网和地上的老鼠屎被打扫干净了。文庙内外，被私塾的学生和热心的庄稼人围塞得水泄不通。杨徐村最重要的最体面的人物杨龟年，穿着棉袍，拄着拐杖，由学堂的执事杨步明搀扶着走进文庙来了，众人抖抖地让开一条路。

我站在父亲旁边，身上很不自在，心里却潜入一股暗暗的优越来。这儿——文庙，孔老先生的圣像前，排站着杨徐村所有的头面人物，我也站在这里了，门外的雪地上，挤着那些粗笨的却又是热心的庄稼人，他们在打扫了房屋以后，临到正式开场祭祀的时候，全都自觉地退到门外去了。

杨步明主持祭祀，首先发蜡，然后焚香，接着在杨步明拿腔捏调的诵唱中，屋里屋外的所有参与祭奠的村民，无论长幼尊卑，一律跪倒了。油炸的面点、干果，在杨步明的诵唱中摆到孔老先生面前。整个文庙里，烛光闪闪，紫香弥漫，乐鼓奏鸣，腾起一种神圣、庄严、肃穆的气氛。

执事杨步明把一条红绸递给杨龟年，由杨徐村最高统治者给我的父亲披红，奖掖他光荣引退。杨龟年双手捏着红绸，搭上父亲的右肩，斜穿过胸部和背部在左边腋下系住。我看见，父亲连忙跪伏下去，深深地磕拜再三，站起身来的时光，竟然激动得热泪盈眶。这个冷峻的人，竟然流泪了。他硬是咬着腮帮骨，不让眼泪溢出眼眶。我是第一次看见父亲流泪。往昔里，我既看不到父亲一丝笑颜，也看不到一滴泪花。那泪眼里呈现出从未见过的动人之处，令人敬服，又令人同情。这个父亲，从来也不会使人产生对他的同情和怜悯；他的脸色和眼神中永远呈现着强硬和威严，只能使人敬畏，而不容任何人产生怜悯。现在，他的脸上像彤云密布的天空扯开一道缝儿，露出了一绺蓝天，泄下来一道弱柔动人的阳光。

父亲简短地说了几句真诚的答谢之词，执事杨步明代表所有就读的孩子的家长向父亲致谢，并对我的上任多有鼓励。杨龟年没有讲话，只是点点头，算是最高的赏赐了。

祭奠活动一结束，我随着父亲走出文庙，刚一出门，那些老庄稼人就把父亲围住了，拉他的袖子，拍他的后背，摸抚那条耀眼的红绸，说着听不清的感恩戴德的话。我站在旁边，同样接受着老庄稼汉们诚心实意的鼓励的话，心里很激动。由爷爷和父亲在杨徐村坐馆所树立起来的精神和道义上的高峰，比杨家的权势和财产要雄伟得多！我从今日开始，将接替父亲走进那个学馆，成为一个为老少所瞩目的先生了！

那把黑色的座椅，那张黑色的四方抽屉桌子，能否坐得稳？一直到将来再交给我的尚未成形的某一个后代，至少要二十多年吧？二十多年里不出差错，不给徐家抹黑，不给杨家留下话柄，不落到被众人撵出学堂，何其容易！要得到一个善终的结局，就必得像父亲那样……

乡村的私塾学堂也放寒假，每年农历的冬至节气就是下学日，祭过老祖宗孔老先生之后，就放假了。

过罢正月十五，私塾又开学了，我穿上蓝布长袍，第一次去坐馆，心里怎么也稳实不下来。走出我家那幢雕刻着“读耕传家”字样的门楼，似乎这村巷一夜之间变得十分陌生了，街巷里那些大大小小的树木，一搂抱粗的古槐，端直的白杨，夏天结出像蒜薹一样的长荚的楸树，现在好像都在瞅着我，看我这个十八岁的先生会不会像先生那样走路！那些拥拥挤挤的一家一户的门楼里，有人在窥视我可笑的走路的姿势吧？唔呀！从我家的街门口到学堂去，要走到街心十字口，再拐进南巷，距离不近哩！不管怎样，我已经走出街门了，没有再退回去的余地了，只有朝前走。这时候，像面对一个十分面熟而又确实读不出字音的生字时顺手掀开字典，我想到了父亲走路的姿势。我多少次看见父亲来去学堂时走在村巷里的身姿，而他训导我的如何走路的条文倒模糊了。

我抬起头，像父亲那样，既不仰高，也不低垂，两目平视，梗直脖根，绝不左顾右盼，努力做到不紧不慢，朝前走过去。

“行娃……唔……徐先生……”杨五叔笑容可掬地和我打招呼，发觉自己不该在今天还叫我的小名，立即改口，脸上现出失误的歉疚的神色，“你坐馆去呀？”

“噢！对。”我立即站住，对他热诚的问话表示诚意的回答，站下以后，却又不知该说什么了。我立即意识到，不该停下脚步，应该像父亲那样，对任何人的纯粹出于礼节性的见面问候之词，只需点一下头，照直走过去，才是最得体的办法……我立即转身走了。

走进学堂的黑漆大门了，三间敞通的瓦房里，学生们已经把教室打扫得干干净净，摆满了学生自己从家里搬来的方桌和条凳，排列整齐，桌子四周围坐着年龄差别很大的学生，在哇啦哇啦背书。今日以前的七八年里，我一直坐在这个学堂的左前排的第一张桌子旁，离安在窗户跟前的父亲的那张教桌只隔一个甬道。这个位置是父亲给我选定的，从第一天进入这学堂接受父亲的启蒙，直到我今天将坐在窗前教桌的位置上，一直没有变动过，我打第一天就明白，父亲要把我置于他的视力首先所能扫瞄到的无遮蔽地带……现在，那个位置坐上新进入学堂的启蒙生了。

除了新添的几个启蒙生，教室里坐着的全是那些春节以前和我同窗的本村的熟人、同伴、同学，有的个子比我长得还高还壮实，我今天看见他们，心里却怯了。我完全知道他们和我父亲捣蛋的故技，尤其是杨马娃和徐拴拴两人，念书笨得跟猪差不多，却净有鬼点子捣蛋。我一进门就瞅见他俩的诡秘的脸相，倒有点怯场了，那些不怀好意的脸相！

我立即走向那张四方教桌，偏不注意那几个扮着怪相的脸。我在父亲坐过的那把直背黑漆木椅上坐下来，腰似乎自然地挺直了，父亲就是这样挺着身坐。我回忆父亲的工作程序，坐下，先把桌上的四宝摆整齐，抹干净桌子，再掀开书本，或者在砚台里磨墨。一旦听到教室里有异常的响动，就抬起头来，逡巡一遍，待整个学堂里恢复正常的气氛，再低头看书或者练习写字。

父亲一般是先读书的，后晌上学时才写字。我也应该这样做，只是今天例外，读书是难得专注的，写字肯定对稳定情绪更好些。我在父亲用过的石砚台上滴上水，三只指头捏着墨锭，缓缓地研磨。磨墨也该像个先生磨墨的姿势，不能像下边那些学生乱磨，最好的姿势当然只有父亲磨墨的姿势了。

墨磨好了。桌子角上压着一沓打好了格子的空影格纸，那是学生们递上来的，等待我在那些空格里写上正楷字，他们再领回去，铺在仿纸下照描。我取下一张空格纸，从铜笔帽里拔出毛笔，蘸了墨，刚写下一个字，忽然听到耳边一声叫：

“行娃哥——”

我的心一扑腾，立即侧转过头去，看见本族里七伯的小儿子正站在当面，耍猴似的朝我笑着：“给我题个影格儿。”

教室里腾起一片笑声。唔！应该说学堂。

笑声里，我的脸有点发热，有点窘迫，也有点紧张。学童入学堂以后，应该一律称先生，怎能按照乡村里的辈分儿叫哥呢！可他是才入学的启蒙生，也许不懂，也许是忘记了入学前父母应有的教导吧！我就只好说：“你放下，去吧！”他回到位置上去了，笑声消失了。

我又转过头写字，刚写下两字，又一个声音在我耳边响起：

“蓝袍先生——”

我的脑子里轰然一声爆响，耳朵里传来学堂里恣意放肆的哄笑的声浪。我转过头，看见一张傻乎乎愣笑着的脸，这是村子里一个半傻的大孩子。他的嘴角吊着涎水，一只手在背后抓挠着屁股，得意地傻笑着，和我几乎一般高的个子，溜肩吊臂，像是一个不合卯窍的屋架，松松垮垮。这个老学生，念了七八年了，字认不下二百，算盘打不到“三归”，只是家底厚，又是他爸唯一的顶门立户的根，就这么在学堂里泡着。这个傻瓜蛋儿，打破他的脑袋，也不会给我起下这样一个雅号的，我立即追问：“谁叫你这么称呼我？”

教室里的笑声戛然而止，静默中潜伏着许多期待。

“他……他不叫我说他的名字。”傻子说。

“你说——他是谁？”我冷眼追问。

“我不敢说——他打我！”傻瓜怕了。

“我先打你！看你说不说！”我说。

我从桌上摸过板子，那块被父亲的手攥得把柄溜光的柳木板子，攥到我的手里了，心里微微忐忑了一下，我就毫不退让地说：“伸出手来！”

傻子脸色立时大变，眼里掠过惊恐的阴影，把双手藏到背后去了。

我从他的背后拉过左手，抽了一板子，傻子当下就弯下腰去，用右手护住左手号啕起来：“马娃子，×你妈！你教我把人家叫‘蓝袍先生’，让我挨打……呜呜呜呜呜……”

我立即站起，一下子瞅住杨马娃，这个暗中专门出鬼点子捣乱的“坏头头”。不压住这个杨马娃，我日后就难得在这张椅子上坐安稳。我命令：“杨马娃，到前头来！”

杨马娃虎不失威，晃一下脑袋，走到前头来了。他个子虽不高，年岁却不小了，也是个老学生。他应付差事似的朝我草草鞠了一躬，就站住了。

“是你给他教唆的吗？”我斥问。

“没有。”他平静地回答，早有准备。

“就是你！”傻子瞪着眼，“你说……”

“谁能做证呢？”杨马娃不慌不急。

“……”傻子急迫地瞪着眼。

“不要做证的人！”我早已不能忍耐这种恶作剧还在继续往下演，“伸出手——”

杨马娃伸出手来。他的眼里滑过一缕冤枉的无可奈何的神色，既不看我，也不看任何人，漫不经心地瞅着对面的墙壁。

我抽一下板子，那只手往下闪了一下，又自动闪上来，没有躲避，也听不到挨打者的呻唤。我又抽下一板子，那只手依然照直伸着，我有点气，本想经过教训他解气，想不到越打越气了。那只伸到我跟前的手，似乎是一只橡皮手，听不到挨打者的呻吟，更听不到求饶声，我突然觉得那只手在向我示威，甚至蔑视我。学堂里很静，听不到一丝声响。

我感到了两方的对峙在继续，我不能有丝毫的动摇，不然就会被压倒，难得起来。我也不吭气，谁也不看，只看着那只要击中的手。我记得父亲打板子的时候就是这样，从来不看被打者的脸，更不听他们的呻唤和求饶，只是打够要打的数字。我抽下五板子了……

傻子突然跪倒在地，抱住我的板子，哭喊说："先……先先先生！马娃叫我叫你'蓝袍先生'，我说你要打手的，他说不会，你和俺俩都是在一块念书的，不会打手的。他就叫我跟你耍玩，叫'蓝袍先生'……我往后再不……"

我似乎觉得胳膊有点沉，抬不起来了，再一想，如果马娃一直不开口，我能一直打下去吗？倒是借傻瓜求情的机会，正好下台，不失威风也不失体面。

傻瓜先爬起来，深深地鞠了一躬，跑下去了。杨马娃则不慌不忙，文质彬彬地鞠了躬，慢慢走回到座位上去了。

我重新坐好，提起毛笔，题写那张未写完的影格儿，手却在抖。我第一次执板打人，心里却没有享受打人的畅快，反倒添加了一缕说不清的滋味……

萌动的邪念

无论如何，对杨马娃的一顿板子，彻底划开了我和同伴、同学之间的界线，那些心存侥幸企图开我的玩笑的人，那些想试试新上任的先生的脾气软硬的人，全都得出了自己应该得到的结论，学堂里的秩序按照父亲过去的模式继续下来了。

杨马娃退学了。挨打的当天后晌，他就没有再来上学，扛着镢头跟他爸上坡挖地去了。迅速地从村子各个角落反馈到我耳朵里的反应，却是绝对的一边倒。没有任何人同情杨马娃，听说连他爸也骂他不知深浅。执事杨步明当天下午跑到学校，给我撑腰："打得好！念了几年书，连个礼性儿也不懂，没有一点规矩！不打的话，明日该翻天了！"他故意用大声说话，让那些坐在学堂里的娃娃都听见。不光执事杨步明，几乎所有送子入学的庄稼人，在我来去的街巷里，一律支持我动板子的举动。不过，我心里明白，不尊师长的越轨行动是不会有人同情的，所以并不觉得意外。

对杨马娃的退学，我也不觉得遗憾。按照我爷爷在这个学堂里开创的独特的教程（后来又经过了我父亲的补充），启蒙生从一二三四五开始识字，然后学《百家姓》，中年级学《七言杂字》，大约三年时间。附加的课程是珠算，先学加减，后学《九归》。三年时间里，那些穷庄稼汉的后代，学会了日常生活惯用的杂字，会打一手算盘，就走出学堂跟他们的父兄做庄稼去了，或者到西安某个铺店、作坊当相公（学徒）去了。留下为数不多的一些富裕户的子弟，接着就开《论语》，步步深造。这一套教程，从爷爷创立，颇受庄稼人欢迎，可以说贫富皆宜，有普及也有提高，照顾了"面"又保证了"点"。杨马娃早该退学去做庄稼或当相公去了，只是生得矮小，父母疼其体力不支，就叫他在学堂多混几年……迟早是要走的。

俩月过去了，没有发生什么意外，秩序正常，执事杨步明对我父亲几次夸赞："栽培有方！"父亲自然很欣慰。我的自我感觉也甚好。我从村中走过去时，可以踏出缓急有致的脚步了，再不紧张了。我在教桌前端直坐一晌，看书或授课，不再觉得腰酸腿困了。人说，我活脱就是二十年前我爸的原样儿！ 连脾气也跟我爸一模一样了。

我也意识到我的脾性儿变了。我小时爱笑，妈说我长了一副笑面菩萨的脸儿，而且一笑脸颊上就有两个酒窝。我爸为我的爱笑没少训我，说我长了一副没棱角的脸，尤其讨厌我脸上的那两个倒霉的酒窝……现在，我改掉爱笑的毛病了，酒窝自然也就极少出现了。我面对一伙性格各异的学生，没有威慑的力量是不行的，父亲说绝不能跟学生嘻嘻哈哈，笑了就失掉威势了。另一个不便说出口的原因，我自打媳妇一娶进门，就笑不出来了。

她是坐着轿子来的，在伴娘的搀扶下走进厢房，我一把揭开她的盖脸的红布，狂跳着的心一下子沉下去了，再也跳不起来了。我实在无法预料，父亲会给我娶回来这样一个媳妇。当然，父亲那种奇特的理论，我不敢顶撞，想想我现在在杨徐村的地位，想到徐家三代人在杨徐村所树立的威望，我觉得心里十分沉重，我不能给祖先丢脸，更不能耽于女色而使徐家的门楼上的"读耕"精神毁于我手，这个女人的位置和比重一下子给划开了。

我从学堂放学回家，她就怯怯地招呼我："先生，用饭。"她从来也不敢正眉正眼地看我的眼睛。当我发觉她在注视我的时候，我一回头，她立即把眼光避开了。她不会撒娇，只会烧火、洗锅、刷碗、缝衣、做鞋。我不说话，她也不说话，大约是怕说得不合适。我见了她就没有话说了，所以小厢房里总是静悄悄的。

配偶的不甚称心和夫妻感情的不甚融洽，为新承担的教书工作的热情和兴味所冲淡，我觉得十分喜欢教学。这一方面的如愿与另一方面的不如愿掺和着，我就这么过，也没有感觉到活不下去，生活虽显得古板，却也平静。

我的平静的心境突然被打破了！

这天放学时，天下着雨，大雨点子在院子的积水上打出一片白花花的水泡。大学生们不顾雨大路滑，缩着脖子跑出学堂去了，院子里响起一阵杂乱的"扑哧扑哧"的脚步声，只有几个小娃娃躲在门口的房檐下，不敢出去。我站起来，舒展一下腰身，走到房檐下，劝那几个小娃娃再等一会儿，雨住了再走。这时候，一个穿着旗袍的女人走进学堂院子来了，撑起的红纸雨伞遮住了她的头脸。我却早已认出，这是杨龟年的二儿媳妇。我反身走回学堂，在椅子上坐下。

这个女人走到学堂门口，她的儿子已经扑到她的膝前，抱住了她的腰。她摸着孩子的头，笑容可掬地说："把这把伞给你先生送去，你跟娘打一把伞行了。"

我立即从椅子上站起，推辞，要她和孩子一人打一把伞，我到雨住了再走。她的儿子把伞放到桌子上，跳出门，她牵着他的手，转身走了，在院子的泥水里，小心地挑选可以下脚的地方，走出院子去了。剩下的三五个小娃娃，大约估计到他们的父母不会送洋伞或草帽来，就冒雨跑了。

学堂里静下来。剩我一个人，看着桌子上那把红色油漆纸伞。我拿起伞掂掂，却嗅到一股淡淡的香味，那是脂粉一类东西的诱人的气息。我坐在椅子上，眼前浮现着两只水汪汪的眼睛，如果不是这样近距离地看见她的眼睛，我真不知道世界上有这样好看的眼睛。她穿一件紫红旗袍，披着鬈发，细皮嫩肉，不过二十四五岁，旗袍紧紧包裹着丰腴的胸脯和臀部。我突然奇怪地想，如果我有这样好看的一个女人，难道真的就会荒废学业了？

雨小了，蒙蒙的雨雾从浓密的树梢笼罩下来，院子里昏暗了。我最后看了那把红伞一眼，终于没有用它，锁上门，走回家去。

大约过了十天，或者半月，她牵着孩子的手走进学堂来了。站在我的教桌前，斥说儿子想逃学，她把他亲手牵来了。我让她的儿子归座。她却不走，从腰间摸出一块纸，摊开在我眼前的桌子上，问："徐先生，这个字怎样念？"

我一抬头，发觉她并没有瞅字，而是瞅着我的眼睛，那眼里有一种令人动心的神色。我忙回答了那个字的读音，就把脸避开了。她笑笑，说声"劳驾"就走出门去了。

从这以后，每当我从杨龟年家门楼前走过的时候，就忍不住扭头瞥一眼那深宅大院了。往昔里，我和父亲一样，是不屑于瞅一眼这角亭式的阔绰的门楼的。瞥一眼，其实什么也没有看到。这一天，终于在门口撞见她了。我向她点一下头，就走过去了，她却又叫了一声："徐先生——"我停住脚，转过身。

"孩子肚子疼，后晌不能上学了。"

"那好。让娃儿在家养息。"

"缺下课……"

"娃儿病好了，我给补。"

"真麻烦你了！"

"不客气。"

我回到家中，那两只水汪汪的眼睛在我眼前忽闪飘浮；我在学堂，那两只眼睛又在字里行间闪眨……

这天晚上，我回到家，看见父亲脸色不悦，从地里犁地回来，把犁杖重重地磕摔在台阶上。他回到家中，已经和大伯二伯一样亲身躬耕了。是累得心生烦躁了吗？

直到夜深人静，大伯二伯和堂兄弟们都睡定了，父亲终于把我叫进上房里屋，关了门，压住声儿，严厉得怕人："你和那个臭婊子有啥好说的？嗯？"

我像当头挨了一砖，眼前都黑了，说："她给孩子请假……"

"我不要你回话！"父亲站起来，可怕的鹰一般的眼睛，

"我只想给你说一句，那个婊子再找你搭话，你甭理识！那是妖精，鬼魅！你自己该自重些！"

我低下头，简直无地自容，好像我已经和那个女人真有过什么苟且之事，其实不过就是说了两三次话，都是说的关于她的孩子念书的事，每一次也都是那么简单的几句。我想分辩，解释，不光是父亲盛怒之下，难于容纳，我自己也感到有口难张，羞于启齿了。

"走吧！"父亲负气地一摆手。

我不知是怎样从父亲住的上房里屋回到自己的厢房的。躺下之后，怎么也睡不着，心里烧躁憋闷，脑袋"嗡嗡"响。

这个女人，是杨龟年的二儿子在河南娶下的小老婆，因为战事吃紧，送回老家来了。杨龟年压根儿不知道儿子在外已经娶下小婆娘，气得吹胡子瞪眼，无奈那女人引着一个可爱的小孙孙，毕竟是杨家的后代，才收容下来，心里却见不得这个操着异乡口音的女人。那个经明媒正娶的大婆娘对于这个妹妹，更是恨入牙根了。这个女人在杨家，没有援助也没有同情，活得没滋没味儿，村里人说她夜夜都偷着哭哩！村里人不明底细，纷纷传说，杨龟年的二儿子从河南送回来的洋婆娘，是抢霸的一位良家女子；有的却说得截然相反，说她原本是开封府里一家妓院的窑姐儿……云云。

无论父亲的态度怎样生硬，叫人难以忍受，但冷静之后，我就不能不暗暗慑服父亲那洞察细微的眼睛，我虽然没有和那个洋婆娘有任何拉拉扯扯的事，可从心里反省，那双水汪汪的眼睛确实弄得我有点神不守舍。如果不是父亲警告，长此下去，即使不会发展到做出什么有损门风的丑事，也极其危险，任何一点半句风言浪语都可能毁了我，毁了父亲，毁了徐家几代人守节持仪所建树起来的家风……父亲直接砸向我脑门的这一砖头是狠的，也是及时的。

我的心在收缩，被那个洋女人搅起的一缕纷乱的云霓，消散了。我再也不理睬那个被父亲骂作妖精鬼魅的女人，甚至连村中一切年龄尚轻的女人也都一概不予搭理。我不能让桃色亵渎徐家贞节的门楼……

杨徐村解放了，人民政府给杨徐村派来三位先生，真是令我大开眼界。他们穿四个兜的短褂，戴着八角制帽，废止了我的教程，给学生发下西北军政委员会编的课本，设语文和算术课，另开音乐、体育和图画，其中一位年轻的女先生，教孩子唱歌，张着嘴唱呀唱，令我目瞪口呆。

我自动辞职了。没有办法，我不会算术，连那些阿拉伯数字也没见过；语文科的新课本，虽然是浅显通俗的白话文，我却教不了。我离开了那个祖孙三代执教的学堂，让位给那三位新派来的新先生了，跟父亲去种地。我的蓝袍脱下来了，作务庄稼穿它太不方便啰！

半年后，一天后晌，我和父亲在村西官道边的田地里翻耕靠茬地，乡政府的通信员送来一张通知，要我到城南的师范学校去进修。去不去？敢去不敢去？该去不该去？我拿不定主意，不知该怎么办。父亲也拿不定主意。自从那三位新先生进入杨徐村，父亲不止一次地讥诮说：“蹦蹦跳跳，行走唱唱喝喝，男女不分，见谁都想搭话，啥好先生的样子！”现在他明白，师范学校培养出来的先生肯定都是那个样子，我将来也可能就是那个样子，他拿不定主意了。为此事，他专门走访了一回县教育科，回来后就拍了板：去！

临行的前一晚，我坐在父母住的上房里屋里，悉心听取父亲的临行教诲，怎样和先生说话，该当如何与同窗相处，远离家乡，一切都需自己检点。母亲又接着叮嘱生活上的琐屑事，忌食生冷食物，加减衣服要注意。我的那位媳妇呆呆地站在一旁，惶惶不安的样子，一直没有插嘴，这时问了一句：“我该给先生准备哪件衣服出门？”

我一愣。这是一个暂时被父母连同我自己都忽略了的事，该穿短褂呢，还是长袍？我想了想，没有主意。看看母亲，母亲又瞅瞅父亲，看来也是不知该穿哪样才合适。父亲正在桌上磨墨，沉思一下，抬起头来，对我说：“穿蓝袍。”

我有点疑惑：“爸，我看咱村来的那三个新先生，都没穿长袍。解放了，不兴穿长袍了。”

“解放了，没听说不准穿袍子！”父亲讥诮地说，“你看那三位洋先生，穿个短褂儿，又那么短！前裆后臀无遮无盖，有失大雅。为人师表，成何体统！”

结论定局了，穿蓝色长袍，我的媳妇就退出去，准备我明日的行装去了。

父亲已经磨好墨，拔开毛笔帽儿，在砚台盖儿上再三地顺着毛笔尖，然后猛然悬起手腕，在一张硬纸上写下两字：慎独。等得墨迹干涸，交到我手上，严厉而又含蕴不露地瞅着我。我双手接住那父亲题示的嘱咐，夹在那只折叠小皮夹里，装在贴身的内衣口袋里，表示一定要在远离父亲的陌生的环境里，一切都谨慎行事，尤其是独自一人，不在父亲的视觉之内的地方……

第二天晨曦中，我背着行装，上路了。走出村子好远的时候，我一回头，隐约看见村口的大路边，兀然站着父亲的高大的身影，因为背向从东山泛出的晨光，他像一截黑幢幢的古塔岿然不动……

我转过身走了，心里忐忑不安，脚步也有点慌乱，等待我的那个世界会是什么样子呢？我无法具体想象……无论如何，这次出门，成了我一生中的第一次重大的转折……

我不会说话，也不会走路了

当我站在教室的前头，班主任把我介绍给全班同学的时候，我简直都要窘死了。

班主任王先生领我走进插着“速成二班”木牌的教室的时候，整个教室里腾起一阵笑声，笑的声浪几乎把我掀倒了。我立即低下头，这个见面礼太令人难堪了。班主任挥挥手，缓声和悦地劝止大家，不要笑，然后简要地向大家介绍我的名字、年龄，希望大家和我互相帮助，搞好学习。我低着头，对班主任也不满了，面对一个生人，这些人这样狂笑乱说，太没礼仪了呀！你做先生的不予严厉训导，只是淡淡地劝止，像什么话？在你介绍的时候，教室四处仍在嘀嘀咕咕议论，这像什么话？什么教学秩序？太松懈了！

班主任介绍完毕，一位男学生站起来，表示欢迎我加入这个集体，他大约是班长。他也是随随便便的样子："欢迎徐慎行同学到我们班学习，为速成二班争光，为祖国的教育事业贡献力量！归结一句话：我代表全班同学，欢迎……蓝袍先生！"教室里立即腾起一阵喧闹的声浪，鼓掌声和笑声搅和在一起，乱极了！

我听到班主任王先生也在笑。我不能容忍他的笑，他毕竟是先生。他笑毕说："同学们不要笑，也不要给新同学乱起绰号……"

我现在才明白大家嬉笑的原因了，笑我的蓝布长袍和头顶的礼帽。我一下子意识到我和所有同学的差异，男生女生一律穿制服或便衫，头顶八角制帽，女生留齐脖短发或双辫儿。在杨徐村，那三位新先生的装束成为众人稀奇和议论的话题，成为我父亲讥诮的怪物。在师范学校速成二班的教室里，我的装束却成为老古董怪物了！好在班主任此时指给我一个空位子，我立即从讲台上走下去，逃脱这个被众人嬉笑着的尴尬地方。我走到座位跟前，那个桌子边坐着一个女生，她朝我笑笑，表示欢迎我与她同桌。 我的心里猛地一跳，这女生长得太漂亮了，又是一双水汪汪的眼睛。 我不敢多看一眼，脑子里立即反射出杨龟年二儿子从河南遣返回杨徐村的那个洋婆娘来，立即反射出我的父亲的警告：妖精！鬼魅！ 关于这个同桌女生，这个妖精鬼魅，却成了对我一生影响深重的人，我后头再说和她的纠葛吧！

我不看她，在自己的座位上坐下了。 从书袋里取出学习用具，放在桌子抽斗里。 这时，我的头皮一凉，礼帽被谁摘掉了。

我临行前刚刚剃过头，光光净净的秃头一定很难看，教室里又响起此起彼落的笑声。 欺人不欺帽！ 我生气了，愤恨地扭过头，寻找恶作剧的人，我甚至不惜要撕破面皮，给他个对不起了，哪有这样开玩笑的？ 我没有找到帽子，却看见一张张开心的笑脸全都瞅着我的旁边。 我一回头，看见礼帽正戴在她——我的同桌的头顶，装模作样地向大家扮着鬼脸。

我不知所从了。 那顶黑呢礼帽扣在她的头顶，底下露出一排长长的黑发，似乎不觉滑稽，倒使她显得十分好看了。我聚集在心里的火气发不出来了，也不好意思从她头上动手取过来。 正在我犹豫的短暂一刻里，不知后排谁从她的头顶揭去了，戴在自己的头上。 之后，我的礼帽就被许多手抢来夺去，轮换戴在男生和女生的头顶。 我无法忍受这样的侮辱，生气地端坐在凳子上，负气地不予理睬了。

她大约终于感觉到自己的行为有点过分，离开座位，从教室的一角里抢到帽子，从背后过来，扣到我的头上，说声“对不起”，就坐下了。

我一动不动，也没看她，以无言表示我的气怒：太没教养了！一个大姑娘，刚与人见第一面，就把别人的帽子抢过去，戴到头上，像什么话？疯张野教！

还有使人难堪的事，吃饭要赶到饭堂去，端上饭碗，拿着筷子排队，依次到窗口去打饭。我站在队列里，心里很别扭。前头已经打了饭的学生，因为没有餐厅，一堆一伙蹲在院子里，一边吃饭一边说笑，女学生也夹在一堆，张着填满饭菜的嘴巴笑。我很不舒服，这些经过两年速成进修的男生女生，很快就要为人师表了，却是这样不拘礼仪。我在家时，父亲自幼就训诫我关于吃饭的规矩，等上辈人坐下后，自己才能坐；等别人都拿起筷子后，自己才能拿筷；等别人动手在菜盘里夹过头一次菜后，自己才能夹；吃饭时不能伸出舌头，嘴也不能张得太大，嚼时不能有响声；更不能在填着饭菜时张口说话。现在，瞧这些将来的先生吃饭时的模样吧！张着嘴笑的，脸颊上撑起一个疙瘩的，满院子里是一片吃喝咀嚼的“唧唧嚓嚓”的声音，完全像乡间庄稼人在村巷里的“老碗会”，没有一点先生应有的斯文。

我打了饭，捧着碗，怎么也蹲不下去，就索性端回教室里来。走过一排排教室，我听见背后有压抑的嘻嘻的笑声，猛一回头，看见屁股后头尾随着一串同学，在模仿我走路的姿势，挺着腰，仰着头，迈着可笑的八字步……他们哄然大笑了。我真没办法，我觉得他们粗野无礼，他们却觉得我好笑，处处拿我开心哩！我回到教室，气得食欲也没有了。

我至今忘记不了我在师范学校集体宿舍里度过的第一个夜晚。

这种集体宿舍，我第一次见到。一排房子，两边开窗，钉成两排木板通铺，中间留一条走道，楼上又有一层。每个人把自己的褥子折成窄窄的一溜，挤挤拥拥铺满了床铺。我在我们班的辖区里铺上了被褥。天气虽是深秋季节，却不见冷，一个个小伙子，脱得只穿一条裤衩，在走道上擦洗，光着身子把脏水倒到室外的渗水井里。

坐在床铺上，看着一个个男性特征暴露无遗的身体，我心里更觉别扭，很替他们难为情。我自懂事以后，就没有在外边过夜。即使夏天，父亲也不许穿短袖和短裤，连布袜布鞋也要穿戴整齐，不许不能暴露的肌肉露出来。现在，看着这么多赤裸裸的男性肌体，我更觉得难于当面脱下衣服、解开裤带了。

我悄然脱衣，迅速钻入被筒，却无法入睡，嬉笑吵闹声像戳乱了麻雀窝，好多人逞能说笑，引逗大伙发笑。

熄灯铃响过，马灯被宿舍舍长一口吹灭，宿舍里静下来。

一个细小沙哑的却是清晰的声音在宿舍里传播，像人们在夜静时听到的国外电台的播音——

“南山里有座古寺院，住着一个老和尚和一个小和尚。老和尚领着小和尚，终日念经诵道，修身养性，一心要修行成仙。小和尚原是老和尚拾来的被人遗弃了的一个孤儿，无家无根，在老和尚膝前长大。老和尚对他十分钟爱，管教也非常严格，每逢正月十五古寺的香火日，就把小和尚推到后殿，锁起来，不许他看见进香的女人，以免受到诱惑。小和尚长到二十岁，还没见过异性，十分纯真。老和尚非常得意自己培养出一个心灵纯净的真人，绝不会被世俗的情欲所侵染。

“为了试验这个小和尚的纯洁性儿，老和尚领他下山来，走进了繁华热闹的西安东大街。

“老和尚突然发现，小和尚不见了，一回头，小和尚站在十字路边，呆呆地盯着一个漂亮女子出神，口角的涎水吊到胸膛上。老和尚一见，气得脸都扭歪了，疾步走上去，又不好当着大街上的人发作，就狠狠地说：‘那是魔鬼！’

“小和尚傻乎乎地笑着：‘魔鬼多可爱呀！我要一个魔鬼……’”

宿舍里，楼上楼下腾起一片压抑着的笑声。我的心里一悸，似乎那个说故事的人，是专门影射我的编撰。那个沙哑的声音还在继续——

“老和尚领着小和尚回到寺院，狠狠教训了三天三夜，说那个魔鬼如何可恶、可憎。小和尚不知心里如何，嘴头上表示憎恶那个魔鬼了。老和尚平气之后，就想到自己教育方法上的缺点，只采取隔离的方法不行，应该让小和尚在女人窝儿里锻炼出铁石心肠来。

“老和尚在进香之日，让小和尚和自己一样盘腿坐在祭坛两边，合手闭目。为了试探小和尚看见进香的女人是否春心浮动，他在小和尚的腿上平放了一面鼓。为了避免小和尚疑心，他给自己的腿上也放了一面鼓。

“进香的女人络绎不绝，老和尚微微启动眼皮，看见小和尚两眼闭得紧紧的，自己就合上眼。不一会儿，老和尚听到对面‘咚’的一声鼓响，心里一震，暗自骂道：‘这小子春心动了！算我白费了训诫的功夫！’睁眼看时，那小和尚的眼还是闭得严严的，嘴角流出涎水来了。正气恨间，又连续听到两声鼓响……

“进香完毕，游人走尽。老和尚追问：‘什么东西敲鼓？’小和尚低头不语，羞惭难当，不好说话。

“小和尚十分佩服师父练成了真功，始终未听到鼓响，就跪下请罪。请罪之后，还不见老和尚起来，他就献殷勤，去搬老和尚腿上的鼓。不料——鼓的那一面，被戳了个大窟窿……”

突然爆发的笑声，终于招来了值勤教师的禁斥。

我的脸上热臊臊的，这些没有教养的人，将来要做为人师表的教员，却在宿舍里讲这样下流的故事，太粗野了！我总疑心故事的说者，是在影射我，不，简直是侮辱我的人格！

我很苦闷，孤单。我走路，有人在背后模仿，讥笑；我说话，有人模仿，取笑。我简直无所适从，连说话也不知该怎样说了，路也不会走了。我最头疼的是音乐课和体育课。我一张口唱歌，大家就笑，说我的声音是“撇”音，连音乐老师都笑。体育课更难受，我穿着长袍接受体育老师的篮球训练时，体育老师先笑得直不起腰来……每逢上这两门课，我就请病假。

漫长的一月过去了，我没有快乐，也没有温暖，一切习性全乱了套，为了躲避众人的讥笑，我整天待在教室里不出门，以避免外班的学生讥诮的眼光。我失去学习下去的信心了，想想两年时间，真是难得磨到底。我终于下决心退学，回家当农夫务庄稼去。

早晨一进教室，我看到后墙壁的黑板前，围着好多同学在观看。这块黑板是《生活园地》，登载本班的好人好事的宣传阵地，大约有什么消息了。我走到跟前一看，在《新同学介绍》栏内，写着一段取笑我的话。因为这个速成班的学生，参差不齐，不断地有从各方介绍来的学员插入，所以这儿开了一方《新同学介绍》栏。有人把介绍我的文字作了修改，变成这样：

“徐慎行，字孔五十六。男性，二十三岁。籍贯：山东孔府。人称蓝袍先生，实乃孔家店的遗少……”

整个教室里的同学都咧着大嘴朝我笑。

我不好发作，走出教室，向班主任请了病假，回来收拾了书籍用具，就向班长说一声请过病假的话，回到宿舍。

我捆了行李，在校园里静寂下来的时候，背起行装，从后门走出去。匆匆走过学校所在的山门镇的街巷，就沿着小河的低矮的河堤向东走去。我像抖落了满背的芒刺，终于从那些讨厌的讥诮的眼睛的包围中逃脱了。说真的，他们看不惯我，我还看不惯他们哪！他们容不下我，我心里也容不下他们那些粗野少教的行为！

走着走着，我听到背后有人呼叫我的名字，而且是一个女人的声音。我一回头，就惊奇地站住了，我的同桌田芳正气喘吁吁地奔上来。

“你……为啥要走？”她奔过来，站住，双手拃腰，气喘不迭，水汪汪的眼睛里，有气愤、惊讶以及素有的柔情，“嗯？偷跑了？”

“我不想进修了。”我心死而气平。

“那不行，你得回去跟班主任说一声。”她放下一只手，另一只手还拃在腰里，“连纪律性都没有！”

“你是什么人？”我不在乎，“管我？”

“我是班干部！”她理直气壮。

我才记起，她是班里的宣传委员。我不屑地笑笑说：“我要回家务庄稼去了！”

“国家刚解放，到处缺乏人民教员。”她说，“政府到处搜集有点文化的青年，集中培训，也满足不了乡村学校的需要。你倒好……当逃兵！”

我想，既然国家这样需要我，你们为什么欺侮我？ 我依然瞅着远处，执意要走。

“共产党毛主席领导我们闹革命，翻身了，解放了，自由了！ 大伙在一块学习，多高兴！”她在给我宣传，“咱们班的同学，都是些穷人家的孩子，要不是解放，能这么自由吗？ 你怎么能回去呢？”

这些大道理，早听惯了，然而由她一泻而出，却不是说教，有真情在。 她见我还不回头，就从我的背上扯被子，说：“我从山门镇看病回来，看见你从街东头走出去了，我就撵你。 我不撵你，我就失掉班干部的责任心了。 你要是一定要走，也该跟我回去，给班主任打个招呼……”

我只好跟她走回学校。

自由多么美好

从师范学校的操场上朝南望去，可以看见挺拔雄伟的秦岭的峰峦；从眼前逐渐慢坡增高到山根的广阔的平原上，星散着大大小小的被树木的绿叶笼罩着的村庄；小河川道里，挑着稻捆的农民从木板搭成的便桥上忽闪忽闪走过去；田间小路上，农民推着装满苞谷棒子的小推车朝邻近的村庄走去。 沉到平原西部的太阳，在落沉下去之前，向平原上的人们投射过来热情的最后的一瞥，把瑰丽的红光洒满村庄、田野、河水和挑担推车的农民的脸上，秦岭陡峭的崖壁上红光闪耀。

我坐在操场边角的草地上，温习算术。我的语文课似乎不成多大困难，算术就吃劲了。因为是速成班，课程相当重。要命的是那些实际并不复杂的算题，我用心算就可以得出正确的结果，可是一用算术的严格的算式计算，就全乱了套。我自然把学习的重点搁在算术上。

“呀！你找了个好清静的地方！”

是田芳，不用抬头也听得出她的声音，不过，我还是仰起头来，而且很快。我慌忙站起，看着她抿着嘴嗔笑着，倒不知该说什么了，该请她在草地上坐下呢，还是就这么站着？我对于女性有一种无法克服的惶恐感，一见着女人，尤其是单独和一个漂亮的女人在一起，我总是感到心里很紧张。

“跟你商量一件事。”她说。

“好的好的。”我诚惶诚恐。

“坐下谈吧。”她先坐下来，“这么站着多难受。”

我在离她两三步远的草地上坐下，拘束得手脚不知该怎么摆着才好。她似乎很自在，双手拘着膝头，坐得很舒服，看着我，像欣赏一只惊疑不安的小兔子。她说：“想请你给咱们的《生活园地》板报写字，你愿意服务吗？”

她是班委会的负责宣传工作的委员，编排更换教室后墙上那块《生活园地》板报。我忙说：“我……当然愿意服务。只是我的字儿写得欠佳。”

“‘欠佳’！ 只是‘欠’一点。”她笑着，没有什么讥诮的意思，抠我的字眼，“我的字写得根本说不上‘佳’不‘佳’！”

“我写得不好。”我已经注意自己口头用语中那些文绉绉的词句，尽可能和大家一样用生活常用的词儿，一紧张时就又冒出一个半个生涩的词句来，“真的，我的字写得不怎么好。”

“你的字写得多漂亮！”她感叹着，流露出欣羡的神色，“咱们班主任王老师都说，你的字儿比他写得好，在整个师范里，也是首屈一指。 你还谦虚什么呢？”

我没有再做谦让的姿态。 她真诚地对我的书法的赞扬，尤其是由她传递的班主任王老师的溢美之词，使我很受鼓舞。 我的字，从五六岁时起，父亲就有计划地对我进行训练了。 先照父亲写下的影格描摹，然后临帖，先柳后欧，先楷后草，父亲常常因为我一捺一竖不像真柳真欧而训斥我。 在这个速成班里，我的字是无与伦比的。 我说：“我尽力为之。”

这件事已经谈妥，我想她该走了。 她却坐着不动，忽然盯住我的眼，问：“你为啥一天到晚不和我说话呢？”

我的心里又一悸，这样直截了当的问话，使我措辞不及，不知怎样回答。 班主任王老师指定我和她同坐在一条长凳上，共用一张桌子，至今有两个月了，我没有主动和她说过一句话。 到底是什么原因呢？ 我自己一时也说不清楚。

"我文化水平低。"她说，"你瞧不起我吧？"

我遭到误解了，连忙说："我……没有没有！"

"那……我是老虎、是魔鬼吗？"她讽讥地说，"怕我吃了你？！"

我的脸突然发热了，不由得低下头。我想起了在宿舍里听到的那个老和尚和小和尚的故事。老和尚威吓小和尚时把女人说成是魔鬼，我似乎就是那个可怜的小和尚了。我和她坐在一条长凳上，听讲或做作业，我从来也没敢大胆地扭过头去注视她的脸。她长得太漂亮了，漂亮得使我不敢看她的那双水汪汪的眼睛。我只是在她不在意的时候，装作漫不经心地注视过她的眼睛和脸膛，其实我很想和她说话，和她对视，像她和班里的任何男生一样大大方方交谈或者开玩笑。我不行。越有这样的想法，我却越要摆出一副毫不在意毫不动心的神态。我的心里有一道森严的壁垒，坚硬的外壳，对一切异性实行习惯性的排斥与反弹，我只好掩饰说："我这人……不善辞令！"

"好啊！'不善辞令'！"她笑了，"你何必那么拘拘束束呢？你自个不觉得难受吗？我呀！一天不笑几场，不唱几场，心里就憋得难受。"

"我太……古板。"我说。她的话正说到我的痛处，其实我比她说的还要痛苦。我被她拉回学校，班主任王老师在班里严肃地批评了那位恶作剧的学生，大伙也不再当面把我当作笑料了，可也没有人和我亲近，我的孤寂的心并没有得到拯救。我说：“我不会交际……”

她笑着，恳切地说：“咱们速成班，在一块不过两年，大家难得遇在一搭，毕业后就各自东西南北地去工作了，再见面也难了。你甭摆出那么一副老学究的样儿好不好！甭老是做出一派正儿八经的样儿好不好？走路就随随便便地走，甭迈那个八字步！说话就爽爽快快地说，甭那么斯斯文文地咬文嚼字！你看……我心里有话都端给你了！”

我难为情地笑笑。我想象不出，我斯斯文文说起话来和迈着八字步、走起路来的样子究竟可笑到怎样的程度，却明白大伙对我摆出正儿八经的老学究的样子是不屑一顾的。我想告诉她，走惯了八字步倒不会随随便便走路了，咬文嚼字的说话习惯也难以一下子改过来，我的父亲苦心孤诣给我训诫下的这一套，像铁甲一样把我箍起来。我说：“改是要改，一下子还是改不掉！”

“先把你的蓝布长袍脱下吧！”她说。

“那我穿什么？”我问。

“‘列宁服’，而今时兴。”

“我能穿‘列宁服’吗？”

“当然能。”她肯定地说，“你正年轻，身段也好，穿一身‘列宁服’，保险好看。”

“有卖现成的吗？”我受到鼓舞，尤其她说我身段好，肯定在她看来，我的身材长得并不难看，“山门镇上能买到不？”

“你把长袍改一改。”她说，“山门镇上有个裁缝铺，花一点钱改成‘列宁服’，还能省一点。”

“那我现在就去！”

“咱们一块去，我给你参谋。”

三天以后，吃罢晚饭，回到教室，她向我挤一挤眼，使我有一种暗中默契的喜悦。她在和我到裁缝铺去改做衣服回来时，给我说，暂时保密，一俟“列宁服”穿到身上，让速成二班的男女同学大吃一惊吧！我知道她挤眼的意思：今天是取衣服的时限日。我早已按捺不住一种稀奇的心情，就和她走出学校的大门。

那个秃顶的老裁缝，取出改好的衣服，又取出剩余的布头，交给我。

“试试。”她说，“看看合身不？”

我有点难为情，当着她的面脱袍子，不大雅观。就说：“我回去试。”

“在这儿试试，有不合尺寸的地方，老师傅看了也好改。”她说。

“试试吧！”老师傅也这样说。

我不好推辞，就背过她，脱下蓝布长袍来，尽管我袍子下有两层衬衣衬裤，心里还是止不住惶惑，似乎这蓝袍一揭去，我的五脏六腑全部暴露无遗了。

她提起那件改制的蓝色“列宁服”，帮我穿上，又帮我结上纽扣，我感觉到了那只灵巧的手指的温柔。我一低头，胸前两排纽扣，一排是扣着的，另一排完全是装饰品。两条宽大的领条分别摆在脖下两边。

“到镜子前头去照照。”师傅说。

我站在穿衣镜前，看见了陌生的自己，竟然不好意思了。说真的，我在镜子里第一次发现，我的模样是很俊的，眉骨耸高了，脸上的棱角也明显了，再不是像我父亲骂我的那样一种女子气儿的少年了，只是那个酒窝，在我不好意思的羞怯中又隐隐现出来。我看见她站在我背后，一眨不眨地看着镜子里头的我的脸，发觉我看见之后，她有点惊慌地摆开头去了。

“挺好。”她说，“刚合身。”

我听到她的话，有点不满足，甚至怅然若失。她怂恿我改做衣服时，曾经热烈地赞扬过我穿上“列宁服”一定很好，因为我的身段好。我现在穿上了，自己已经觉得确实很好的时候，她却平淡地只说“挺好。刚合身”。我希望听到她热烈的欢呼，却没有。

无论如何，我感到一种从来没有过的轻松。我像卸下了钢铸铁浇的铠甲，顿然感到浑身舒展了。天呀！走出裁缝铺的门，踏上山门镇石板铺成的街道，我居然不会走路了！脱掉蓝袍，穿上“列宁服”，那个八字步迈不开了，抬脚举步十分别扭。她刚出门，看着我走路的样子，“扑哧”一声笑了，像是压抑了许久似的，我才理会了，她在裁缝面前保持着与我的谨慎的距离，不敢说出太热情的话来。

“呀！ 衣服换了，路也不会走了！”我也自嘲地说。

“放开走！ 随随便便走！ 想蹦就蹦起来！”她说，像是和谁赌着气，“你敢不敢蹦起来？ 试试你的胆子，徐老先生？”

她在激我，开我的玩笑，我心里一急，伸手在她肩上打了一下，立即就愣住了。 天哪！ 简直不可思议，在这个栈铺拥挤的街镇上，我居然和一个女生打打闹闹！

“好啊！ 蓝袍先生敢动手打一个女学生了！ 真是进步了，解放了！”她讥诮地斜过我一眼——使人感到亲切的讥诮呀！ 她说，“再勇敢一点，蹦起来！”

我鼓了鼓勇气，连着蹦起来三次，蹦起来，挥一下手臂，落到地上的时候，我脸红耳赤，索性不去看街道上那些市民的脸色。 我对她说：“我今天才解放了！”

“对对对！”她连声附和，也很激动，“为啥不蹦呢？ 为啥不说不笑不唱呢？ 旧社会，净让别人尽性蹦了，尽情笑了唱了，而今解放了，轮着我们妇女了！”

“我可不是妇女！”我分辩说。

“你比妇女还封建！”她哈哈笑着。

“我究竟是什么且不管，”我也笑着说，“反正我自由了！ 自由多么好哇！”

“唱歌吧！”她说，“有勇气，跟我唱着走过去！”

“我不会唱……”我不承认我没有勇气。

“跟我顺着溜吧！”她说着就唱起来。 我和她并排走着，顺着她唱的音调溜唱：

解放区的天是明朗的天，
解放区的人民好喜欢。
…………

临近校门的时候，她突然站住，回过头来，煞有介事地说：“你把八字步全忘了！”

我心里一惊，真的，唱着歌走过街道的时候，我的脚步从八字步里解放了，自由了！

第二天，我按照她的吩咐，在教室后边的黑板上换写《生活园地》的内容。她把一篇编成的稿子交给我，我要按照这篇稿子的内容和长短安排版面，在阅读这篇稿子时，我发现了一个刺眼的题目：“蓝袍先生”穿上了列宁服。

我问：“谁写的？”

她说：“我。”

我不知我为什么要问谁写的！如果不是她写的，我就不愿意让它公之于全班？我自己一时也说不清楚，反正我捏着粉笔走向黑板了。

整个教室里，为这篇文章欢腾起来。

还俗

田芳一天没有来上课，我的心里很不自在。

她病了，躺在女生宿舍里，一整天也没有进教室的门，也没有到饭堂里去吃饭。我看见班里几个女生在一起，给她打饭，送饭。我问一个女生，田芳怎么了？要紧不要紧？她支支吾吾，只说病了，像是有意回避别人的关心，我也不好意思再问下去。

我感到孤单了。一张长条课桌，过去坐着我和她，两个已经成年的速成班的大学生，感到了拥挤，也感到桌子的面积过于狭窄。现在，我一个人坐在长条凳上，觉得这桌子太宽绰了。

她的书籍和作业本子静静地躺在桌斗里，墨盒儿寂寞地蹲在桌子的右角上，这些被她的手指抚摸、使用过的工具，全都失去了生气，使我看见时就有一种惆怅之感。我挪过那只四方形的黄铜墨盒，打开，垫着的丝绵团儿上留下她用毛笔挤压的坑洼，墨汁干了，我便把刚刚磨好的一砚台墨汁倒了进去，干瘪的丝绵团儿被墨汁泡得膨胀起来。我把墨盒合上，重新放到她自己平常搁置墨盒的固定位置上——桌子靠墙边的右角上。我忽然在桌子与墙的夹缝里发现了一根头发，就用手指轻轻抽出来。

头发很黑，像墨，又很柔软，这是从她的头上脱落下来的，她自己大概很不注意，更不可惜，她有那么多的黑乌乌的头发，垂在脸颊和后肩上。我忽然真切地感到了用手抚摸她的脖颈上的头发的印象，就把那根头发悄悄地夹在日记本里。

没有了田芳的速成二班教室里，也显出明显的差别来。往常上课之前，教师走进教室门之前的三分钟的等待中，田芳领大家唱歌。她在我的耳畔唱出一支歌的头一句，叫声一、二，于是教室里就腾地响起歌声来。我分明感觉到她口中掀起的轻柔的气浪对我的耳朵和脸颊的冲击，随之就跟着大家唱起来。今天，第一节课前，因为没有人领唱而默然了，第二节课开始前，由班长临时代替田芳领唱，我总觉得有点别扭，燃不起大家唱歌的热情，纵然唱起来了，歌声却死气沉沉，缺乏生气。

我坐在课堂上，眼睛瞅着在讲台上讲得满头大汗的老师，心里却想，田芳病得一定很重，她那样热情奔放的人，怕是不病到十分厉害的境况，是不会躺下的，宽大的集体女宿舍里，现在只躺着她一个人，一定很孤寂，我要是陪坐在她的床边，肯定会使她的心情宽舒一点。我也乐于坐在她的旁边的。

我决定在午休时去看她。好容易上完四节课，草草吃完午饭，我回到教室，放下碗筷，班级篮球队队长拉住我，要我写几张篮球比赛的布告。我只好埋头书桌，拔开毛笔帽。

球赛是一场校际比赛。由我们速成二班对县中的校队。

我们班的篮球队是师范的冠军，威震县城。我们的篮球队队长有一个雄心勃勃的计划，要征服县城里所有单位的篮球队。我已经迷上篮球运动了，虽然我的球技水平根本不够上场的资格，却是这支生龙活虎的球队的一个不可或缺的成员——每次由我写海报，我的字是可资赢人的，即使在藏龙卧虎的古县城里，我写的海报前常常围着一堆并不喜欢篮球运动的遗老遗少，品评我的墨迹，使速成二班的篮球队也增加了半分光彩。我的主要职责是替运动员们当衣服架子，他们上场时，匆匆地脱下衣衫或裤子，甩到我的怀里，我一律搭到肩上，不会弄脏，也不会丢失。我从开场一直看到结束，从不中途退走，让运动员放心。篮球赛结束后，我替他们用网袋背球儿，和他们议论着刚刚结束的战斗，走到小镇街道外边的小河里，洗一洗。为此，篮球队队长破例吸收我为篮球队的球员，虽然根本不是指望我上场。我穿上了一个最大号码——二十六号的背心，胸膛上有两个用红布轧成的大字“速成”，既是我们班的班名，又意味着在赛场上速战速决的作风，自然是我的笔迹。

写完海报，我就急忙往女生宿舍走去，下午有球赛，我不能不去，缺了我，队员们的衣服搁哪儿去！走到女生宿舍门口，我有点犹豫起来，那个门里是女性的独立王国，即使再开通的人，甚或是冒失鬼，也会在这个门前放轻脚步，思考一下。我从来也没有进过女生宿舍，倒有点丧失勇气了。

“噢呀！慎行，快来！”我们班的王艾艾正好出门来倒水，看见我，快嘴快舌，“田芳刚才还问你哩！”

我的所有顾虑全都在王艾艾的几句话中烟飞云散了，跨上台阶，跟着王艾艾走进门，由她引着我一直走到田芳的床铺边，我却急得说不出一句话。

她倚在被子上，向我笑笑，说其实并不要紧，明天就可以上课了。我已学得稍微聪明了，知道女同学有些不便说出口来的疾病，也就只是关照她按时服药，悉心养息，不问病症。

我坐在她旁边的床边上，看见她的脸色有点黄，眼圈上有一道模糊的晕圈，头发有点散乱地压在被子上，病容的脸颊似乎更加婉丽动人，令人陡生怜惜之情。我忽然想到我早晨捡到的她的那根头发，不由得心悸了一下，竟然觉得鼻腔酸溃溃的，看着左右坐着的本班的几位女同学，我强忍住涌动的眼泪。

“我刚才还问你哩！”她淡淡地笑笑。

“有啥要我做的事吗？”我问。

“离元旦剩下一月时间了，校学生会要各班给元旦晚会准备节目。”她款款地说，忽然眼睛一亮，“咱们班出四个小节目，一个大节目，想排《白毛女》，让你参加演出……”

“啊呀！ 天爷！ 我……”我惊慌地摆手。

“其实，你的嗓子挺好的，只是没有训练。”她并不急，似乎早就料到我的反应，依然缓缓地说，“把嗓子练顺了，声音挺好。”

几个女同学也都附和着，说我的嗓音不错。我从来也没想到过登台演戏，很不踏实，仍然推辞。几个女同学七嘴八舌，简直说成了非我莫属的情况。

王艾艾问：“派他支哪个角儿呢？”

田芳笑笑说：“黄世仁，怎么样？”

“不行不行！”我腾地红了脸。

“他不用排就会迈八字步！合适合适！”王艾艾冲着我，在走道上转起八字步，“慎行呀！演吧！”

“这次演出要评奖。”田芳说，“咱们要给速成二班争取荣誉。”

我忐忑不安地垂下头。

“我病好了咱们就开始排练。”田芳说，“你甭怕，我给你排戏！”

我支吾一声，自己也没听清说的什么。我想推辞，又怕她不高兴；接受吧，又实在觉得是笨鸭子上架，太难为了。想到在排戏时较多的课余时间里，我可以和她在一起，又觉得十分快乐，于是就算默认了。

我坐在她的床边，明显地感觉到女生宿舍的异常气氛，比男宿舍干净，整洁，飘着一丝淡淡的粉脂的气味。我诚恳地劝慰她安心养病，就告辞了。

晚自习时，我隐隐得知，田芳的家里大约出了什么事。她的父亲昨天到学校来找她，送走父亲时，有人看见她和父亲憋着气，晚上在宿舍偷偷哭过，今天早晨就起不了床了。

究竟发生了什么事，她没有给谁说过，属于一种猜测。

我想不出她会有什么大不了的事。

第二天早晨，她来上课了，我的心里竟是一种急切的期待之情。上早自习了，好多同学从教室里走到外头去，在庭院里的柳树下，在学校的围墙根，朗读或者背诵语文课文。我也喜欢在院子里早读，空气清爽，也不干扰别人。今天早晨，我没有出去，就坐在位子上，我在暗暗等待着田芳来上课。

她来了。走进教室时，屋里的几位同学都和她打招呼，问候她的病情。她笑笑，一律表示感激，说自己今天精神好多了，不要紧了。

她向自己的座位走来，我已经早早站起，像是迎接她归来。她走到我跟前，照例笑着，坐到靠墙的位子上。我忘了问她病况，也随之坐下，心里很踏实了。

“头不疼了吧？”

“不疼了。很好。”

她说她好了，我就再也找不出什么问候的话，不说又觉得心里别扭，很想说上一番热心的关照的话：“天气凉了，要注意冷暖变化，甭大意。”

她有那么不长不短的一会儿时间，以一种异样的目光盯着我的眼睛，听我说话，忽而眼睛一闪眨，那种异样的光消失了，又恢复了和一般同学说话时一样普通的神色。那种异样的目光出现的时候，我的心忽闪忽闪跃动了，胸腔里阵阵发热，像被一束电石的火光灼了一下，那是我有生以来从未有过的一种奇妙的心灵颤动。

“谢谢。”她说这句话时，虽然是诚恳的，却没有那种撞动我的心灵的目光。

又过了两天，晚饭后，她召开第一次排演会议，所有参与演出的演员和伴奏、服装、道具人员都参加了，四十来名学生的速成二班，几乎人人都派上了用场。伴唱组的女生，伴奏组的拉胡琴的，打大鼓的，敲锣打梆子的，人才应有尽有。那个拉头把胡琴的男同学，原先当过吹鼓手，喇叭和铙钹，全都能来两下，由他负责伴奏组的训练，缺少的人才由他教导。

我被分配演黄世仁，竟然成了真的。田芳饰演喜儿，在剧中我和她处于两个对立的阶级的地位，毫无感情上的共鸣，使我很遗憾。我甚至嫉妒起班长刘建国来，他演大春，正面人物，脸上抹红，又有许多和喜儿表示特殊感情的戏剧情节。我还是服从了田芳的分工，使她不至为难，再去调整扮演角色，浪费时间。而要在一个月稍多点的时间里排出这一大本戏来，真是够紧张的。

田芳表现出她对文娱工作的非凡的组织才能。她要求在五天内全部背熟唱词，一周后在一起对词，下来花十天时间排演动作，第四周结合伴奏全面排演。她精神振作，热情极高，同学们都愿意听她的吩咐。

她是够忙的了，既要指挥大家排演，又要自己支角儿，而且是贯穿全剧的主角。我们每个演员，在背会唱词以后，就给她打招呼，向她面背一遍。然后，她弹着风琴，一句一句给我们教唱词，一句一句纠正音韵不准的唱段。我看不到她自己背诵喜儿的唱词的时候，但我并不担心，似乎整个剧本早就扎在她的脑子里。

黄世仁的唱词儿不多，却有点怪腔怪调儿，唱起来十分咬口。

《北风吹》和《扎红头绳》两段，几乎每个同学都会哼会唱了，而生活中很少有谁喜欢哼一哼黄世仁的腔调的。我对扮演黄世仁这个角儿的兴味提不起来，音调更觉得唱不准了。

“甭急，慢慢来！”

她用脚踩着风琴踏板，双手按着琴键，侧过头来，对我说。大约是看出了我的不耐烦情绪，反倒不厌其烦地和着琴声，唱了一遍又一遍，给我示范，给我纠正。我一边跟着独唱，一边盯着她弹琴的动作，端庄、自然、优美，我的心情很快就稳定下来。

我的热情陡地高涨了，精神异常兴奋，心情特别舒畅，几乎每天晚饭后总是第一个走进学校的小礼堂这个临时借用的排练场，替她做些组织工作，做些零碎的杂事。由她提议增补我为剧团的副团长，大家一致拍手赞同。我和大伙相处得很好，进入我来到师范学校之后的最佳精神状态。

新年临近了，排练也进入最后的关键时刻。一场意料不及的事发生了，田芳——我们剧团的团长，《白毛女》剧中的灵魂，被什么一时搞不清的野蛮的家伙绑架了，在师范学校酿成了一场严重的“田芳事件”……

拳头之歌

上午的后两节课是作文。王老师在黑板上写下“第一场雪”的题目之后，简单地提示了几句，就走出门去了。

我正在起草稿，忽然看见一个老头儿走进教室门来，肩头背着褡裢，脸上冻得皱巴巴的，在教室里瞅着一个个男生和女生低垂写字的脑袋。我看他那倔倔的神气有点可笑，这是谁的家长来了呢？他瞅了半天，也没有瞅见要找的对象，就叫道：“芳芳！”

田芳猛地仰起头，急忙筒了笔，显出慌慌的样子，离开座位，从走道上走到前头，把老头儿引出教室去了。

那老汉大概是她的父亲，我猜测，从他叫她名字的口气儿可以判断出来，村乡里那些老农民，叫自己的亲生儿女时都是这种神气，而且不分场合，一律像是在自家屋里呼儿唤女。他来找她，并不稀奇，班里的同学从四面八方汇拢到这个小镇上，一律住宿，一年半载不回家，常常有这个那个的家长找到学校来，少数是家里出了事，父亲或母亲病重了，需得回去看看；多数是给儿女送衣送钱，借机看看自己可爱的儿子或女儿。

田芳跟她父亲出门以后，我的心里却不安了。 她的父亲找她，我有什么好说好想的呢？ 自己也奇怪了。 她抬头看见她父亲的那一瞬间，眼里泄出一道惊恐的神光，随之转换为一种憎恶的气色了，随之一切都消失了。 她的父亲，即使初来乍到，也不应该令人那样惊恐吧？ 更不应该有憎恶的样子显现。 我猜不出其中原因，心里却有点焦躁，有点担心。

我竟而至于不能继续描绘入冬以来第一次降雪的壮丽景色了，越想，心里越加焦躁了。 人对于可能发生的祸事是不是有一种先兆性的心理反应，我说不清，反正我心里已经毛躁得难以在作文本的小格子里写字了。

我拿起茶杯，佯装到水房里去打水，走出教室，甬道上没有田芳和她父亲的影子，一排排教室里，传出这个那个教员的讲课的声音。 她大概把父亲引到宿舍里去了，我在水房里打了水，慢步朝回走，忽然看见打铃的校工刘大根跑过来，朝我说："你们班的田芳给人拉走了！"

"谁？"我大吃一惊。

"一帮人！"刘大根说，"我从街道上过来，碰见一帮人把她往马车上拉！"

"在哪儿？"我的心里涌起一股火来。

"山门镇南头……"

我甩了水杯，拔脚就跑了。 我蒙了，闹不清究竟是怎么回事，那个叫她的是什么人呢？ 她为啥要跟他走呢？ 我只觉得她不能被拉走，怎么会有这种事呢？ 我奔出校门了。

街道上似乎有人已经在议论什么，我直朝小镇南头跑去，果然看见围着一堆人，议论纷纷。我奔到跟前，大车上站着七八条大汉，扭着田芳，田芳在挣扎，又跌倒在车帮上，几个人趁势压住她。我大喊一声：“不准抢人！”田芳猛地回头，哭喊：“快——慎行……”赶车的人大约感到事不宜迟，“哗”的一声甩起鞭杆，马拉着大车跑起来了。

我追着马车跑。马车跑得并不快，我追到马前头，面对奔马，毫无办法，我自小没有摸过牲畜，更不会驾车，不知怎样才能使奔驰的马车停止下来。那个赶车的汉子，一挥长鞭，我的头顶一声响亮的鞭声，鞭梢正抽在我的左脸上，火辣辣地疼。在我被抽得晕头转向的一瞬间，马车“哗”的一声跑过去了。

我摸一把脸，继续追，愤怒与急迫中，我从地上摸起一块半截烂砖头，离开马车稍远一点，跑过奔马，回过头来，照准驾辕的红马的脑袋，鼓足全力甩出砖头，一下子击中了马的鼻梁骨。那红马尖叫一声，前蹄腾空跃起，前头挂梢的两匹马站住不动了。赶车人用鞭杆砸辕马的屁股，红马摇头摆尾，尥起蹄子乱踢，马车停下了。

我立即扑上马车，又被一个汉子推下车来。赶车人也跳下车，朝我愤怒地抡起拳头。我已经忘记了危险和孤身无援，迎着他冲上去。这是一位中年汉子，力气很大，却笨拙，我闪过他那沉重的一拳之后，就在他的脸上砸了一下，大约打中了他的眼睛，他立即丢下鞭杆，双手抱住眼睛，蹲在地上了。这是我平生第一次打人，还真的尝到了一点打击对手的痛快。

“打这个野男人！”

听到一声吼，从车上跳下三四个汉子来，从四面包围了我。我不知该怎样对付，头上一下，腰里一下，我被打得无法防备，忽然朝车上喊：“田芳！快跑！”就被打倒在地上了。

“打这个野男人！”

我被打倒在地上，有人坐压着我的脊背，我爬不起来。他们在骂谁？野男人？是谁？是把我当田芳的野男人打吗？

街巷里一阵呼喊，一阵杂乱的脚步声。坐在我背上的那个汉子蹦走了，我爬起来一看，速成二班的男女同学赶来，正在大车周围的街道上摆开了打架的阵势。力量对比一下子发生了绝对的变化，那几个汉子被学生包围住，打得乱爬乱滚。

我跑到马车跟前，看见几个女同学已经解开田芳被绑捆着的双手，扶着她从车上走下来，我看见她的泪痕斑斑的脸颊，忽然心里难过了，流下泪来，一句话没说出口，就跌倒在地上，昏迷了……

我的手被一只温柔的手攥着，紧紧地攥着，我真舍不得那只手松开，离去。我睁开眼，是田芳握着我的手，周围坐着一伙男女同学，她当着大家的面攥着我的手，似乎没有什么不好意思，我也觉得这本来没什么，就该这么攥着。

我依稀记得，我是在山门镇的医疗所里被救醒的。大夫给我包扎之后，又给我吃了几片药，说是催眠的，我就睡到天色傍晚了。

我感到口渴，张张嘴，没有说话，她就意识到了，用一只瓷匙给我嘴里喂水。我看到她从盛水的搪瓷缸里舀起一匙水，用嘴吹吹凉，就准确地喂到我的嘴里。我静静地躺着，闭上眼睛，听着那“嗞嗞”的吹气声，等待那挨近到嘴唇上来的匙子。我真想抱住她，把头埋在她的胸前，和她痛哭一场。

“你知道不？县公安局把狗日的逮了三个！”班长刘建国说，“我们速成二班这下打出威风啰，太不像话嘛！已经解放了，竟敢抢人！”

我心里很痛快，抓了他们三个，真是叫人痛快。我坐起来，浑身疼痛，背后垫着被子。

“哈呀！了不起，真是了不起！”篮球队长说，“咱们的蓝袍先生会打架了，真是了不起！想想你刚来时的那般斯文……”

大伙瞧着我笑，我也笑了。田芳抿着嘴儿，也瞅着我笑，说：“他打什么呀！尽挨打了！”

我挨了打，被打得头破血流，鼻青脸肿，可我也打了一拳，砸了一砖头。我那一砖头砸得多准！正好击中了辕马的鼻梁骨，使飞奔的马车停住不走了。我仅仅打出的一拳又是何等的威风，何等的准确，一下子砸得马车把式蹲到地上，双手捂住眼睛，抡不成鞭杆了。我平生没有跟别人打过架，没有体验过打人的滋味，现在才发觉，打人也有乐趣，特别是当你出于一种卫护弱者（这弱者又是你顶要好的同学）的义愤的时候，用拳头击中对方的身体，就会产生一种无与伦比的痛快的滋味。我久久地回味着那一拳击中马车把式时的情景，而把自己得到的几倍的报复忘记了。

“他们怎么敢在光天化日之下抢人？”我问，“田芳，到底是怎么回事？”

“那是她婆家来的一帮子蛮汉，要抢田芳回去拜堂——结婚！”一个女同学代替她说，“甭问了，让田芳又难过。”

我又忍不住问：“到教室来找你的那个老汉是谁？你怎么就跟他走了？”

“那是我爸。”田芳说，“我爸在我十岁时就把我许给人家，卖了八石麦子。我而今不愿意这桩事了，他说让我拿出八石麦子还人家。我说我工作以后，逐年还，全部还清。俺爸这一关先打不通，跟人家合在一起，要把我送给人家哩！他不单是粮食问题，还说我丢人丧德，损了他的面子……”

我大致明白了缘由，也不想再细问了，怕引她伤心。这样的婚姻状况，在我们速成二班，不仅是田芳一个人的痛苦，好多男生女生都有类似的遭遇，班里早已有几位学生解除了婚约，还有一些人正在酝酿，两个速成班正在形成一股离婚和解约的风潮。

“打这个野男人！”

那个从马车上跳下来的汉子呼喊着朝我奔来，把我当野男人打，现在想起来，似乎也并不觉得有什么不好意思。当时，田芳被绑在车帮上，不知听到这句恶毒的话了没。

“田芳……”我想安慰她几句，却又不知该说什么好，临到嘴边，却说到其他事情上去，“咱们的戏还排练不？”

“今天……停了。”田芳说，“你的伤势要是到时不能恢复，就难演出了。现在想调换谁来演，来不及了！”

“你先说你怎么样？”我担心她的精神刺激太重，能不能上台，“能上台吗？”

“我能。”她说，“我才不把他们当回事儿哩！反正甭想我进他们的门！”

“我也能！”我说，“你给大家继续排演吧！我一定能上台！”

元旦晚会通宵达旦，夜半时，食堂里给全体师生准备下一顿丰盛的年饭。《白毛女》是压轴戏，排为最后一个节目，吃过年夜会餐之后再化装也是来得及的。我就坐在大礼堂里，欣赏着各个班里的文娱节目。田芳另有一个独唱，我期待着。

终于轮到她了。她站在台上，穿一件红袄，沉静而大方。几天前，由她引起的轰动一时的打架事件，使她成为全校瞩目的人物。现在，她站在台上，让全校师生瞩目，不知出于什么心理，哄哄乱乱的大礼堂里倏地静寂下来，她唱起来了——

旧社会
好比是黑咕咚咚的枯井万丈深
井底下
压着咱们老百姓
妇女在最底层
看不见那太阳看不见天
数不清的日月数不尽的年
做不完的牛马受不尽的苦
谁来搭救咱

会场里十分静，静得使人感到压抑，压抑得人想喊，想叫，想蹦起来狂呼狂喊！ 我的眼泪流下来了。 我听见有人抽泣。 不知是哪个班的女同学，开始附和着田芳在台下唱起来，很快地蔓延到各个角落，男生们也唱起来，整个大礼堂里，回荡着这曲《妇女翻身歌》——

共产党，毛泽东
他领导咱全中国走向光明
今天砸断了铁锁链
妇女都成了自由的人

…………

我仰起头，张着嘴，忘情地唱着，眼泪从脸颊上流进嘴角里来了，咸涩涩的。我是个先生。我是那个小和尚！我是受压迫的妇女！我是一个被父亲禁锢成了没有七情六欲的木偶！我……今天成了……自由的人……了！

新浪潮拍击下的老农民

积雪覆盖着原野。乡村间的大路上，午间融雪时踩踏得稀烂的泥巴，夜间又冻结成硬块了，路面坑坑洼洼，绊绊磕磕。道路朝南，沿着慢坡而上的原野延伸，在雪地上像一条随意丢下的皮绳，曲曲弯弯。

我们三人——班长刘建国、班主任王老师和我一行冒着渭河平原数九隆冬的清晨时分凛冽的寒风，正沿着这条乡村大路朝南走，要赶到一个叫田家寨的村子去，找田芳的父亲田茂荣老汉。我们将交给他四百块钱，由他再交给把田芳许订给的那一方的家长，偿还他接受过的彩礼或者说聘金，从经济上彻底割断捆绑着田芳的绳索。这是怎样一件令人鼓舞的壮举！

四百块钱装在我的书包里，沉甸甸地挂在我的肩上，那无异于几百颗腾腾跳跃着的心，我怎能不感到沉重呢！

新年晚会上，我们的《白毛女》歌剧获得了极大的成功，田芳的名字销匿了，那些认识或不认识她的外班的同学，那些教她或根本没有教过她的老师，见面都亲切地叫她白毛女了，我们班的同学更不用说了。戏剧里的白毛女已经获得了新的生活的权利，获得了幸福自由的爱情，现实生活中的白毛女——田芳，笼罩在心灵上的封建的乌云还没有消散。

虽然发生过轰动小镇的抢劫田芳的事件，她的父亲仍不改口，绝不许她毁弃三媒六证确定过的与大张村的婚约。给她压力最大的不是她的父亲，她说她将永不回家，甚至断绝父女关系，也决不回到“黑咕咚咚的枯井”里去了。给她压力最大的是八石麦子，她的父亲把她许订给大张村所接受下的聘礼，早已被全家老少吃掉了，变成粪土，施到田地里去了。八石麦子，一石十斗，一斗三十五斤，整整两千八百斤，折合人民币三百多块钱哪！

一场募捐活动在师范学校掀起来了！

想起这场募捐活动的前前后后，我至今仍然激动不已。起初，只是我们篮球队几个同学的举动，想不到竟然扩大到整个学校里去了。那天与县武装部的篮球赛结束以后，我和队长何长海回校的路上，闲扯着已经过去的田芳被抢劫的事。我说，我要是有三四百块钱，我就愿意拿出来，解除她心上的债务。何长海说，咱们球队凑一凑，能不能凑够呢？十来个篮球队员在一块凑来凑去，不过几十块钱，远远不够。回到学校后，消息传给班里的男女同学，大家纷纷向我捐款。紧接着，外班的同学也赶到我的宿舍、我的教室里来捐款，甚至有十几位老师也捐了……啊呀！短短的三四天内，我的书包里装进了五百多块钱，超过需要的数目了。我和班主任王老师商量之后，决定把多余的一百多块钱退回给那些捐款数最高的老师和学生，留下四百元足够了。

“为了砸断封建锁链！我捐三块……”

“再不能容忍我们的姐妹做封建婚姻的牺牲品！我捐一块……”

“为了解放，为了自由！我捐……”

那一张张男生和女生的脸在我眼前叠印，那一声声慷慨激昂的话在我耳畔响着，永生难忘！大伙不仅是同情田芳的遭遇，而且是一种共同的时代要求。刚刚获得解放和自由的新中国的第一代青年，强烈的反封建的意识是共同的要求。这些师范学校的学生，尤其是速成班的学生，来自社会底层，不单是仇恨地主资本家，尤其仇恨封建的婚姻，好多人与田芳有类似的遭遇，离婚和解除婚约，在师范学校不仅不会被人耻笑，而且会得到普遍的支持和同情。

“你离婚了？”

“离了！”

“完全弄‘零干’了？”

“‘零干’了。你呢？”

“我刚提出来，正离哩！”

“赶紧离了！重新自由去……”

这是公开的交谈，不会令人议论……田芳这样的引人注目的白毛女，得到热烈的募捐就不是奇怪的事了。

我按按书包，四百块人民币正在手心，我的心止不住一阵发热，隆冬原野上清晨凛冽的寒风也不那么厉害了。

我们三人走进田家寨，几经打问，终于找到田芳家的门口。

两间厦屋，连个围墙也没有，一眼就可以看出，这是一家十分贫苦的农民。我们三人站在厦屋门口，一个女人走出来，四十出头，一眼就可以断定是田芳的母亲，脸形太相像了。她一看见这三个穿戴不同于庄稼人的陌生人，先愣怔了一会儿，有点惊恐地问："寻谁？"

王老师说明了我们的身份。田芳母亲脸上的惊恐立时消失了，却更加慌乱，把我们让进屋，却无法使我们坐下来。炕上的一张破烂的被子下，围坐着四个娃子和女子，地上竟然没有一条可供人坐下的凳子。她擦擦手，闪身出了门，再进门的时候，端着一条长凳，大约是从邻家借来的。不管怎样，我们三人挨排儿在长凳上挤着坐下了。

她张罗着倒水，取烟，取来了一只装着烟末的木盒子，却找不到烟袋。王老师点燃自己的纸烟卷，劝她再甭麻烦了。她在灶锅下的木墩上坐下，却不知该说什么好。没有经见过世面，也没有和公家的干部打过交道的农家妇女，常常都是这个样子。王老师尽管很和气，问她家里的状况，她头不抬，烧着火，简短地答上一句，半天又没话了。田芳的父亲拾粪去了，她告诉我们，随之就支使坐在炕上的儿子去找。

老汉回来了，头上裹着一条黑布帕子，鼻子冻得红红的，一进门，大声说："三位先生来了！ 抽烟——"把那个短杆旱烟袋依次让给我们三人，随之在门槛上坐下来。

"三位有何贵干？"他仰头问。

王老师和他谈起田芳的婚事，给他解释新社会婚姻自由的道理。 老汉低着头，抽着烟，做出一种耐心听着的姿态。一当王老师停住口，他仰起脸，做出深明大义的神气，说："新社会好，咱农民拥护共产党。 儿女的婚嫁之事，应该由家里管，政府和学校管这些事做啥？"

王老师又耐心给他解释学校应该管的原因。

"人而无信，不知其可也。"田芳的父亲说，"你们都是有知识的人，比我懂得多。 我跟人家说下一句话，三媒六证，邻里皆知，而今一水冲了，我在田家寨还算不算人？"

我心里暗暗吃惊。 这个老农民，一身黑色家织粗布棉袄棉裤，补丁摞着补丁，肘头露出变成黑色的棉花絮子，一脸皱褶，鼻尖上吊着清凌凌的水一样的鼻涕子，捉着烟袋的手指像树皮一样裂开着口子，嘴里却吐出一串一串半生不熟的词句。 我早已从田芳口里得知，她的父亲是个一字不识的粗笨庄稼汉。 一个大字不识的粗笨庄稼汉子，谈起话来，却要讲信义，夹杂些半通不通的古文词。 如果是我的父亲这样讲话，也不足怪，而田芳的父亲却叫我奇怪了。

王老师索性问起八石麦子的事。

“有这事。”田芳的父亲一口应承，“家家的女子都卖钱，家家的儿子订媳妇都花钱。我吃了人家的麦子，我不昧良心……”

王老师又讲道理，说那根本不是昧良心的事。我也就一手掏出四百元钱来：“这是我们同学和老师的一点心意，目的只有一个，让田芳能安心读书，再甭逼她上轿了……”

老汉瞪大眼睛，瞅着我递到他眼前的一厚沓票子，愣住了。他显然没有料到我们的这个举动。愣了半天，忽然醒悟了似的，猛地伸出双手，把我的手推开，并且站了起来：“这不能，这不能呀！”

“我们是为了田芳的前途……”我说。

“为了啥也不能失信！”老汉说。

“你要是不收，我们就——”王老师看看说服不下，就使出我们路上商量好的最后的一着，“交给乡政府，由乡政府交给大张村那家人。当然，这样一来，媒人和你难免就不好看了。你知道，上次抢人，县上扣了大张村三个人，刚刚释放……”

“哎呀！”田芳的父亲颓然坐在门槛上，双手抱住头叹息。

王老师示意我把钱放下。我瞅瞅那张破烂的用麻绳扭着腿儿的小桌子，上面摆着盆盆罐罐。我把钱放下了。

“我们走了。”王老师站起来说。

田芳的父亲抬起头，看见桌子上的那一摞钱，没有推辞，脸上露出愧疚不堪的神色，张开双手，挡住门："说啥也不能走……不吃饭了，再坐坐……"

我们又坐下了。

"唉，三位同志……"他摆摆头，一脸诚恳的又是慌愧的神色，"解放了，以往的礼性全部不合适了吗？"

王老师笑了："也不是这么说。你，一个贫农，翻身了，扎实种你的地，把日子往好里过，顾那么多臭礼性做啥？"

"解放了好！确实好！不拉兵了，不抽税了，官人不欺百姓了，确实好！可这新社会——"田芳的父亲现在显出一个老庄稼的天真来，说，"全都没大没小了吗？男女不分了吗？不顾脸面了吗？"

王老师哈哈笑着，摇摇头。

"你看——"老汉举出例证来，"俺田家寨，有五个姓氏，田姓是主，其余是后来添进来的。人说，'歪胡家，捣秦家，恶鬼出在刘、李家，仁义礼智大田家。'而今，田家人也不讲礼义了！你看看，那些男男女女，这个离婚呀，那个自由呀！闹得全都乱了套……当然，咱连咱的女子也没管得住！"

"你为啥要管人家哩？"王老师笑着问，"人家年轻人，听啥不听啥，自己有主意了！你拿那些老封建思想管人家，肯定管不住！"

田芳的父亲叹息：“咱们人老几辈儿没跟人胡说八道过，穷是穷，可没做下让人指脊背的事……”

“你把我压迫了一辈子！”田芳的母亲说，“而今孩子压不住了……才好！”

“你——”田芳的父亲红了脸，“我看我活不成了！”

“穷得叮当响，臭礼性倒多！”女人更加壮起胆子，“土改时，工作组分给咱一张桌子，两把椅子，他呢，晚上悄悄给人家送回去，让民兵抓住了，审了半夜，说他跟财主有勾搭，他只说……我不能白受不义之财……你们三位听听，这就是他的礼性！”

…………

告别了田芳的父母，我们三人重新返回来。太阳升起在冬日灰蓝的天际，寒气消散了，道路上开始松冻，泥泞布满乡间大道。我们三人回味着刚才和田芳父亲的有趣的谈话，说着笑着，走到慢坡顶上。

眼前是渭河平原的壮丽的原野，坦坦荡荡，一望无际，一座座古代帝王、谋士、武将的大大小小的墓冢，散布在田地里，蒙着一层雪。他们长眠在地下宫殿里，少说也有千余年了，而他们创造的封建礼教却与他们宫廷里的污物一起排到宫墙外边来，渗进田地，渗进他的臣民的血液，一代一代传留下来，就造成了如我的父亲和田芳的父亲这样的礼义之民吗？

归来已觉不是家

接到父亲一封信，我才记起，离开家已经四五个月了。父亲关心我的学业，我的身体，问我是否恪守着“慎独”的嘱咐。父亲的很合规范的文言体书信，功夫独到的小草墨迹，把一个遥远的记忆勾回到我的心里来了。那么熟悉，却又那么陈旧。

班级之间的篮球比赛正在进行，我继续履行我的衣服架子的职责，父亲的信装在口袋里，赛场上激烈的竞争牵动着我的神经。有人在拉我的胳膊，我一回头，是田芳。什么事，等不到球赛结束吗？我实在不能在这紧要关头走开。她却拉着我的袖子，硬把我从人窝里拽出来。

“告诉你一件事。”她说，“县委宣传部来人通知学校，让我们的《白毛女》歌剧下乡宣传演出。”

“真的吗？”我忙问。

“真的。”田芳说，“王老师刚才告诉我，让我叫你去，商量一下。”

“什么时候演出呢？”我问。

“寒假里。”田芳说，“马上要放假了。”

我和田芳找到王老师的住处，完全证实了这件事。这无疑是一个光荣的任务，王老师也很高兴，问我有什么困难。我说什么困难也没有，只是应该回一趟家，放假后就没有时间了，王老师批给我两天假，让我考试前赶回学校，下周就要期终考试了。

“你这次回去，你爸可能要认不出你了。”王老师笑着说，“你把老先生能吓一跳！”

田芳瞅着我，抿着嘴笑。我也笑了。

从王老师房子出来，我又朝操场走去，仍然惦记着速成二班的最后的胜输。田芳狠狠拽了我一把：“那么球迷呀！我还有事儿跟你说。”

我只好站住。

“你把募捐时记下的花名单给我。”她说。

“要那做啥？”我问。

“有用。”

“干啥用？”

“你别管。”

“你不说清楚，我不给你。”

她无奈了，只好说：“我要保存下来。待我毕业以后，有了工资收入，我要加倍给每一个募捐的同学偿还！”

“噢！这样——”我说，“这样……不好。”

“为什么不好？”田芳说，“我心里实在过意不去，很不安呀！”

“那样……起码在我，就伤心了！”我说。

“你伤什么心呢？”她问。

“我们募捐，完全是出于一种对封建婚姻的反抗。”我说，“那些外班的同学，有的根本和你连一句话也没说过，你也不认识他们，他们为啥自动捐款呢？ 你想想……”

“我明白。”她说，“即使这样，我也应该偿还。 同学们的心意我明白……”

“当然，怎么处理这件事，由你决定。”我说，“不过，你千万别给我……偿还什么钱！”

“那……好吧！”她沉吟说，“你把那个名单给我，我要保存，比什么东西都珍贵了！”

“这倒好！”我说，“我抄出一份给你，我也保存一份。过多少年，看见这名单的时候，心里会是怎样呢？ 啊……这是几百颗心呀！”

“你说得多好！”田芳眼里浮出动人的泪光，声音低低的，抖颤着说，“比金子还贵重的心呀！”

从学校吃罢早饭就动身，回到东塬上我的老家杨徐村的时候，暮云四合了。 冬日天短，又是步行，八九十里路走回来，整整用了一天时光。 我的心情很好，离家几近半年，家里会是一种什么样子呢？

我站在门口，门楼兀立在寒冷的暮色里，那令整个家族引以为自豪的“读耕传家”的门匾题字，有点孤寂，也有点过时皇历的冷漠。 我走进院子里去了。

院子里发生了很多变化。 我和我的媳妇住的那间厢房，传出牛粪和牛尿的混合气息，我一探头，就看见一头黄牛正在槽头嚼草舔料。 走进上房，父母住的房子从中间隔开了，分成两间住屋了。父亲正在小小的南间屋的火炕上坐着，抽着烟，母亲在炕的另一头坐着。天气寒冷，人都坐在炕上了。

昏黄的煤油灯焰下，父亲伸着脑袋，辨认着我。我叫了他一声。他惊喜地从炕上下来，坐在椅子上，就从头到脚打量着我。母亲也溜下炕来，走出门去，从门外领着我的媳妇进来了。

“先生，你擦擦脸。”她把洗脸水放到我面前。

她还叫我先生，这是结婚以后她对我的称呼，而今我不是先生，是师范学校的学生了，她还那么叫，听来已经恍若隔世了。

“先生，你想用啥饭？”她在身后问。

“随便做点吃的。”我说，听见她又在问母亲，究竟该做什么饭。我的答复反倒使她为难了。母亲总算点出清汤细面的食谱，她轻轻走出屋子去了。我心里清楚，她的言语和行为举措，全是结婚后到我家里养成的。请人洗脸叫“擦脸”，洗手叫“净手”，吃饭也说成“用饭”，全是我父亲的家规。这些我过去司空见惯的东西，现在听来倒有一种好笑的味道了。

父亲在灯下伸着脖子，瞅着我的衣服。我这才想到，我从家里走出去时，穿的是一件蓝袍，小包袱里装着一件备换的蓝袍，头上戴的是礼帽。父亲现在是第一次看见我穿着的列宁服和头上的八角帽子，就那么狠看。

“你把蓝袍换了？”父亲问。

“换了。”我心里有点忐忑，父亲会生气吗？“我是用蓝袍……改的这身衣服。”

“改了好！ 嗯，改了好！”父亲笑着点头说，“而今先生不兴穿袍子了。”

我的心里高兴了，父亲也在随着生活的变化而变化，我坐在炕边上，和父亲聊起家常。

在我离家的半年里，家庭分化瓦解了。 父亲很伤心，说人心不古了，民风不淳了，连我的两位伯父也在家庭内部捣他的鬼。 土改时，兄弟三人感激涕零地抱着我爷爷的神匣儿哭笑一场之后，看看再无什么风险，政府一股劲鼓励庄稼人发展生产，二位伯父把爷爷死时留下的遗嘱统统忘记了，要买牛，要置地，要增盖房屋，再不听父亲的指挥了，把爷爷确立的我父亲的主事位置不当一回事了。 争论时有发生，矛盾难以掩盖，终于分化瓦解了。

“鼠目寸光！”父亲简单地给我叙述完这种变故，不屑地说，“你大伯、二伯，全是鼠目寸光！”

我一时弄不清家庭里的谁是谁非，不好掺言，也觉得没有多少意思，既然过不下去，各家过各家的日月，也没有什么大不了的事。

“不管怎样，你该去给大伯、二伯问安。”父亲说，“家里分家归家里，你在外边读书，权当过去在一起过那个样子，该走的路要走到，该行的礼要行全，不要跟这些人一般见识。”

我点点头，就去看大伯。

大伯住在上房东边里屋，正在吃晚饭，放下筷子，忙让我坐。一句关于家庭矛盾的话也不提，只是夸赞我出息了，完全像个新社会的干部的模样了。

“这新社会真是好！”大伯说，“国民党的官人一进村，吓得百姓鸡飞狗跳墙，躲的躲了，跑的跑了，跑得丢了鞋子也不敢拾！而今共产党的干部一进村，老百姓呼啦就围上了，胡拉乱谝，到饭时争着往屋里拉……我的天，那天正在碾子上说闲话，老杨同志顺手从我嘴里拔下烟袋，塞到嘴里就抽！你看看而今的公家干部多亲……”

我也很感动。解放初期，受惯了国民党官匪欺压的老百姓，对共产党干部的作风最敏感，谈论也最多，我虽已不惊奇，却仍然很感动。

“好好念书，日后好好干工作。”伯父说，“你能在外边干事，咱徐家人都光彩！”

我告别大伯父，又走进二伯父的屋门。

二伯父正在给牲口拌草，扔下搅草棍子，把我引到他住的厢房里：“屋里地方窄，没处坐，你坐炕边上。”

“你走时咱是一家，回来变成三家了。”二伯父笑着。这样毫不掩饰地说出分家的现实，反倒使我觉得实在。他笑着说，“天下水朝东流，弟兄们再好难到头。我看呢，分了也好，免得好多麻烦。谁有啥本事谁就成自家的精去！”

我与二伯的想法很接近，就笑着赞同他。

“二伯一辈子说话不会拐弯。”二伯直着脖子说，“你爸过去管家还管得住。而今管不住了，咋哩？新社会了嘛！他在家里想当家做主哩，人家公家干部大讲大唱男女平等哩！所以，过去你爸在屋里说话，没人不服，而今就不服了！惹得他自己也是一肚子气……我说分了好！”

“分了好！”我附和二伯说，“我爸那些管家的规矩，肯定行不通了，越往后越行不通。”

“对！大侄子，你跟二伯看了一步棋。”二伯说，“比方说，政府派干部到咱村，成天宣传说，要发展生产哩！你爸还是按照你爷爷在世时的主意，‘房要小，地要少，养头黄牛慢慢搞。’不合党的政策嘛！我也不满意。这不，刚一分家，我就买下一头好母牛，一年生一头牛犊，就是半个家当……”

二伯是个耿直的庄稼汉子，我一向很喜欢他，对他坦诚的说话也觉得特别实在。

“做梦也想不到的太平年月！”二伯父说，“不拉兵，不收税捐，一年交屁大一点公粮，庄稼人做梦也没敢想的好世道呀！大侄子，二伯说句结实话，而今谁再过不好日月，不光得不到邻里同情，反而要被人耻笑！咋哩？肯定是懒家伙！”

我被他的憨气逗笑了，弟弟过来叫我吃饭。

我回到父亲住的上房里屋，坐下吃饭，一碗清汤细面，十分可口。吃罢饭，我向父亲汇报了师范学校的学习情况。父亲也不显出惊奇，他大约对新社会的诸多变化已经习以为常了。他淡淡地说：“人家新学堂那样教，你就那样学吧！反正，不管新学堂老学堂，总而言之一句话，还是韩愈说的，‘传道授业解惑也！’当学生，求学问，还是要记住‘业精于勤荒于嬉，行成于思毁于随’。这话，新学堂不至于反对吧？”

“学校里提倡努力学习，老师抓得很紧。”我说，“我们的学习还是很紧张的。”

“紧张了好。”父亲说，“要成学问，不刻苦不行。”

我问他分家后，忙得过来忙不过来。

“屋里的事都有我撑着，你弟也行了。”父亲说，“你专心念你的书。记住，要处处留心，别胡乱张狂！”

我的心一震。我在学校的生活状况，父亲显然还不了解，还在给我打预防针。

“村子里有些人好张狂！”父亲鄙夷地说，“一个大字不识，满世界跑来跑去开会！有几个年轻女人，黑天半夜跑着开会，张狂得要上天了！前日听说，那个杨发奎入党了！那么一个二杆子货，共产党居然看中那号人……”

我的心里潜入一股冷气。父亲看不惯的人和想不通的事，我却在师范学校也是有过之无不及。他对于那些满世界跑着去开会的男人和女人的非难，令我反感，我听不顺他对这些人的讥刺，就劝他说：“农民刚刚翻了身，高兴……你可别给人家泼冷水，别说风凉话儿……”

“我说他干什么？”父亲不屑地说，“我只看着这些人张狂，啥也不说！你——”父亲瞅着我，“在学校里，要慎行慎言！我看到村里这些人的疯张劲儿，才提示你……甭张狂！”

我低头喝水，避开了父亲逼人的眼光。

“我给你写的那张‘慎独’的字，还记着没？”

“记着。”

“你去歇息。”父亲说。

我走向自己的住屋。原来的厢房变成牛圈了，我的住屋迁到和父亲一墙之隔的上房西屋的北间。

“先生，你喝茶。”我的媳妇说。

“我自己倒。”我说。

“先生，你洗脚。”

“我自己一会儿再洗。”

我坐下，还是接住她倒下的茶水。她坐在炕边上，又捞起鞋底儿，并不看我。我坐在椅子上，一时也没说话。我忽然想抽一支烟，尽管我从来没有尝过烟味儿，现在却很想抽一支烟。我对她说：“你以后不要叫我先生了。”

“那……”她抬起头，旋又低下，“叫什么呢？”

“叫我名字。”我说。

“那像啥话？”她慌然说。

“早就不兴叫先生了！”

“我在屋里叫。”她说。

我不再坚持了，她对我的过分尊敬，甚至带着根深蒂固的畏怯，使我很难受。她自愧貌丑，又没有文化，那种卑怯的眼光使我浑身都不自在。我忽然想到田芳，那手按琴键给我一句一句纠正唱音的姿态，那在师范学校礼堂里唱《妇女翻身歌》的动人情景……一个念头在我脑子里像一道电光闪耀了一下，匆匆消失了，我自己也被震住了：如果我提出和她离婚，她会怎么样？我的父亲会怎么样？这个家庭会怎么样呢？

第二天，我就离开了，而且心情是那样急切，渴求立即回到那个温暖的集体之中去。

六十年里的二十天

短短的二十天寒假里，按照县委宣传部安排得满满的演出顺序和路线，我们在乡下演出歌剧《白毛女》。我记忆最深的一件事，是第一场演出，我就挨了一砖头。

那个村子叫歇驾村。传说唐朝一位皇帝打猎跑到这里，人困马乏，在此作过一段休息，进了午餐之后，就奔马追猎到终南山下去了。现在，歇驾村变成薛家村了，其实村子里连一家姓薛的人家也没有。

薛家村住着一位县委的副书记，在那儿搞互助合作的试点工作，群众觉悟高，各项工作都是县上的一面红旗，第一场演出搁在薛家村，是理所当然的。在县委副书记的眼皮下，在这样先进的村子演出第一场，我们演出时的心情是不难想象的，认真极了。

薛家村是个大村，又是一个行政村里的中心自然村。村中间有个年久历深的老戏楼，台下坐着或站着黑压压一片人，邻近的房顶上、矮墙上、树杈上，全都爬着观众，这样大的场面，我心里真有点怯场。

整个演出还是顺利的，群众秩序也很好，百十名民兵在维持着哩！事情出在《娘娘庙》那场戏里。当我（黄世仁）和狗腿子穆仁智到娘娘庙里避雨，遇见白毛女，被白毛女追打时，台下骚动起来了，像雷一样滚动着“打！打！”的吼声，我已忘记了自己是徐慎行，我像黄世仁一样胆战心惊，假戏真做了。当我逃到台角时，我听到一声怒吼：“打这狗日的！”随之，我的腿上就挨了重重的一击，跌倒了。

事态很快被民兵控制住了。我必须立即爬起来再逃，不然就给白毛女抓住了，抓住了就不好办了，剧情无法往下发展了。我看了一眼脚下的半截砖头，却没有站起来，慌急中，我用手爬着，逃进后台去了。

演出结束后，县委副书记在台上和我们一一握手，他对我说：“你挨了一砖头，说明你演得像。这一砖头，是群众对你的最高奖赏！”他的生硬的陕北口音，使我觉得亲切极了。

短短的接见之后，那些给我们管饭的社员已经拥在台前，争着领我们去吃饭，田芳被几个姑娘拉拉扯扯，争着往她们的屋里拉，发生争执了。我是一个恶霸的扮演者，自然不会是受欢迎的角色。这时间，一个小伙子挤上前，问："谁个刚才演黄世仁来？"我一应声，他拖住我的胳膊就走。

黑暗里，我跟他走过陌生的村巷，进入一个小小的独间住屋，只有他的母亲在座。我刚一落座，老人要我把腿伸出来，在一只粗碗里倒下白酒，用火点燃，敏捷地在碗里蘸上燃烧着的酒液，在我的伤口上擦洗。她的指头上带着蓝色的火苗，一下子捂到我的挨过砖头的青疤上，灼烫得我龇牙咧嘴。

"我……"小伙子很难受地说，"我实在忍不住了……扔了一砖头！"

哦呀！原来打我的竟是他！

"你打得好！"我拍拍他的背，"这是给我的最高奖赏！"

他不好意思地笑了，就给我端上饭来。

鸡蛋臊子面，我吃得好香，也确实饿了。

母子二人看着我吃饭，说给我一个令人流泪的伤心事。他的姐姐，给村里一家财东的二少爷糟践了，跳井了！他的父亲一气之下，卧炕不起，年底也去了……他把戏台上的我当成残害得他家破人亡的薛家村的恶霸打哩！

田芳来了。

她看我的伤，用手轻轻按按，问我要不要到邻近的镇卫生所去看大夫，我说大娘已经给我治过了。她不知道这儿刚刚讲述过一个悲惨的往事，随口问：“大婶，屋里就你娘儿俩？”

“噢！”大娘应着。

“你媳妇呢？到娘家去了？”田芳问。

“还没哩……”小伙子红着脸说。

“你怎么还不给人家娶媳妇？”田芳笑着说，嗔怪的模样，“你真性凉呀！”

“正……自由哩！”大娘瞅一眼儿子，“我说他，你自由也自由快一点！慢格腾腾的，还不如老早时包办来得快……”

他羞怯地低下头，我和田芳都忍不住大笑了。屋子里洋溢着喜悦的气氛，我的心头十分轻松，田芳坐在哪儿，哪儿就特别欢乐。

“让我看看你的对象，行不行？”田芳问。

小伙子嘿嘿笑着说：“俺妈乱说的……”

大娘却抿不住嘴了：“刚才跟我在屋做饭，这面……就是人家闺女擀下的……”

“好哇，慎行，你真有福！”田芳冲我笑着，“你吃了那位新人的面条了，肯定香吧？我来晚了……哈哈哈！”

告别了那母子二人，我和田芳往回走。

街巷里很黑，看不见路面，坑坑洼洼的村巷里的道路，夜间走起来，低一脚高一脚，颠得我挨过砖头的腿一阵阵疼痛，我小心翼翼地迈着脚。 她走在我的旁边，很自然地用手搀住了我的胳膊。

我没有拒绝，倒希望这段通到我的住处的路更长点，好让那只温柔的手多搀扶我一会儿。 我反倒不想说话了，静静地走着。 她也没有说话，扶着我的左臂的手抓得更紧了。

她被什么东西磕绊了一下，往前一跪，险乎跌倒，抓着我的手，把我也拽得踉跄两步，黑暗中踩到一块石头上，颠得我的腿伤钻心似的疼痛，疼得我“哦哟”一声，弯下腰去，半天站不起来。

她轻轻地惊叹一声，双手扶住我的胳膊，把我扶起来，就把我的胳膊架到她的肩膀上，另一只手搂着我的腰，几乎背着我往前走。 我的腿伤不痛了，却舍不得让她松开手。我感觉到她的腰部的体温了，温馨的气息扑到我的耳根。 我的心在胸膛里狂跳，浑身热烘烘的，脚下乱踩乱踏，也不知道疼痛了。 我有一种莫名其妙的想法，如果就这样互相抱扶着走向断头台，我会从容得连一丝痛苦都没有。

我抬起左手，大胆地搂住了她的腰。 她似乎轻微地颤抖了一下，没有说话。 我感到呼吸不畅，心要跳出喉咙来了。我猛然折过身，把她搂住了，在我的嘴唇碰到她的嘴唇的时候，我几乎昏厥过去……

我躺在炕上，无法入睡，身下是房主人烧得热乎乎的火炕，同炕挤着的几位演员已经拉起鼾声，油灯下，可以看见鼻尖上沁出的细密的汗珠，我吹熄灯盏上的昏黄的煤油焰火，躺在被窝里，心还在“咚咚咚”地狂跳。这就是爱情吗？这样的爱情产生的心火，简直要把我熔化了！

我的父亲按照他的家规和独创的理论，给我娶回来的那位媳妇，即使新婚之夜，我们连一句话也没有说，各人抱着各人的胳膊睡到天明，我连一丝“邪念”也没有产生。

有一个倾心的人儿，怎么可能荒废学业呢？怎么可能都变成沉溺于淫乐而失掉江山的商纣王或唐明皇呢？我现在不仅觉得父亲的理论荒谬无稽，简直令人可笑，令人憎恶了！我翻身坐起来，点着了油灯。

我穿着衬衣衬裤，也不觉得冷了，跳到炕下，打开那只小提箱，翻出那张临行时父亲写给我的嘱咐。

慎独！

看见这两个字，我的心里紧缩了一下，昏暗的灯光里，似乎隐现出父亲的严峻的脸色。我最后看了一眼，就把那张书页大小的又细又薄的宣纸提起来，在灯火上点着了。

“折腾啥呀！还不睡——”同炕的王友民咕哝了一句。

“咒符！”我说，“咒符！”

他翻了个身，又呼呼睡去了。王友民早已离婚了，正在跟饰演大嫂的郑玉莲恋爱，早已谈妥了，只等两年期满，就去领结婚证。他万事如意，睡得好香。

我看看脚下，那张烧过的宣纸变成一团黑色的纸灰，在地上滚动，滚动，碎了。我的心里松解了，束缚我的心的最后一道咒符粉碎了。

我没有心思入睡，就着煤油灯的灯光，我打开日记本，记下了这个终生难忘的日子。一个结过几年婚的人，爱情却刚刚苏醒……

我翻翻日记，查到了我寄出离婚申请的日子，正好十天了。从家里返回学校的路上，我就在八九个钟头的步行中思索着这件事，而终于下了决心。回到学校的当天晚上，我就写下了离婚申诉，第二天就从山门镇的邮政代办所发出去，寄给县法院了。我已经得知，法院接到的此类民事案子堆积如山，最快也得两个月以后才能传审，那时候该是第二年春天了。

可怜的媳妇！我再也憋不住，心里哀叹着，要恨，你恨我爸去！要骂，你也该骂他！他不仅苦害了你，也苦害了我！他把你和我塞进一间屋子，就完事了！如果不解放，我和你就糊里糊涂过一辈子了！解放了，兴得自由了，我的心箍不住了，我要是不享受自由的权利，就亏负了这个梦想不到的解放了！但愿你……也能找个可心的男人，俩人都好……

第二天，我们到史家坪去演出。演出结束后，我和田芳走到村后的小山坡前来了，这是我和她头一次有意的约会，而且是她约我来的。

我挨着她的肩膀坐下，搂住她的肩头。

她挣脱我的手："我给你……看样东西。"

她打开手电，从口袋里取出一沓折叠着的格子纸，写满密密麻麻的钢笔字。她只露出末尾一页的名字。我一看，是工工整整“刘建国”三个字，心里一惊，忙问：“这是什么？”

“他给我写的信。”田芳沉静地说，“这是第五次了！”

“你……怎么办？”我急忙问。

“你还用问吗？”她瞅我一眼，从口袋里掏出一匣火柴来，划着了。

刘建国的信在燃烧。

我的心也在燃烧。

我高兴得像狂了一样，抱住田芳。我能听见自己的心跳的声音，也听见了她的心跳的声音，我的手叉进她的松软的头发，比丝绸还要柔软的头发。她静静地伏在我的胸前，闭着眼睛，两只胳膊像铁箍一样搂着我的脖子，我才知道这个爱着我的人的手臂，这样有劲。

在这个县所辖属的广阔的平原上和深深的秦岭大山里，都留下我们速成二班演出队队员的脚印。每一个演出点的村子里、平原上的大路边、山区的小溪旁，也都留下了我和田芳的亲吻和偎依。压抑得愈久愈重的心，一旦获得自由，就以加倍强烈的热情迸发出来。有几次，我吻过她的脖子上，留下了瘀血的痕，整得她给脖子上围上一条毛巾，遮掩过去，她却并不责怪我吻得太狠，照样把脸颊、脖颈和我偎贴在一起……

二十天寒假的巡回演出，太短暂了。春节也是在陌生乡村的演出中度过的，我也不觉得有什么遗憾。这是我一生中最愉快的时期。当然，你只有了解了我的后来的不幸，才会觉得这二十天时间，事实上是我一生六十年生活中活得真正像个人的二十天！

父与子

阴历四月，中午的太阳已经很有力量，我和同学们围蹲在食堂外的浓荫下吃饭，父亲来了。

他站在院子里的阳光下，四下里瞅着，我看见了，连忙跑上前。我要给他打饭，他坚决不要。我引他到宿舍里去歇息，喝水，他也不去。他要我跟他到山门镇上去。

我跟他走出校门，在山门镇的青石铺成的街道上走着，我发现他苍老了，大约刚交五十，鬓发全白了。从见面到进小镇的一家茶棚，他没有露出一丝笑颜。我在心里乱猜测着，出了什么事呢？

叫了一壶茶，他喝了一口，放下茶盅，也不看我，也不说话，直到一壶茶喝完，站起身又走。我问他要到哪里去，他说走走看吧！

走出街道，在小河边的一棵柳树下，父亲站住了脚，从肩上取下布褡裢，放在地上。我也在他旁边坐下来。

“我今日来，只问你一句话。”父亲说。

我没有话说，期待着。

“你要离婚？”父亲直接问。

“嗯。”我觉得没有必要隐瞒，同时又奇怪，法院还没有发传票给我，父亲怎么知道了呢？

“不离行不行？”父亲冷静地问。

“爸，你听我说……”我想给他摊开思想。

“不，其他闲话可以不说。”父亲说，“我只要你说声‘行’或‘不行’。”

“不行。”我只好也直言相告。

“那好！”父亲伸手从口袋里摸出一把剃头刀，拉开锋利的刀刃，“你先收了我的尸首，办了白事，再去离婚，再去办红事！”说罢，就抬起了握着刀柄的手。

我大惊失色，一把抓住父亲捉刀的手，吓得魂飞魄散，连忙说：“爸！ 有话好说……”

他依然不动声色，冷声静气地问：“没有多余的话好说！你只说‘离’或‘不离’！”

“不……离……”我无所选择了。

“不离的话，你跟我到县法院去。”他说。

“做啥？”我问。

“撤回你的状子！”父亲说。

“我不离婚就算了，撤不撤没关系！”我说，“或者改日我写信去，销了案就完了。”

“不！”父亲说，“我要亲眼看着你把状子撤下来，交给我，我好存着。 待我死的时候，好做蒙脸纸啊……”

父亲已经“哇”的一声哭了。这是我平生头一次看见父亲哭。他哭了三声，突然收住，用手帕擦擦脸和眼，从地上背起褡裢，又恢复了素有的冷静，说：“走！”扯开步子走了。

如果近旁有一口水井，我可能会一扑跳下去！我的脑子里嗡嗡乱响，是绷紧的神经折裂的声音。我想到了田芳，我的心爱的人儿，我不能跳井，也不能一气之下撞死在身旁的柳树上，下来再说下一步吧！我硬着头皮，费了多大劲儿，才跨开了这屈辱的一步。

“咱们父子今日也许是最后一次见面。”父亲说，“我也不是小娃娃，我知道，今日撤回状子，明日你还会再寄，我今日给你把话说透彻，日后不管何年何月何日，一旦我在家接到法院的传票，就是我的丧期死日。我好坏是个懂点文墨的老朽，说这不是吓唬你！”

我的心沉到冰窖里去了。

他说，昨天晌午，县法院两位办案人员到家里调查时，他都要气疯了。等那俩干部一走，他给褡裢里悄悄装进一把剃头刀，就上路了。走了半天一夜，找到学校，本没打算再回去。他说我的离婚案件，把徐家几辈人积下的阴德全给羞辱了，他再没脸在杨徐村见人了！

我信父亲的话不是吓我，他是注重面子的，讲究礼义的，我提出的离婚的事，对他无异于晴天霹雳。我说服不了他，他也觉得无法再说转我，于是就只有拿出剃头刀子来。

我和父亲都搞错了，法院里欢迎自行销案，却不发还诉状，要存档的。父亲看着人家注销了案子，才咂着舌头走出门，他想死时做蒙脸的纸是得不到了。

回到学校，已经放晚学了。

田芳一眼就看出我的神色不好。晚饭后，我和她顺着小河弯曲的河岸散步。夕阳涂金，河岸边齐膝高的麦苗，绿茸茸的稻秧，叶儿上闪着晚霞的金光。散落在麦田里的桃树，毛桃儿结得蒜瓣儿似的，招人喜欢，我的心里却泛不起诗意来。

“老人来，出了什么事呀？”她着急了，“你说呀！我也好帮你出个主意。”

我说不出口。

“你觉得不好说的事，就不要说了。”她很贤明地说，“我只是劝你一句，无论什么事，都想得开一点，不要愁眉愁眼的。新社会了，还能有多大的事呢？”

她显然没有料到我的困难的严重性。这种局面，迟早要让她知道，再为难也不能不说清楚。我终于向她叙说了今天父亲来的举动。

“哈呀！这么点事，就压得你抬不起头来了？”她撇撇嘴笑笑，嘴角荡出一缕不在乎的神气说，“老封建家长都是这一套办法！我要跟大张村解除婚约，我爸把铡刀提起来，先往我脖子上砍，我跑了。他又砍自个儿，我妈一拉，他就扔下了，谁也没砍！全是这一套……”

“我的父亲，跟一般庄稼人不一样。”我向她说明我父亲的心性和脾气，“那可不是吓人的。”

“动真格的也甭怕！”田芳说，“慢慢来。没有斗争，就没有自由。我来上学时，俺爸就是挡道。他料定我一上学，订下的婚事就毕咧。我跑到我姑家，要了一床被子，就上学来了。现在，我上学了，和大张村的包办婚姻也解决了。要是我无论在哪个节口上一退让，我就被大张村圈住了。”

“我爸的思想，特顽固！”我说，“我没见过他那样顽固的人。”

“慢慢来。”田芳说，“再顽固的人，经得多了，见得广了，会慢慢开窍的。”

“我想毕业以后，咱们就结婚。”我说，“我是一天……也离不得你……”

“你给我念过一句古诗，意思说只要两人心心相印，在不在一块，没啥关系。”她盯着我的眼睛说，“那句诗怎么说？”

“两情若是久长时，又岂在朝朝暮暮。”我说了一遍，似乎觉得憋闷的心里透出一点松活的缝隙来，“我……像一只关在笼子里的鸟儿，好容易飞到蓝天上去了，哪怕被雷电击死在空中，也不会自己重新钻进笼子去！”

“那你愁什么呢？”

“我只怕离开你，毕业后……”

“毕业了，分配了，都在本县，见面有多难呢？”

“我想天天见到你，永不分离！”

“你又来了……又岂在朝朝暮暮！”

…………

父亲接连着写来三封信，要我回家，而且要我至少每个月回一次家。我不能忍受了，我找到舅家，向我舅舅说明了原委，我已经向他作出了让步，如果他对我逼得太紧，我也可能拿起剃头刀子的；他的下一封逼我的信，可能就是我的蒙脸纸；他把我逼死了，那个媳妇也就不会在徐家门楼待下去了；把我逼死了，他可能在杨徐村更不好活人了！

舅舅是个胆小的人，怕真的酿出人命来，劝了我，又立即跑到杨徐村去找我爸我妈，把我的话传过去……果然有效，父亲再没有来信催逼我回家。

僵局就这样保持着，谁也不退让，也不进攻。任何一方的进攻或退让都可能打破僵局，但谁也没有这样的表示。我相信我会撑到底的，甚至用年龄的优势来等待对方——父亲。一直到我在师范学校修业期满，甚至在我工作了两年的时间，这种僵局一直维持不动。

毕业离校的前一晚，我和田芳难分难离。我们坐在山门镇小河边的一棵大柳树下，有多少话要说呀，临了却什么也不想说，啰唆的嘱咐显得毫无必要，彼此完全已经心知了。一切最动人的语言都显得那么不精确，也缺乏力量，都不足以确切地表述我的依恋之情，一切依恋之情都融化在无声的信任之中了。初恋时的心的探询，如山瀑一样迸发的热烈的倾慕的话，颤抖着的感情的波浪，全都归于一种生死相依的明彻的无言状态里。她依偎着我，我偎依着她，亲吻是深沉而强烈的，却不像初恋时那么疯狂和如痴如呆，心的交流要比语言的交流准确得多。

我们挽着手，在河边的沙滩上漫无目的地走着，在沙滩的草地上坐下来，仰望星空，倾听河水在夜间发出的清脆的响声，感受大地在夜幕笼罩下的均匀迷人的呼吸……直到黎明的晨曦照亮秦岭群峰当中最高的那座峰巅的时候，我把一条精心写就的纸签送给她，那上面写着她喜欢的一句古词：两情若是久长时，又岂在朝朝暮暮。她送给我的，也是那一句古词，而且是用绿色的丝线绣扎在一块白布上的。那块白布中间，两颗重叠在一起的心的图饰，用的是红色的丝线扎成的。

有这样一件信物揣在我的怀里，父亲怎么能撑持得过我呢？

我没有料到，生活急骤发展的浪潮，一下子把我冲得丧魂落魄，完全隐入灭顶之灾……父亲竟然胜利了！

惶惑

我成了右派。

详细告诉你我怎么当了右派的细枝末梢意思不大。不过，于今想起来我只觉得我当时太傻了！

仅仅只是因为一句话，我说了校长一句“好大喜功”的话，却付出了二十多年的代价——生命的代价呀！

我真是太傻了！ 那年暑假，县里把小学教师集中在县一中里“鸣放”时，当时报纸上已经对右派进行反击了，我是抱着反击右派的决心去参战的，结果自己被弄成了右派。

我们学校新提拔的校长，就是我在师范进修时的同班同学刘建国，我俩一同分配到县西的牛王砭小学，他在速成二班当班长时，已经是学校里为数不多的几个学生党员之一。毕业后工作了一年就转正为正式党员了，第二年就提拔为牛王砭小学的校长。 他鼓励我要大鸣大放，要起带头作用。我很信任他，不仅因为他是我的老同学，重要的是他是我的入党介绍人。 我经他介绍，已经获得通过，正在预备期经受考验，他的话我是完全信赖不惑的。 我除了猛烈地反击储安平对新社会的污蔑之外，对改进我们学校的工作也鸣放了一些意见，说校长刘建国有些好大喜功的话，就是那些意见中最尖锐的一条，祸就从此惹下了。

我现在也搞不清这是不是刘建国对我设下的圈套。 他当时鼓励我“鸣放”是十分真诚的。 说我们不仅是老同学，而且在同一个岗位上战斗，应该把珍贵的礼物——意见，直言不讳地讲出来，帮助他改进牛王砭小学的领导工作，这不仅是老同学的关系，而且是对我的重要考验。 我信下了。 我和他在速成二班进修时，同学们对他在政治上的坚定，工作上的积极表现，没有不佩服的，只是有点好大喜功，这影响了他在同学中的威信。到牛王砭小学工作以后，尤其是在他当了校长以后的半年中，教师们私下的议论就很明显了，主要还是这一点毛病。我曾经不止一次在和他的闲聊中给他提示过，他也不反感。可是，当我在“鸣放”大会上正式当作一条意见讲出来以后，居然变成了“攻击党的领导”！

刘建国找我谈话，说他冒着风险替我辩解，领导小组才将我定为“中右”，要是搁在其他人身上，有十个我就会定成十个“极右”了。我没有被发落到农场去劳改，而是仍回原单位接受监督改造。

我重新回到牛王砭小学的时候，这所我十分喜欢的小学对我来说变得陌生了。我的预备党员被取消了。我也不能再任高年级毕业班的班主任，而是代一些“地理”“自然常识”之类的副课。没有多久，任何课也不能代了，让我打铃，烧开水，扫院子，完全变成工友了。

世界上的许多事，都是第一次留给人的印象最深刻，三五次以至数年累月以后，就习以为常了。我第一次牵着麻绳撞击吊在学校院中那棵槐树上的铜铃的时候，看着一个个男女教师走出办公室，端着教案和粉笔盒走向教室的时候，我想应该立即去自杀！当工友还有一件重要职责，每天给校长和教务主任送三次开水，教员们的开水是自己到开水房里去打。我第一次给校长刘建国送开水的时候，提着水壶，站在门外，又想到了自杀！我硬着头皮推开门，他从办公桌上拧过头来，也有点不好意思，慌忙站起，接住我的水壶，说：“我的水……你甭送了！”我的心里感到一种被知的委屈，真想痛哭一场。当我再送去开水的时候，我也自然了，他也自然了，随后就一切都习以为常了，甚至我推开门，放下水壶，直到走出门，他连头都不抬起来。

小学校设备简陋，没有餐厅。我打过吃饭的铃声，教员们就到小灶房里买了饭，围成一个圆圈，蹲在院子里吃饭。这个时候，是学校里教师们之间最活跃的时刻，一边吃一边聊，净是各班学生的洋相和趣闻。我没有勇气再和大家蹲到一起去度过这轻松愉快的时刻，我总是等那些熟悉的说笑的声音消失以后，才拉开门，端上碗，到小灶房里去吃最后一份饭，好在炊事员杨师傅总不会忘记我。当我端着已经不那么热乎的饭菜走回自己的住屋的时候，我又想到了应该自杀！

我能得到的唯一安慰，是田芳留给我的那件信物。晚上打过熄灯铃之后，躺在我的小住房里，趴在枕头上，就摸出那个绣扎着那句动人心魄的古词的白布，眼泪就涌流出来，滴在那两颗重叠着偎依着的心的图案上。

我们最后一次见面，是在县一中的“鸣放”会期间，那是我们毕业以后的又一次难得相聚的机会。后来，当我被宣布为“中右”时，她的惊恐并不在我之下。那天晚上，我被监护着，无法与她相会。我想立即向她诉说这一切变化的由来，心情十分迫切，却不能单独自由来去了。直到“鸣放”

会结束那天，她来到我们小组住宿的地方，帮助我捆被子，却不说话，我看见一滴一滴的泪水滴在捆扎被子的白色线绳上。捆完之后，我没有勇气看她一眼，低着头，懊丧地等待她开口。她没有告别，就走了，当我抬起头来，只看见她闪出门口时的一个背影。

当我回到学校，打开被子，发现有一张小纸条：

> 我真想打你……你太叫人想不到了！
> 我永远等你！

我真希望她抽打我，不是用手，而是用皮绳或者木棍，狠狠地抽打我，我在这亲人的抽打中才能得到一点负罪的解脱。

我天不明就爬起来扫地，而且尽量不扫出声响，以免惊醒正在酣睡的教师。我一天不是三次而是不计次数地给主任和校长打水，接着给所有教师都送水到房间。我打扫了院子，又自动去打扫厕所，教员厕所和学生厕所。我捡来好多烂砖头，把小灶房和走道之间的泥路铺接起来，使教师们下雨天来打饭时不踩泥水。我烧完开水，就拣尚未烧尽的煤渣儿，节约开支。我帮炊事员杨师傅洗菜，刷锅。总之，从天不明爬起来到打过熄灯就寝的铃声，我不使自己有一刻钟的闲歇时间。我想向全校一切人，校长、教导主任、男女教员、学生以及炊事员，用我的不懈的努力，证明我改造的诚心。我的老同学刘校长给我谈过，要认真改造，争取重新做人。我要用诚恳的行为，赎回我的原罪。我渴望重新做一个人的心情越强烈，我表现出来的改造的心意就越诚恳。我甚至觉得这个六七百名师生的学校里的杂务太少了，不够我表现。

过了一年，没有人找我谈一谈我改造得怎样了，我有点急，又不敢流露出来。这天，刘建国把我叫到他的房子里，对我说：

“你这一年的表现不错，同志们反映好。”

我的心扑扑直跳，做人的出头之日到来了吗？我按捺不住激动的心情，向他做出一个感激涕零的笑，却说不出话来。

“你的行动表现了你的决心。”刘建国说，“可你心里怎么想的呢？你应该向党表示一下。”

我的心又慌乱了，行动和内心难道不一致吗？我忙说：“什么时候表决心呢？”

我知道，这个时候，社会上已掀起一个“向党交红心”的运动，学校里早已刷上大红标语了。教师们每天下午开会，向党交心，我没有资格参加会议，只是埋头杂务。刘建国校长让我向党交心，我终于有了一个向全体教师剖白自己的机会。我一夜没有睡好觉，把那个发言稿看了一遍又一遍。我一定要把自己的错误思想深刻地自我批判，争取早日拿起象征着人的教案本来。

第二天下午，当我把自己狠狠地批了一通，狠得我痛哭起来的时候，我觉得我的确轻松了一下。紧接着是大家的评议，第一个人的发言之后，我就没有眼泪可流了，随之而起的争先恐后的发言，一个比一个激烈。没有一个人提及我做了许多不属于我做的事，没有一个人说我表现过哪怕是一分的改造的诚意，而是对我说过的那句反党言论——好大喜功的话，重新进行批判，甚至比“鸣放”会上定我“中右”时的气氛还要严厉，火力还要猛烈。有人在分析我的反动言论的根源时，说我本身就是一个不纯洁分子，生活作风有问题……

我彻底垮台了。我回到自己的小房子里，一头就栽倒了。我又犯了一个错误，把自己的罪行看得太轻松了，尤其是把时间的概念完全弄错了。想重新做人，远得看不到头哩！我浑身没有一丝劲儿了。人的绝望，就产生于这种迷茫之中。我坚决自杀！

打过熄灯铃儿，我插了门，第一件事就是给田芳写信。我拔开毛笔帽儿，在红格白纸上写下一个“芳”字的时候，眼泪就糊住了眼睛。我听见敲门声，慌忙收拾了纸笔，拉开门扣儿，门外站着刘建国校长。

这是他第一次走进我的“工友室”，坐在一把椅子上，很关切地问：“思想压力很大吧？”

我抬起头，看见他很诚恳的关切人的脸色，不过，我觉得实际上已经没有压力了。当我一心想通过无休止的劳作来争得重新做人的权利的时候，我的心头压力很沉重；当我从“交红心”会上走回小房子，觉得永远也难得出头之日的时候，就绝望了；绝望了，反倒没有压力了。我苦笑一下，垂下头。

“同志们的分析，不完全合乎实际。”刘建国说，“关键是你应该有一个正确态度，有则改之，无则加勉。”

我没有抬起头，又苦笑一下，我该怎样做到“无则加勉”这样纯正的心理修养的境界呢？我现在希望他走开，不要跟我谈话。我要处理我急切处理的事，给田芳写信。我应酬说：“我明白。”

“明白了就好，你明天继续‘向党交红心’。”他说。

“还……”我猛然仰起头，还没完呀？我只说这就完了，明天还要……我说，“我今天讲了我心里话，明天还讲什么呢？我把自己心里的话都交出来了……”

“同志们不满意啊！意见很大咧！”他用一种假借的口吻说，“比如你的婚姻问题，好多人议论纷纷，你……”

“这与我的罪有啥相干呢？”我打断他的话，“我是包办婚姻，婚姻法上规定过的不合理婚姻。我在师范进修时，你完全了解情况，你当时也支持我离婚……”

“情况在不断地发展变化嘛！”刘建国说，“同志们现在认为你不仅政治上反动，生活作风也有问题，看来任何事情都不是孤立的。生活作风的腐化，必然导致政治上的……你应该在明天‘交红心’时，深刻地挖一挖思想根子……”

“怎么能说成生活作风腐化呢？”我说，“田芳，我和她的关系好，可俺们没有……越轨的行为。再说，田芳也是贫农的女儿，她怎么会将我腐化了！我搞不清了。”

“你不了解她。”刘建国说，“这个人，有很多优点，也比较轻浮。她向我……我拒绝了！后来，在她入团时，我到她村里去了解情况，党支部介绍说，她爸旧社会在西安混荡，收拾下一个没来历的女人，有人说是……窑子！”

我的天哪！田芳的母亲有人说是窑子，田芳被刘建国看成了轻浮的女子，于是就将我腐化成反党的右派了！难道就是要我明天在“交红心”会上这样去揭根子吗？我忽然记起，田芳当着我的面，焚烧刘建国的第五封求爱信的情景，谁更可靠呢？

刘建国走了以后，我再次插上门，掀开墨盒，拿起毛笔。坚决割断和田芳的关系，越早越快越好。我无出头之日的指望，田芳不能真的等我一辈子。我知道，任何劝解她的道理都无济于事，只会招来她对我的更深的依恋。必须找到最狠毒的恶言秽语，骂她一个狗血喷头，才能遏止她朝我跳动的心。我找不出这样一个词来，我想给她安一个不好的毛病也找不到。我忽然想到刘建国刚才的话，只有他才能想到的话，此刻帮了我的忙。我咬着牙，大约把嘴唇都咬破了，血滴在信纸上，却没有感觉到疼痛，信纸上留下一行罪恶的墨迹：

“你妈是个窑姐，你把资产阶级思想传给我，将我腐化了……”

第二天，在又一次“交红心”会上，我只是机械地重复着一句话：“我没有红心。我是颗黑心，反党的狼心狗肺，请大家批判……”我成了一节没有知觉的木桩，任凭四方的污言秽语朝我脸上泼来，而于心不惊了。

这天晚上，我用一条捆书的细绳合了几股，使它可以负起我的重量，接上了房梁，在我把头伸进去的时候，心里竟是安详的。当田芳接到我的信时，也许同时就听到了我的死讯，她会憎恨我，憎恨我，比恋着我好，于她也好。

我没有死。当我恢复知觉时，才知道把我从另一个世界拉回这一个世界的人，竟然又是刘建国。他是一个细心的人，成熟的人，早已看出我“神色反常”，悄悄地防着我了。我不想感激这位救命恩人，倒憎恶他了。

死讯惊动了几十里外的父亲，他惊慌失措地赶到牛王砭小学里来了，一来，先抽了我两个耳光……

这下该信我的话了

父亲推开门，在门口站住了。

我正坐在桌前，抬起头，看见父亲苍白的鬓发，惊急气恨的眼色，就慌忙站起来，去找椅子。我的房子，变成学校的小库房了。办公桌上堆满一摞摞教案本和剩下的课本，垒着粉笔盒子，墙角堆着一把稻黍笤帚和葛藤编成的簸箕，地上放着两只木箱，装着篮球、杠铃、跳绳一类体育用具，那把椅子上，也搁着前几天刚购置的羽毛球拍和跳棋盒儿。整个小房子里，只有我栖身的一块窄窄的床和一把坏腿椅子闲着。我想把那稍好点的椅子腾出来，刚走出一步，父亲的巴掌就抽到我的脸上了——

“啪！啪！”连续两下。

父亲第三次举起巴掌的时候，被陪着他走进门来的刘建国校长拉住了。他按着父亲的肩膀，使盛怒的父亲在那把坏腿儿椅子上坐下。他说了一席安慰父亲也安慰我的话，就走出门去了。

我在凌乱得像个狗窝的床铺边坐着，垂下头，挨过抽打的脸颊烧辣辣的。我没有料到父亲会以耳光和我见面，却也没有惊慌失措。我第一眼看见他从门口走进来，真慌乱得不知如何是好，该怎么向他说明白我的处境，这一切的由来？他的两巴掌打过之后，我的心反倒安静了，不必再向他作任何解释了。我的父亲，在我的记忆中，很少对我表示过亲昵，微笑都稀少得像旱季的雨星儿，更没有通常家庭里父子间的嘻嘻哈哈了。然而他也没有动过拳脚，没有像一般粗庄稼汉和儿女们亲近时没大没小，生气时又动手动脚，骂出一串串秽言污语。他不苟言笑，也不打骂，常是冷着脸教给我怎么说话和待人。今天，他抽我耳光了，两下。

我坐着，低垂着脑袋，我成了右派，成了打杂的工友，我刚刚被旁人从房梁上的绳套里救下来……我开不得口。父亲也没有开口。我能听见他很粗的喘气声。

父亲端坐在椅子上，没有问我为啥上吊，也没有劝解，用压抑着的口气说：“你把我写给你的那两个字拿出来。”

慎独！我到师范学校去进修的前一晚，临行时父亲写下的嘱言，我后来当作可笑的废物焚烧了。现在想到这个嘱言，我的心猛然一震，更加抬不起头来，就支吾说：“毕业时……弄丢了……”

“丢了！哼！丢了！”父亲悻悻地自问自答，“这下你该明白那两个字的意思了！”

我早就明白那两字的意思，要谨慎，尤其是单身独处时，一切都要慎重，时时刻刻都要谨慎从事，包括言，也包括行。我的名字是父亲给起的，慎行就是这意思；我弟弟的名字也是父亲给起的，叫慎言，还是这意思。我在进入师范学校进修以后，父亲自幼给我心理上设起的防护堤，被新的生活的浪潮一截一截冲垮了。我既不慎言，也不慎行了。老师和同学们都说我从封建桎梏下脱胎成一个活泼泼的新人了。现在，父亲以毫不疑惑的语气说的话，证明了他的正确和我的失败。叫我想，他此刻有更多的话可以说了。譬如说，如果在说话时慎重地考虑一番，什么话该说，什么话不该说，那么今天就不会是这样的局面了。如果在决定给新任的刘校长提意见之前，慎重地考虑一下这种行动的不好的后果，那么，今天也就不会落入这种尴尬的局面。如果……那么……父亲完全可以以胜利者的姿态教训我：如果把我的话在心里稍微当一点子事儿，那么也就不会自寻苦吃了。我想，父亲一定想这样说，也完全可以这样说，可他没有这样说，只是问他写下的“慎独”的嘱言，让我自己去想想。

“病从口入，祸从口出。”父亲沉吟着，“谁都明白这道理，谁也难身体力行。图得一时馋嘴而染病，图得一时畅快而招祸……”

我心里痛苦极了，自从遭祸以来，我耳朵里灌进的全是严厉的批判反驳的正言义辞，没有一个人解析我提意见的真实动机。现在，父亲用他的处世哲学来替我刨根溯源时，我仍然不能服气，心里有一个可怜的声音在叫着“冤枉”。我对父亲说：“‘鸣放’会上，县长，教育局长，都到会上来作报告，动员我们要‘大鸣大放’，说‘帮助党整风’‘是每个党员和干部的革命责任心强不强的大问题’。我是人民教员，革命干部，又是预备党员，怎能不听党的话呢？我……”我又说不清了。

“我一辈子只求自己善处独身，不问人过。”父亲说，“我管不了别人，哪怕男盗女娼，我也无力管约。我只求自己做一个正人君子……”

“党章上批评的就是这样的思想。”我不能同意父亲的话，抱屈地说，“党要求每个党员要开展积极的思想斗争，不能只是洁身自好，我是预备党员，我听党的话……”

“这个话你该问自己，怎么回事？”父亲并不觉得我有什么委屈，反而直挖我的心底，“我不是预备党员，不懂党的规矩；你是，你也懂，你说为啥？”

我说不清为啥。我虔诚地拥护“大鸣大放”和“反右派斗争”，却没有想到自己会是一个右派。我自己成了右派，也没有丝毫的异议怀疑反右派斗争的偏颇。这样，我处于痛苦之中。即使处于痛苦之中，也不能重新接受早已听得心烦耳腻的父亲的处世哲学，那已经从我心里被荡除出去的陈腐发霉的东西了。但是，不管造成我的这种结局和处境的原因如何解释，而结论却正好证明了父亲的正确。

“我也不想再说这事了，说也迟了，无用了，于事无补了。”父亲此刻平静下来，一种世故的平静，“我想过了，君子不吃后悔药。你也甭太难过。不能做先生，那就当农夫。回乡务农，自食其力。‘人到无求品自高’哇！”

我苦笑一下，告诉他，新社会的人民教师，是有组织性的，不像旧社会做私塾先生，愿意受聘即去，不愿受聘就不干，一切要听从教育局的调拨安排。

“那么，现在安排你做什么事？”

“打铃，扫地……”

“打铃扫地就打铃扫地，总没判你死刑吧？”父亲倒显得不大在乎，“你愿意打铃扫地就在学校打铃扫地，不愿意打铃扫地了回家去务农。你要再想死，先给我招呼一声，让我跟你娘先死，你把俩老人埋葬了，再死不迟。让我跟你娘给你抬棺下葬，你良心上能过得去？”

我的心里阵阵发酸，终于忍不住，哭出声来。我们父子间平时很少这类骨肉情长的交谈。我看见了他的白发，他的苍老的脸，虽然像过去一样严峻而死板，毕竟因为垂暮的神色令我醒悟出自己的家庭责任了。我真想放声痛哭一场，无遮无掩，痛痛快快地放开喉咙大哭一场。

“我没有力气来搬你的尸首了。”父亲淌着泪，却说着这样凄惨绝情的话，“我也不会让杨徐村的乡亲来搬尸。你日后怎样活人，自己想想吧！我的话你不听，‘子大不由父’，我也管不上了！”

他要走，我也没有实心挽留。我在学校的这种低下的处境，他也没有脸面再待下去。我送他走上那条爬上东塬的官路时，看着他拄着一根粗劣的手杖——实际是一根树枝——缓缓走去的步态，我可怜起他来了，狠狠地捶打自己的胸脯。我落到一种怎样的地步？学校里把我当作不忠诚分子，父亲也把我当作叛逆者，我算一个什么东西呢？

晚饭以后，校园里呈现出一种松懈下来的恬静的气氛，教师们有的提着水壶，懒洋洋地迈着步子到水房里去打水，或泡茶喝，或羼成温水擦身，再不像上课时那匆匆急急的样子了。有的教师在槐树底下下象棋，有的在井台上洗衣服，谁的舒悦的笛声在一排排教室之间缭绕。我关好开水炉，就提上铁锨和扫帚去打扫厕所，这是清除师生们排泄物的最佳时间。

“徐慎行，你出来——”

天哪！田芳在喊我！我手中正在便池里掏挖的铁锨掉

在地上，眼前一黑，我差点跌到屎尿池子里去了。我跌靠倒在墙上，那炸雷一样轰击我耳膜的余音还在回荡，心儿慌乱不止，我几乎被震昏了。

“徐慎行，你出来——”

我无处躲，又无处逃，从再次响起的声音判断，她就堵在男厕所的门口。我自发出那封臭骂她的信以后，就没有再想过还会和她相见，偶然的相遇也许不能排除，有意找我的事，大大出乎我的意料，我捂着良心和为人的道德，向她脸上泼去了多么脏的东西！我无脸见她，也不想再做解释。我要她永远恨我，甚至鄙视我，都比依恋我更好……我惶惶然从厕所门里走出来，做好了挨耳光的精神准备。

我一走出厕所门，就看见一双被愤怒的火燃烧得痛苦不堪的眼睛，我立即低下头，再不敢看了。她在看见我的最初一瞬，身子微微颤抖了一下。不容我多想，我就听见一声吓人的呵斥：

“我要批判你！到这边来——”

她的非常举动使我忐忑不安，她要批判我？我当了右派也有一段时间了，她现在才想起来要批判我？我机械地走到那个小花坛前头，随她站住了。这是学校里最显眼的地方，房檐下的墙壁上挂着一只大钟，下面写着四个仿宋红字：按时到校。有几个教师站在远处看着。

“徐慎行，你身为人民教师、预备党员，恶毒反党，攻击社会主义，我坚决要批判你——”

她站在那里——离我有两米远的地方，一本正经地对我进行面对面的批判。我垂下手，低着头，不做任何表示。我听见从两边纷沓而来的脚步声，好多教师围过来看热闹了。

“你想自绝于人民，愚蠢透顶！党和人民花了多大代价培养了你，你不知向人民向党报答恩情，反而反党、自杀，你的良心何在？”

我的心在颤抖，头上冒出汗来，这些司空见惯的批判语言，今天由她亲口说出来，我痛苦极了，惭愧极了！周围已经围了许多教师，凡是闻听到消息的人，都来看热闹了。我不知道校长刘建国在不在场，我没有抬头的勇气。

“你不服气吗？说你反党，你不服气，用自杀来威胁别人，谁吃你那一套！你要明白，党不是抽象的存在，在学校，代表党的就是校长，你恶毒攻击校长，就是反党——”

“田芳，你啥时间来的？”我听见刘建国校长的声音，稍抬一下头，就看见他走到田芳跟前，一副老同学间热诚的口气，“你胡来啥哩！走，快到我房子里坐……”

“我是专门来批判他的坏思想的。”田芳说，“我和你是老同学，和他也是老同学。他和你分配在牛王砭小学，不协助你好好工作，反而攻击党！我看哪，他这个家伙纯粹是想往上爬！借着整党之机，攻击你，自己再爬得高些……”

我的天哪！我想爬高吗？我想借着整风弄倒别人自己往上爬吗？我明白我有许多毛病，却还没有如此恶劣！

“唔！ 你的心情可以理解……”刘建国说。

“你多虚伪啊！”田芳指着我说，不听刘建国的劝解，而且气更足了，“我们同学两年，我怎么当时就没有发觉呢？你假装积极，实际是想往上爬，不惜攻击同志和领导，踏着别人爬上去，你多虚伪啊！ 你……速成二班出了你这个右派伪君子，是全班同学的耻辱……”

“行啦行啦！ 田芳——”我听见刘建国的声音，似乎有点尴尬，不自然，“走吧走吧！ 到我房子里坐坐——”

“我要赶回学校去，没时间坐了。”田芳说，“我以速成二班同学的名义警告你，老老实实交代，老老实实改造，老老实实做人！ 历史从来不包庇虚伪的人……”

她走了。 我听见她的脚步声朝门口走去，才敢抬起头来，她又回过头，给刘建国说：“我一有空儿，就来批判他！”说罢，昂起头，走出学校大门去了。

我一回头，看见刘建国有点发黄的脸色，眼里罩着一层憎恨的气色，气呼呼地走了。 那些围观的教师，有的莫名其妙，有的在神秘地交头接耳，不光是在嘲笑我吧？

我又走回男厕所，抓过锨把儿，心里猛然豁朗，似乎此刻才完全醒悟，她是在旁敲侧击，痛骂的并不是我。 骂我批判我，用不上伪君子这个名词。 对这个名词更敏感的人，应该是他——刘建国校长。 我竟然有一种从未有过的痛快，好像我骂了我想骂的人一样解气、痛快。 我的胳膊上陡然涨起力气来，戳得那装着屎尿的便池“哐啷哐啷”响……

大约过了十天，她又来了，故技重演。这次她来时，我正在房子里躺着。她在门外叫我的名字，大喊大叫要我“接受批判”。我慌忙跑出来，又站到挂钟下的小花园旁边。她又把我狠狠地批判一番，痛骂一番，挖苦讽刺，比第一次更尖酸了。我低着头，听着她的连挖苦带损的话，心里舒服极了。

刘建国这回也不客气了：“你不能随便来批判人呀！要批也得通过组织……”

“我一看见这个虚伪的家伙，眼都黑了！连组织手续也忘了……对不起！”

她走了，没有去刘建国的房子办组织手续，也没有进我的房子，竟自走了。

她又来了两次，几乎所有教师都知道她举动中的真实含义，刘建国也更是恼恨。这样下去，又怎么办呢？她第五次来的时候，我在房子里听见她叫我的声音，便从后窗跳出去，逃走了。

她再没有来。

自觉进入

我收到田芳一封信。她只字不提她几次赶到牛王砭小学来批判我的事，既不解释这种举动的真实动机，也不询问后来产生的效果，纯粹是对于我的那封恶毒地骂她的信的答复。

她在信中说，如果不是信的末尾附着我的名字，她会百分之百地判断成刘建国写的呢！在她拒绝了刘建国的求爱以后，刘建国就说过一句类似的话。狐狸吃不着葡萄，就说葡萄是酸的，甚至说葡萄的祖宗更酸。她不和我计较，是因为她认为那恶毒的信并非我的真心……

我实在忍受不了这种感情的折磨。我应该立即奔到她的面前，跪下，说明我的真心，让她抽我，打我。我抓着信纸，贴在脸上，像贴着她的手，饮泣不止。我流够了眼泪，冷静一点之后，就给她写回信了。

我写道，我仍然坚持前信的看法，解释也没用。而且宣布，从今往后，我再也不写回信，不看来信，接到即投之以炬；我再不和她见面，一切都到此为止……

不要骂我心硬吧！我成了什么人？简直不是人了呀！我怎么能牵连着她跟着我受苦？只有用最冷酷的斧头砍断两人的纽带，除此无法使她和我的心分开。我只能这样做。

她又来过几封信，我咬着牙扔进烧水的炉膛里，连拆也不拆开。她后来又找过我两次，我仍是从后窗逃避了……我相信我的举动是为着她好。

她到牛王砭小学来批判我的行动，完全撕开了我和刘建国之间的那一层老同学的关系。即使我当了右派，刘建国表面上仍然是关心我的，他说，要不是他关照，我不会定为“中右”，早该定成右派，发落到农场去劳改了。他说，他并不在意我当众说他“好大喜功”的话，只是我的话说得不是时候，在右派猖狂向党进攻的时候，我的话正投合了右派的需要，性质上就变成右派反党大合唱的一个音符了，并不是对他刘建国本人的威信有何伤害……我最初相信这些话，也相信刘建国，即使我当了右派，我也相信他说的主要是在非常的背景下说了不合适的话。现在，自从田芳来过几次以后，刘建国再也不对我说什么了，他冷着面孔在院子里喊：“怎么搞的，院子脏成这样？”那无疑是在大庭广众中谴责我没有尽到扫地的义务。

他对我给他每天送水再也不觉得不好意思，甚至连头也不从报纸上抬起来。

每月一次的改造汇报，他都亲自主持，在全体教师面前，我把自己骂一通，让教师们再批判。尽管我觉得那些污水脏物是自己吐到自个儿脸上的，教师中有几位总是还嫌我吐得少。刘建国过去还要肯定我一点进步，越到后来，反倒一丁点儿也不肯定了，总是强调我思想深处的东西尚没有触动。我已经从记不清多少次的改造检查中得出一个结论，真诚的检讨和应付差事的检讨得到的实际效果是一样的。你真诚地批判自己，他说你没有“触动思想根子”；你应付差事地乱骂自己一通，他照样说你没有“触动思想深处的肮脏东西”。我索性不再伤脑筋了，居然也能做到面对众人检讨时“脸不改色心不跳”了。

我烧水，打铃，扫地，打扫厕所，替炊事员杨师傅烧火、择菜、洗锅刷碗。我与任何人也不主动说话，而当别人问我一句话时，我竟然感到一种荣幸，似乎我的身价也提高了。久而久之，我完全接受了“右派”的既成事实，自己也没有一丝信心把自己当人看了。过去，有的学生骂我一声“右派”，我心里忐忑一下，现在已经于心不惊了，甚至莫名其妙地对喊着“右派”的学生笑一笑，讨好似的笑一笑。

和我接触得最多的是炊事员杨师傅。本来，帮他添煤看火，洗锅刷碗，是我为了表示改造的诚意而主动承担的额外的事，时日一长，他倒把我当成半个炊事员了。活儿稍一紧，他就叫我，甚至骂骂咧咧地在院子里喊：“徐慎行，你狗日的钻到老鼠窟窿去了吗？火灭球咧！”或者是：“徐右派！没水咧！你不绞水，挠球去啦吗？”我一听见他的喊声，就去烧火，就去井台上绞水。我也不恼，也不说明我正在忙着其他活儿，好像我真的躲到老鼠洞里偷闲，或者是在做下流的事——挠球去了。

他也有对我好的时候，那往往是他受了校长的批评的时候，就会对我十分诚恳，把两倍于定量的饭菜塞到我面前，赌气地说：“吃！不吃白不吃！你不吃，指望刘建国那个杂种说你的好话吗？妄想！甭那么不顾死活地干！你指望刘建国给你说好话，摘帽子吗？妄想！那个杂种没有人的心肝！狼心狗肺！你怕他，我不怕他……”

他有时对我又十分恶劣，那往往是他受了刘校长表扬的时候，就会对我瞪起三棱子眼睛：“你狗日的一天磨磨蹭蹭的，不好好改造，你死到阴司也不是个好鬼！ 人家刘校长跟你是同班同学，瞧人家而今在啥位位上敬着？ 你而今在啥洞儿里蜷着？ 共产党是人民的大救星，你敢反党，真没看出，你后脑勺上长了一根反骨……”

然而更多的是他既没受到刘建国的批评也没受到表扬的时间，他就一边揉着面团，一边斜着眼儿，说着损我的话。他一个人做饭，许是太寂寞，教师们一般不屑于和他有过多的交往——没有共同的语言，他于是就把我当作开心的对象：“徐慎行，听说你的本事很大的咧！ 能写能画，吹拉弹唱，是个全才咧！ 听说你能倒背《论语》，学问深沉咧！你没事干了，挠挠球去嘛！ 怎么就要长嘴长舌地提意见？这下倒好！ 放着人民教师的位位不能坐，跟我这号下苦人烧锅燎灶，侍候人家。 本来该着我这号受苦人侍候你哩！”

他有时又显出很下流的样子：“你这家伙艳福不小哩！那个装模作样来批判你的女先生，长得多疼人哪！ 听说你跟她念书时，‘咕咚’在一搭？ 嗨！ 你说实话，你跟她×来没有！ 哈呵！ 甭脸红哇！ 只要摸她一把奶，死了也值了！”

我要是不能忍受而抽身走掉，他就会大喊大叫：“这贼驴日的右派又钻到哪儿去了？ 不看看火都灭咧！ 真是顽固……”

我索性不说话。 无论他骂，他损，我都权当是狗放屁。我最怯火的，是他到刘校长面前对我的揭发。 刘校长经常通过他了解我的言行。 祸从口出，我记下了这个千古名言。

时日一长，我甚至能对着他骂我损我的脸孔傻傻地笑笑，讨好地笑笑。

我的妻子的变化更富于戏剧性。

我自那年暑假成了右派，就没有回家去过。我怕见父亲，怕见杨徐村的父老兄弟，尤其怕见我的妻子淑娥。我不知该怎么办，和田芳断绝了，我更愿意孤身独处。在这种情况下，我觉得最难处理的关系是她。离婚吧，我正是政治上遭难的时候；回去与她凑合着过吧，我心里觉得自己太下贱了，连个人味儿也没有了。

寒假里，我没处去了，想在学校待着，刘建国安排了轮流护校的人员，居然没有我，更不容许我整个假期都待在学校了。他不放心我，怕我纵火或爆炸吧？我在寒冷的腊月里，回到了有点陌生的家乡杨徐村。

村子里的临着街巷的墙壁上，有用白灰刷写的大幅标语："社会主义好""保卫社会主义江山，反击右派进攻"。我几乎再不敢东张西望，低着头溜进了自家的门楼。

我踏进院子，听见小灶房里有"啪嗒啪嗒"的风箱声。我的妻子淑娥大约听见脚步响，从小灶房里探出头，看见我，站直了身子，问："你找谁？"

她装作不认识我了。我也不知该怎么对付这种局面，避开她的恶恨的眼光，径直往里走。

"噢！这是有名有望的徐老先生的好儿子呀！我这笨人笨眼，倒认不得了！"她在灶房门口拍打着手，拍打着膝盖，大吁小叹，揶揄着说，“听说你干阔了，从左派升成右派了！真气魄呀！给徐家争下光了！”

我的心像是给扎了一锥子，疼得几乎窒息了。我走进自己的住房，瘫痪似的跌坐在椅子上，脑子里麻木了。

她又赶进房里来，手叉在腰里，站在门口，嘲弄地撇着厚厚的嘴唇：“你怎么一个人回来了？你的白毛女呢？那个野婆娘呢？”

“你……”我的血一下子冲到脑顶，忽地站起，拳头捶在桌子上，“你再……胡说一句？！”

“在我面前凶，算啥本事？”她根本不怕，反而挺挺腰，“有本事在学校里发凶去！”

我想到我在学校的屈辱，顿然软了，坐了下来。

“你的右派，也不是我给定的，在我跟前凶啥呀！”她得势了，“你压迫了我成十年，欺侮了我成十年，我低声下气跟你快十年了！够了！你而今落下个大右派，跑回老窝儿来了，要是不当右派，你还是钻在野窝儿不回来……”

“那……”我说，“你也用不着这样。你不愿意了，随你的便！”

“离婚！”她随口说，“我找个农民，他也不弹嫌我人丑没文化。我早受够了，离……”

“好，既然离婚，再甭说了。”我说，“明天去办手续，各走各的。”

“谁不离就不是娘养的！”她跳起来，更加不可抑制，

“我现在就去社主任那儿开介绍信！”

她走出门去了。

屋子里很静。父母亲不知做啥去了，屋里没人，我一个人坐在屋子里，开始抱怨父亲，如果当初不是他用剃头刀威胁，何至于此！这个张淑娥，过去像个绵软的蛾子，总是怯怯地看我，从来也没有高声说过一句气话，开口总是叫我“先生”，像旧戏里的侍女一样低声下气地服侍我。现在，她变成一只凶恶的黑蛾了！扑棱着翅膀，大喊大叫着要和我离婚，从门口沿着街巷喊过去了！我想，这下子，杨徐村人都知道我们的家丑了。

父亲和母亲走进院子，脸色惊恐，问了我和她闹仗的原因，哀叹一声，也不再说谁是谁非，只是母亲连连挥手：“快去快去！把她拉回来。让她在街道里大喊大叫，打粪场上的人跟戏台下一样，真是丢尽人了……”

直到天黑，母亲也没能把她拉回来。她在粪场喊，说她坚决要离婚，随之又赶到社主任家，哭一阵子喊一阵子，说要是社主任不给她开离婚介绍信，她就不回家……

连续三天，她从早骂到晚，到社主任家要离婚介绍信。我的父亲是个好面皮的人，这下气得躺下了，茶饭不进。母亲跟前撵后，给儿媳妇说好话，劝解，急得都哭了，仍然不济事。俩老人惊叹：怎么也想不到腼腼腆腆的淑娥，一眨眼变成羞耻不顾的母老虎了。唉唉！

最后只得由我出面，去给社主任说话。我说了话，他才给她开了介绍信。

第二天一早，她洗脸梳头，催我到县法院去离婚。我心里冷冷地跟她上了路。

走进县城，走过一家饭馆，她说："给我买饭，我饿了！"

我忽然有点难受，可怜起她来了。她跟我结婚成十年了，这是第一次进饭馆吃饭。我忽然觉得我过去对她太……我买好饭，要了几个小饭馆里最好的菜，从窗口取出来，放到桌子上。她倒神气，右腿压着左腿，二郎担山坐在桌旁，等着我端来菜又端来米饭，像是报复似的瞅着我：你来服侍一回我吧！

"给我取盐来！"她支使我。

我从另一张桌子上取来盐碟儿，给她。

吃罢饭，她率先走出去，我在后面跟着。走到县百货公司跟前，她走进去了，站在柜台前，对售货员说："取一双雨鞋。"她试试大小，然后对我说："开钱！"我连忙给售货员开了钱，心里不由得又酸酸地像潮起醋了——这是我跟她结婚以来第一次亲手给她买东西。

"走，你领路。"她出得门来，精神抖擞，"你认得法院的路。"

我走到法院门口，回头一看，不见她的影子。她大约是第一次进县城，该不是在大十字路口走错路了吧？我慌忙去找，跑遍了县城的东关西关，又跑了南关和北关，没见她的踪影。从午间找到午后，我的两腿酸困，只好往回走。走过十里平川，路经一条小河的时候，我在桥头上看见她冻得发紫的脸。

“你……”我站在她跟前，气呼呼地说不出话，“你……怎么在这儿？”

她缓缓地站起来：“我在这儿等你。”

我看见她的脸色不好，说话也柔气儿了，忙问：“你不是要我跟你到法院吗？”

“到法院做啥？”她装傻卖呆。

“离婚呀！”我说。

“离婚？我才不干那号傻事！”她说，“我要叫杨徐人都知道，我也敢离婚！这几年你要跟我离婚，女人们都下眼看我，说男人不要我了。现时，我也不要男人了！其实，我哪能真真儿去离婚哩！”

我一下子瘫坐在河边的枯草地上，她在村子大叫大喊，到社主任家大哭大闹，原来是为了挽回她的可怜的面子啊！

她哭了，用袖子揩揩眼泪，一甩头，就踏上了木板搭成的独木桥。

我从干枯的草地上站起，走过去，踏上小桥。冬日惨淡的夕阳的红光，在蓝色的河水里投下淡淡的血红……

我的那间小房子

牛王砭小学坐落在一道砭坡下，门前是一条小河，砭坡上排列着大大小小几十个村庄。缓坡上是纵横摆列着的极不规则的田地。陡坡上生长着一岁一枯荣的杂草酸枣棵子。那些随处可见的红石子堆砌的峁坎，一年四季都裸露着干燥的红色，令人看了难受。村庄周围那些低洼的土层厚而水分足的地方，一团团桃杏的花云，象征着这贫瘠砭坡地带四季中最轻松活泼的季节，冬天里有大雪降落的日子，这砭坡也会呈现出刚柔互济的气魄。顶入不得眼的是夏末秋初，一场旷日持久的干旱，把坡地上的草木渴死了，干枯了，树木早早落了叶子，玉米苗儿尚未抽出缨花来，就拔掉喂牛了。整个山坡上，像火烧火燎过一样，看去使人难受。

只有学校门前的这条河川，一年四季里都使人能感受到大自然的美的韵味。即使在干旱炙烤得砭坡上到处冒烟起火的焦灼时节，河川里也生机盎然。

一条条自流灌渠，把河水曲曲折折地引进玉米地、棉花田和瓜园里。一架架黄牛或青骡拉着的叮当叮当响着的解放式水车，把清凉的地下水车上来，灌进刚刚显旱的田地。

我常常打开后窗，坐在我的小房子里，看砭坡和河川四季景色的自然转换。

学校坐南向北，三排土木结构的房舍，用木椽裹打起来的黄土围墙上，春天有小草小蒿冒出来，入夏稍遇干旱，便率先枯死。校园里有粗大的洋槐，阴凉极厚，春五月的洋槐花香透校园的每一个角落，晚饭后常有教师在树荫下品茶或下棋。三排房舍，教室与教室之间夹着教师的寝室兼办公室，因为房舍欠少，皆是三人或四人一室，一人一张床，一张办公桌，中间只留一个走道出入。似乎没有谁嫌太挤，条件限制，只能如此。只有校长刘建国一人一室，因为是一校之长，负有某些秘密的工作责任的需要，大家也没有异议，也更不会说成特殊化。

我最初在后排的一间房子，因为是小学高年级的班主任，所以稍为优待，三人一室。初年级的老师和任科老师，一般是四人聚居。自从我当了右派以后，就搬出了那个三人一室的办公室，颇有点依依不舍。三人虽然拥挤点儿，因为脾气相投，处得挺和睦，早晨不怕睡过头，晚上熄灯后可以聊天听闲话，从来不觉得孤寂。

学校的东边，有一排坐东向西的小房子，不做教室，只让人住的小房间。南头两间是灶房，接住两间是水房，第五间就是我后来搬入的房子。第六间是原来的工友韩民民的住房，他因为我的替代而升为事务员了。最后一间是炊事员的住屋。

韩民民是从农村招聘的工友，只在扫盲班里粗识一些常用字，会拨算盘珠儿，人却极灵聪。除了打铃搞卫生，因为上级没有拨调专职事务员，每逢开学结业的大忙日子，常是韩民民帮助买课本以及教案、粉笔、墨水一类杂物。他最喜欢的是替校长刘建国传达开会或什么临时通知，到各个房子去说一遍。小伙子年轻，有点爱面子，常在上衣口袋里插两根钢笔，小分头，用水抿得熨熨帖帖，努力要把自己提高到一个教员的规格，而不至使人觉得他不过是勤杂工。我的落难，使他得到了做梦也想不到的天赐良机。我来打铃、烧水、扫地之后，他就成为专职事务员了。他住在隔壁，杂物却依旧堆在我住的房子里，不腾不挪，每逢给教员发教案、粉笔和笤帚，就到我住的房子里来拿。令我感到安慰的是，他尚相信我这个右派不会破坏公物，也不担心我偷盗。

“徐慎行——”他过去一直称我徐老师，说不上尊敬，这是学校里教师之间的习惯称呼。现在他直呼其名了，我也能想得通，“我在供销社把炭买好了，你去拉回来，这是票据。我还要去……”要去办的事自然很多，他很忙。

我就拉起那辆学校里甚为宝贵的架子车，从牛王砭供销社把炭拉回来。

每一次我做改造汇报的时候，第一个站起来说我交代不彻底的总是韩民民。他说某日某次我的铃儿晚打了整整一分钟，又说某日我打扫过的厕所里把脏物遗在了站台上，还有某一回的开水没有足滚。他是看见刘校长把鸡蛋冲成了一碗糊汤得到反证的，因为足滚的开水冲出的鸡蛋是呈絮状的。他的揭发往往使刘建国显出不耐烦，大约是他的讨好太显露，又在众人面前，而且讨好讨不到点上。不管怎样，我也无法记清某日某次的铃儿是否准时，水是不是足开，厕所里是否遗落下脏物，我都一律做出诚恳接受的姿态：我一定改正，欢迎大家监督……

出门干活，闭门思过，谁的房子我也不想去，怕因此而玷污别人，于自己也惹是生非。我关住门，躺在窄窄的床铺上，看吊着蛛网的顶棚，看房子里堆得满满的杂物，废弃的粗壮的麻拧的井绳，破了口的蔫瘪的篮球，散了架的克郎球盘，缺杆少珠儿的毛算盘，都从墙壁上、地角里、桌子下朝我瞪着可笑的眼睛。我初来时的寂寞，而今觉得这堆积有用和无用物品的小库房，是我借以安身立命的最恬静的角落了。

如果韩民民推门进来取什么东西，我立即从床上翻起来，站到地上，等着他取到东西走出门去，我再闭上门。他进这间小房，从来也不打招呼，推门而入，端直而出，如入无人之境，我也不觉得他对我有什么不恭。我有一条理由可以排解这种疑惑：房子本来就是韩民民的库房，他进自己的库房，自然不必敲门或打招呼这一套麻烦手续了。

我躺在床铺上，不由得思索回味我的父亲给我起下的这个名字：慎行。由此又联想到弟弟的名字慎言，以及父亲临别时嘱咐我的座右铭：慎独。言语和行为，在一个人单身独处的时候，应该慎而又慎，就是这个意思。这个意思，我只有现在才体味到它的颠扑不破的正确性。回想在师范学校的生活，我真有点不敢相信自己，我多么轻狂啊！想唱就唱，想说就说，想玩就玩个痛快，简直跟疯了一样啊！ 如果我当时起码在心里给父亲的嘱言保留下一个小小的角落，在“鸣放”会上有一点警策的作用，我就对自己的言论谨慎了，就不至于说出刘建国“好大喜功”的意见来，就不会有今天的这种蹲不下又站不直的难受处境了。

我如果彻底被打成右派，不是“中右”，跟右派们一起劳改，也许猪崽不笑老鸦黑了。 唯其因为我是“中右”，比右派在性质上有轻重的差别，倒成了糟事，把我继续留在学校使用，改造，生活在许多好人中间，我就愈加顾影自怜了。 我的体会是，站不直也蹲不下的这种屈腿弯腰的姿势，比站着或蹲着都更难忍受，大约是人的姿势中最难耐久的一种姿势了。

我再不能不慎言慎行了。

我取出笔和墨盒，墨盒干涸了，毛笔也干涸了，用水泡一泡。 我找到一块书页大小的硬纸，蘸了墨，写下了对自己的警告：慎独。 我把它贴在床头，使我无论坐着或躺着都能看到。 我感到了内心的惶恐，绝对需要这样一张护身护心的神符来佑护我，再甭出乱子。

过后两天，刘建国走进我的房子，一来就瞪着两只煞有介事的眼睛，在我桌边的墙上逡巡，而终于停在床头的墙上。 他严肃地看一阵子，并不是欣赏我的书法，转过身说：“这个东西给我。”他未经我应诺，已经从墙上撕下来了，一句话也未说，径自走出门去。

当天晚上，临时召开教师会，提前让我作改造汇报。没有人对我的汇报感兴趣，对“慎独”两字的批判一下子就成为会议的中心主题。我预知，会议之前，教员们早已得到批判的目标了。其余人的分析可以略去，刘建国的分析是校长的水平，自然高了一筹，深了一层——“‘慎’什么‘独’？你的错误难道是不‘慎’的结果吗？如果不从思想根源、阶级立场上彻底改造，怎么‘慎’得住呢？这种封建修养的方法，怎么能救得了你的反动灵魂呢？”

我的头上冒汗了。这些尖锐深刻的批判，使我连喘气的力气都没有。我回到屋里，躺在床上，我父亲尊为至明的处世哲学，也不管用了，我想钻在这张护身符下求得安宁，反而招灾惹祸了，怎样才能拯救我的小命？

我清楚记得，这张座右铭贴上床头后，只有韩民民来过我的房子，一定是他报告了。为了这个座右铭，我整整交代了三个晚上……

三四年过去了。

我被通知说，可以任课，按教师对待了。

我竟然感动得热泪盈眶。

不过，半月没过，我就陷入自身的烦恼。为了体现按教师对待的精神，我被从那间小库房调出来，插入一个二人居住的教师宿舍。学校里增添了一些房舍，教员住得稍松了。我在这个宿舍里不仅黑天睡不着，白天也不自在。我总是处于一种高度的紧张状态，惶惶不可终日。莫名其妙地对人家笑，对同宿舍的老师或到这个宿舍来的老师说下的话，一律说："对对对！"其实许多话我根本就没听清内容，嘴里却不由自主地"对对对"地应诺着，惹得大伙发笑。我越发窘了，也越发紧张了。

我去上课，突然觉得我不会说话了。我的脑子里的语言仓库全部关闭了，一个词儿也拿不出来，而且十分紧张。尽管我教的是地理课，也不敢讲，急得头上冒汗，只会照课本往下念，学生已经乱得像一窝雀儿了。

一按教师对待，我就要参加许多会议，这是更难受的时刻。往常，我是右派，一月里做一次改造汇报，坐在一个偏僻的角落。现在，和别人坐得近了，我很紧张；坐得远了，又显出我不太合群，会议室没有我坐的座位了。尤其是非做不可的表态性发言，我未说先流汗，总怕说错了什么……

我向校长赵永华提出要求：让我做事务工作，让我再回到我的那间兼作库房的小房子。我再三解释，不是使性儿，也不是有什么不满意见，而是事务工作更适宜于我干，保证干好。

刘建国在一年多以前，调到县文教局当人事干部去了。赵永华调来也一年多了，我很少跟他有什么接触，只是偶尔听见韩民民在炊事员杨师傅跟前嘟嘟哝哝新校长的什么话，我就觉得他可能在赵永华跟前不如在刘建国手下感到畅快如意。赵永华听了我的要求，很随便地说："你如果觉得事务工作更合适，你就干，别人还看不上这工作哩！"他告诉我，正好韩民民要调走，到县文教局的物资供应点上去，学校正好缺事务员。

一经赵永华允诺，我当下就把被卷行李搬回了我的那间小库房卧室。一躺下来，我闭上眼睛，浑身都舒适了。我忽然想到了蜗牛，蜗牛钻在它的壳里一定很舒适。要是打碎螺壳，把它牵出来，它可就活不了啦。我刚搬进这小库房时，感到压抑，感到杂乱，感到孤寂，总想到和高年级那两位教师同居一室的愉快时光。久而久之，我像蜗牛一样适应了螺壳，蜷缩在螺壳式的小库房里才舒服，到别的房子里反而觉得活不了啦！

我去买煤，买了煤就亲自拉回来，绝不让从生产队里雇来的校工小朱干这些。我常常抢在小朱前一步打了铃，打罢又向小朱道歉，全是我过去打铃打下习惯了。尽管如此，我觉得十分满意，我虽不代课，却是事务员，事务员也是教职工，和教师一般对待。

有一件事伤了我的心。

大伙都去县上听报告，赵永华让我看门。看门其实正合我的心愿，我怕开会，怕在会上遇见熟人，更怕遇见速成二班的老同学，尤其是怕碰见田芳。可是那天晚上，大伙听完报告回来，我才知道，会上有一个震动全国人民的消息，说我们国家发现了一个“大庆油田”。教师们为猜测这个油田的具体地址而争论不休，谁也说不服谁。我后来才知道，这样重要的报告，上级规定有几种人不能听，以免给帝修反泄密。我自然属于那几种不准听的人中的一种。

我暗暗警告自己，老老实实蜷在螺壳里吧！甭张狂，还是没有资格和一般教师同样对待哩！还要——慎独！哦！

故园，故园

徐慎行同学：

定于本月二十日上午在母校举行学友聚会,请您拨冗参加。

专此

致礼

速成二班

1980.8.12

我的手颤抖着，泪水模糊了眼睛，擦一擦，又涌流出来了。速成二班……速成二班……我的那个速成二班啊！像一道急骤的电闪的亮光，把我尘封的脑壳炸乱了，把我的心彻底搅翻了。

多么遥远而又亲切的记忆——速成二班！速成二班——多么温暖而又自由的天地！我的心里一闪出这个名称，几乎承受不下它带进我霉腐的心室里的清新温润的春风，要昏厥了。

田芳，一想到速成二班，第一个蹦到我面前的就是田芳。那个白毛女，那个从我身上揭掉了蓝袍礼帽的田芳，她肯定要参加这个老同学的聚会的。缺了她，该会多么令人扫兴。不会缺她的，我安慰自己，甚至猜度这个别出心裁的聚会就是她出的点子呢。

八月二十日，一年中极其普通的一天，不是新年佳节，也不是纪念性节日，我渴盼这一天的到来，比小时候盼望过年的心情还要焦急。

微明中，牛王砭小镇掠过凉飕飕的晨风。我乘头班公共汽车进了县城，又换乘去山门镇的公共汽车，终于站在师范学校的门口了。

校史悠久的师范学校已经改为师范专科学校，属于大专建制了。砖拱木顶门楼变成了四方水泥立柱的钢条大门，从大门通到教学区和宿舍楼的窄窄的砖铺甬道，已经改换成水泥路面了。迎面是一幢三层教学大楼，外观十分漂亮，原先的一排排平房大多已拆除。二十五年的时间，毕竟使我感到了惊奇的变化。

树杈上挂着一块硬纸板，画着一个箭头，把聚会的地点指向后操场。暑假里没有学生，路道上和花坛里，落着一层树叶，有点荒凉和空寂，而我的心仍然止不住激动起来了。

操场的围墙根，高大的洋槐树组成一道屏障，在草地上投下浓密的阴凉，这是我们亲手栽植的，栽时不过酒杯那么细，而今已经桶粗了。草地上，站着或坐着一堆人，在聊着天。我走到跟前，听见有人在叫我的名字，有几个人跑上来，握手，搂肩……老天爷，一个个全都变成老汉老婆了!

我止不住热泪滚滚，和伸到我面前的一双双手紧紧握着，看着一张张皱皱巴巴的脸，我无法与印象中的那些青春焕发的脸膛联系起来，流逝的岁月给我心里留下的巨大的差异无法弥合，他们的心里也是这样感受这四分之一世纪的时间差的吧? 我从他们一个个瞧着我的惊异的眼神里看得出来:你怎么老成这样子了? 哈呀! 瞧你，秃顶多厉害!

我握住了一双手，心里一震，那双细软的手也在用劲儿握着我的手。我相信，闭上眼睛，我也会准确地判断出田芳的手来，她的眼角有细密的几缕纹络，鬓角有几丝银白，而那双眼睛，似乎还是二十五年前的那双眼睛。当我们的眼光相碰的一瞬，我的心似乎一下子沉下去了，脑子里也中止了一切思维。我没有向她问好。她也没有问我好。我们竟然相对无言，默默地呆站着，手却握得粘在一起了。

我和她在草地上坐下。几位同学围住我，问我错划的右派改正了没有，问我的孩子的安置状况，我也很关心他们的工作和家庭。田芳坐在我旁边，她什么也不问。我也没有问她，丈夫在哪儿工作，几个孩子，工作或是上学。我不问不是因为我了解，其实我什么也不知底儿，不知底儿也不想知底儿。

“你……身体……好吧?”我终于问。

“还好。”她笑笑，“你也……好吧?”

我点点头，又流泪了。

录音机在播放着优雅的舞曲，篮球队队长何长海已经和一位老太婆——二婶的饰演者跳起舞来，又有三五对儿舞伴也跳起来了。田芳对我说："咱们跳跳吧？"

我有点慌乱，连忙摇头摆手。

有几个同学在吆喊，催促我和田芳上场，他们或多或少知道我和田芳的遭遇，催促的意思是很明显的。我涨红了脸，对田芳说："你跟他们跳吧，我上不了场了！"

田芳跳起来，和另一同学跳起来了。我坐在草地上，点燃一支烟，看田芳踏着舞步。

有人又出新点子，让大家每人出一个节目，或唱或说，或演或变魔术，谁也不得脱空儿。

有人提议，让田芳演唱《白毛女》。她不客气，跳起来，也不扭捏，有点遗憾地说："就我一个人唱？"

我这才想到，饰演大春的刘建国没有来。他没有来，也没有谁提及，我也不想在这个场合提到这个人。这个饰演正面角色的人啊，在生活中几十年来也一直是正面角色，而大伙现在谁也不想问他为什么不来。饰演杨白劳的人已经进入另一个世界，听说在七八年前患下了肺癌。大伙也不愿意提及他，因为太令人伤感了。于是，有人提出，让我和田芳演唱《扎红头绳》一节。我又惶恐万分，连连摇手，多少年来，我连话都说不顺口了，岂能唱歌？

"唱吧？"田芳看着我说，"你太拘束了。"

我摇摇头，又摆摆手。

田芳无奈了，也不勉强，就唱了一段。唱完，她又走回来，坐在我的旁边，说："你太拘谨了！拘谨得……叫我又想到'蓝袍先生'！"

我的心里一悸。我身上的蓝袍早已脱掉了，而我的心哪，又被蓝袍罩得死死的了。我苦笑一下，说不出话。

有人在接着唱，有人即兴赋诗吟诵。有人说幽默笑话。有人耍小魔术变戏法。喊啊笑啊，气氛热烈极了。轮到我，我什么也拿不出来。有人出恶招："什么也不会，那就学熊猫在地上打个滚好了！"

我窘迫得六神无主。田芳也笑着，随口说："讲句笑话吧！你真的连一句笑话也不会讲？"她提醒了我，急迫中，我首先想到了《老和尚与小和尚》的笑话故事，那是我在刚到师范学校来的头一晚，在集体宿舍里听到的……我刚讲完，有人在哄笑中大喊：

"让老和尚永远寿终正寝！"

"小和尚们，去和'魔鬼'拥抱哇！"

…………

有几位同学尚未赶来，野炊午餐还得再等一会儿。我已得知，午餐是大伙随意带来的罐头、面包、点心、饮料和各种水果。我是空手来的，想到山门镇上去买点礼物，田芳就和我散步同去了。

我和她走进校园，不约而同地走到速成二班的教室前，那里的平房虽然没有拆除，也已经隔间垒墙，分为三室，变成教师宿舍了。门口垒着蜂窝儿煤，火炉上蹲着小锅，“吱吱”响，我默默地瞅着这座房子的窗户，又想流泪。我的神经变得如此脆弱，简直不能抑制情绪了。

田芳敲响了一间房子的门板。

门开了，一位年轻白净的小伙儿站在门口。

“这儿……原来是我们的教室。”田芳说，“我们想进去再看看……打搅您了。”

那青年初听时有点惊诧，随之就点头笑了，爽快地邀我们进屋。

我随着主人走进门。屋里一张双人床，一张双人沙发，靠墙的地方支一张桌子，桌上摆着钟表、花瓶、电视机。一个披着长发的女子从沙发上站起，礼让我们坐下。

“我们俩的那张课桌，大约就在这个位置上吧！”田芳站在那张桌子旁，回过头来问我。

“唔……就在那儿！”我应了一声。

“你过来……坐坐……”田芳说着，把一把椅子挪好，自己坐在靠墙的位置上，“让我们再回味一下……当年的学生生活……”

我走到桌前，在椅子上坐下了。我坐得端端正正，仰起头来，却看不到黑板，墙上挂着几张笔迹欠火候的条幅。我的胳臂肘碰到田芳的胳臂肘了。我不由得回过头，看到了她注满泪花的眼睛，从遥远的天空传来了一声声动人心魄的声音——

……你为啥不跟我说话？

……你的字儿写得多好呀！

我们静静地坐了一会儿，站起来，向男女主人歉意地笑笑，就走出这间屋子。

“再不会重返……当年的情景了！”我说。

“梦……二十五年……”田芳摇摇头。

我和她踏着走道上的落叶，走出校门，进入山门镇街道了。街道依旧狭窄，沿街的破旧的木房子有的拆除了，竖起一座高楼，鹤立鸡群似的。走到一家服装店门口，我和她都停住脚。现在，无论如何比当时那个一间门面、一个裁缝师傅、一台缝纫机的小裁缝铺气派得多了。

田芳拉着我，到这个小店里来，把那件蓝袍脱下来，由裁缝师傅改成了列宁装。我穿上列宁式新装，戴上了八角帽，路也不会走了，八字步全乱了套。田芳和我走着，看着我的样子直笑。她说：“跳起来吧！蹦啊！你敢不敢？”我跳起来了，蹦起来了，街巷里的行人把我当疯子看，我也不管，只觉得我轻松了，自由了，再也不能按八字步迈步了，蹦蹦跳跳起来了……

“你现在又拘谨起来。”田芳瞅着我说，“使我又想起你穿着蓝袍时的样子……”

我悲哀地叹口气，说不出话。

“你现在还敢蹦起来不敢？”她笑着问。

我惶惶然连忙摇头。

她没有使我为难，朝前街走去。

我和田芳再回到操场草地上的时候，聚会的主持人宣布午餐开始，各式罐头打开了，糕点包子解开了，酒瓶盖子被咬开了。一切可以临时盛酒的瓶盖、水杯全都注上了酒，一齐举起来：速成二班万岁！

主持者向大家宣布了一个数字：

师范速成二班：四十一名学生。死亡四人，其中一人死于“文革”武斗，三人死于疾病。现在本地区工作三十人，另七人随家调外省或外地。聚会通知了三十人，实到二十九人，其中三人抱病赶来。

唯一的缺席者：刘建国。

谁也没问刘建国为什么不来。

主持者在大伙的静默中提议：为死去的四位同学祭酒。

清凌凌的酒液泼在草地上，散发出一股清香。

主持者又进行下一项动议：向县委提出一项意见，请领导人把刘建国从教育局调开，随便调到县委所属的任何一个部门去，只要不在教育系统就行。他现在还在任教育局副局长，有他在那个位位上，我们会觉得心里不舒服。就是这一条要求。至于全县的中小学教师有多少人被他整了，不必计算，应该向前看，不究前账。但请把他调开，让教员们再不要听见他的令人讨厌的声音……

鼓掌。呼叫。一个个全都签上了名字。

我捉着笔的手在发抖，终于写上了我的名字。二十五年来，我第一次向这个老同学表示了愤怒……

咒符

一觉醒来，老鼠在顶棚上奔马。

一只老鼠跑起来，像野马驰过草原；一群老鼠奔跑起来，追逐起来，拼杀撕咬，就像万马奔腾。

我刚刚从梦里醒来，一身虚汗，月亮照在南窗的窗格上，屋里静得可以听见窗外大地的呼吸，老鼠的追逐和嘶叫把一切都破坏得淋漓尽致。

我在黑暗中摸到烟，摸到火柴，火柴划着的一瞬，顶棚上的老鼠收敛了。我抽着烟，闭眼躺着，等待天明……

我的问题被改正以后，孩子顶替我去工作了，女儿早已出嫁，屋里只剩下我和老伴。老伴早已不再称我为先生，看我也不再是怯怯的神色。她手叉在粗壮的腰里，指挥我去种地，干一切过去由她自觉承揽的家务，初时有报复的意味，后来就成了习惯。

“你一天唉声叹气做啥？”她问我，“想那个野婆娘了吗？”

我说我背着右派的包袱，叹气成了习惯。

“右派怕啥？只要给工资，啥球派还不是一样叫！”她不在乎地说，“我看当个右派倒不错，你变得规矩了，再不敢跟野……”

我不能发火。 我要是一张口分辩，她会大喊大叫，故意让左邻右舍都听见。

“你去洗衣服吧。”她吩咐我，“我腰疼了。”

农村里，男人洗衣服的习惯还不普遍，我抱着衣服走向井台的时候，男人女人都在拿眼睛瞟我。 我硬着头皮也就过去了。

“你来擀面吧。”她说。

我学会了做饭。

我明白，她不光是为了享受，其实她倒不是懒女人。 她要我洗衣，要我做饭，就会在村人尤其是女人伙儿里提高她的身份，她觉得过去的状况太叫别人瞧不起她了。

我退休回家之后，她也变得好起来了：“咱俩种那二亩地，够吃了。 你领下的退休钱，够花了。 只要你再不想野……我好好待你，咱欢欢乐乐过到死……”

说下这话一年，她突然死了，跌了一跤，心肌梗死。

我一个人躺在这个祖传的屋子里的炕上，听老鼠奔马。

别人给我介绍下一个女人。 连子女都反对，说我快六十岁的人了，难道连面子也不顾了？ 娃他舅更是怒气冲天，说我败坏了徐家读书识礼的门风……

我的老姐和小妹子看我生活艰难，劝我的儿子和女儿，加上你给我大女儿做工作，总算勉强同意了。

我的这件事，按说该办成了。 可是，事到临头，要我办这事的时候，我又动摇了。 你问为啥？ 我也说不清……我总觉得我还在牛王砭小学那间小库房里蜷着。那间小库房，容不得旁人进去，打破里面凝结的空气。同样，我也在离开那个小库房以外的其他地方，感到了不自在。尽管我退休回到家里，我的心，似乎还在那个小库房里蜷曲着，无法舒展了。田芳能够把我的蓝袍揭掉，现在却无法把我蜷曲的脊骨捋抚舒展……

我送我的启蒙先生到山坡下。

春风吹绿了河川，也吹绿了塬坡，又是杏花纷谢桃花呈艳的阳春三月。坡地上的麦苗绿色葱郁，塄坎上的杂草蓬蓬勃勃，只有沟壁间的断崖的红石土色，显露着黄土高原地区残破丑陋的面貌。

他朝坡上走去，回他的塬上那个杨徐村去了。他的背脊弓起来，一步一踩，缓缓地沿着蜿蜒的坡间小路走上去。

我的心似乎也被什么东西箍住了。

1985 年 8 月至 11 月草改于西安东郊

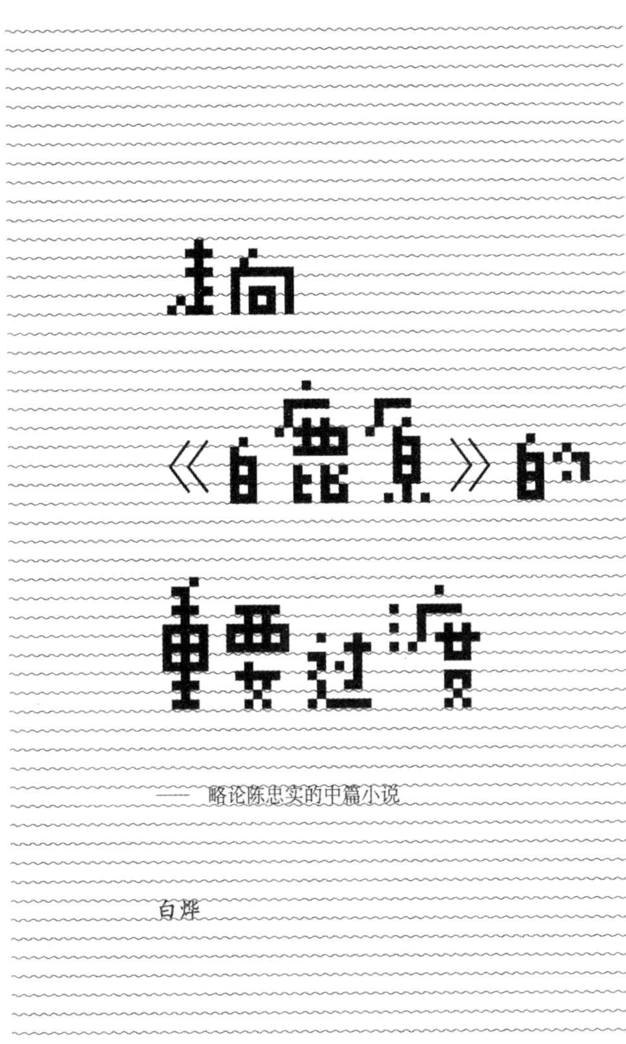
走向
《白鹿原》的
重要过渡
—— 略论陈忠实的中篇小说
白烨

从陈忠实自认为1965年发表散文处女作《夜过流沙沟》（有专家认为陈忠实的处女作应是发表于1958年的诗歌《钢、粮颂》）起，到1992年完成长篇小说《白鹿原》，这中间间隔了整整二十七年。这二十七年，从社会生活看，他走过了“十七年”“文革”和“新时期”，经历了当代中国社会前所少有的剧烈变动与巨大转型；从文学创作看，无论是早期的诗歌、散文写作，还是之后的短篇小说创作，在顺应时势变异的追求中着力显现个人的切实感受，尽力跟上生活的脚步与时代的潮流，大概是陈忠实这一时期生活与创作的基本路数。

粉碎“四人帮”之后的新时期，对于许多作家都具有至关重要的意义。对于陈忠实而言，也是意义非凡。他在这一时期接续上被中断了的文学创作，也在这一时期走出了长期束裹自己的写作桎梏，还在这一时期实现了从观念到写法的逐步蜕变，最终摸索到新的创作路向，写出了堪称经典之作的《白鹿原》，走向了他小说创作的制高点。这样的过程是如何漫长，这样的蜕变是如何艰难，陈忠实在《寻找属于自己的句子——〈白鹿原〉创作手记》里，都有精要的叙说与细致的自述。可以说，那是思潮的激荡带来观念的冲撞，观念的冲撞带来精神的涅槃，精神的涅槃带来写作的新变。

从一个时期活跃不羁又茫无头绪的状况，到不懈不怠地寻找“属于自己的句子”，最终进入长篇小说《白鹿原》的写作，蕴含了多个方面的因素，也涉及了从写作到阅读，从吸收到借鉴，从思索到反省的诸多环节，但最为重要也较为直接的，是在中篇小说写作中的寻索与实践，经由中篇小说的写作磨炼，陈忠实不仅在艺术上演练了一些写法，积累了一些经验，特别是由“写什么”与“怎么写”的内在结合上，把握更长的历史阶段，负载更大的生活容量，凝结更深的人生思考，都有坚实的进取与明显的长进，使他在文学目标上距离《白鹿原》更近了，写作实力上也大为增强了，这就为《白鹿原》的写作打下了坚实的基础，提供了坚定的自信。

1981 年到 1985 年，陈忠实把时间与精力主要集中于中篇小说的创作，先后创作了《初夏》《康家小院》《梆子老太》《蓝袍先生》。之后，还有《十八岁的哥哥》《四妹子》《夭折》《最后一次收获》《地窖》等相继问世。这些作品的写作，一次有一次的进取，一作有一作的风貌，这在他的小说创作上，是一段集中的历练，也是一个必要的蓄势。近十个中篇小说中，前边提到的四部作品都有不同程度的突破，在陈忠实的中篇小说创作上，更具分量，也更为重要。

最早着手写作的中篇小说《初夏》，因为要“用较大的篇幅来概括我所经过的和正在经历着的农村生活”（陈忠实《关于中篇小说〈初夏〉的通信》），写得艰难而辛苦，甚至接近于难产。从 1981 年完成初稿，到 1983 年最终定稿，用去了约三年的时间。这不只是因为初写中篇，文体尚不熟练，而在于他想由这部中篇的写作，超越写短篇的自己。作品描写父亲冯京藩通过“走后门”让儿子进城当司机，而儿子冯马驹却放弃进城的机会回村办厂，带领大家“共同富裕”。在父与子的观念冲突中，一方面鞭挞小农意识和个人主义，一方面歌吟变革精神和集体主义，是作品显而易见的价值取向。这个作品与陈忠实之前的短篇小说的相似之处，是镜头依然瞄准当下农村的现实状况，写两代人的思想分野与观念冲突，不同之处则在于，不同观念的两代人，在人物形象的刻画中更注重心理世界的挖掘，先进者与落后者，都因精神世界的充分展示，显得既形象生动，又性格饱满。

同一时期写作的中篇小说《康家小院》，在康勤娃与吴玉贤因包办成婚而缺少爱恋的故事里，先由康勤娃的木讷与吴玉贤的伶俐，在难得和谐中渐生嫌隙，后又因吴玉贤受来村扫盲的杨老师的吸引动心又动情，遂使偷情导致的离婚闹剧愈演愈烈，而当吴玉贤终于鼓起勇气找到杨老师去表白心迹时，杨老师一句“我只是玩玩”的回答使她如五雷轰顶，一心只想死去的她在回家途中遇到众人在极力搭救的同样绝望的康勤娃，使她在震惊中开始了悔悟。小说在吴玉贤与康勤娃都不满意的爱情生活和难以改变的婚姻现状里，透视的是乡村男女被限定的人生压抑与命运悲剧。由《初夏》和《康家小院》来看，可以说，在初期的中篇小说创作中，陈忠实试图走出短篇小说创作中故事较为单一、人物基本正面的局限，力求在观念冲突中，描绘出性格复杂的人物形象与曲折跌宕的悲剧命运。但严格检视起来，虽然场面大了，故事长了，却因为视野的不够开阔，手法不够灵动，过于执着于生活事象本身，使得作品黏地性过强，想象力不足，在“写什么”与“怎么写”两方面，都未能真正实现创作上的更大突破。

明显地表现出较大突破倾向的作品，是中篇小说《梆子老太》。这个写于1984年的中篇小说，不仅时间跨度拉大到了解放前后，而且人物命运始终与历史演进相互交织。小说中的主人公黄桂英，因为脸形狭长被人戏称为“梆子老太”，她因不能生育而嫉妒有儿女的人，因自己生活拮据而妒忌家境稍好的人，由此成了人人避之不及的“万人嫌”。但她对别人的“窥视”，对他人的妒言，反倒在极左思潮主导的政治运动中成了“有觉悟”的表现，因此还当上了村里的贫协主任，登上了政治舞台，到处呼风唤雨。由她出面所作的外调证言，使得一些在外公干的当事人都遭到了不当处理，返乡当了农民。而在极左政治被纠正，社会生活回归正常后，梆子老太不仅不能适应，而且很不理解，觉得自己一直听着领导的话，跟着形势走，怎么就全错了？在梆子老太去世之后，全村人以拒绝出面抬埋的方式，表达了他们对梆子老太的深深厌恶。作品在引人的故事中，深含了醒人的题旨。作者在梆子老太因极左政治起势又因政治变化失势的命运悲剧中，渗透的是对社会与人相互改变的后果的历史反思，包孕的是对政治与人相互利用的遗患的深刻批判，个人的小悲剧里又套着一个社会的大悲剧。可以看出，在《梆子老太》的写作里，陈忠实对于人的命运的省思更为冷峻，对于社会生活的思考更为深邃，与他过去比较偏向于莺歌燕舞看生活的写作，拉开了一定的距离。

《梆子老太》之后，陈忠实给人们带来更大的惊喜，这就是 1985 年写作的中篇小说《蓝袍先生》。关于《蓝袍先生》，陈忠实在《寻找属于自己的句子——〈白鹿原〉创作手记》里曾说道："至今确凿无疑地记得，是中篇小说《蓝袍先生》的写作，引发出长篇小说《白鹿原》的写作欲念的。"《蓝袍先生》这部作品，跟我也有过一定的缘分，那就是作品即将在当时陕西的大型文学杂志《文学家》发表时，时任主编陈泽顺给我寄来刊物排出的陈忠实新完成的《蓝袍先生》的校样，要我赶写一篇作品评论，以便在同期刊出。我看了作品，先是意外，后是震惊。作品里的"蓝袍先生"徐慎行，为遵从"读耕传家"的家训，做一个继承父业的"人师"，从小便遏抑着活泼的天性，后又被配以丑妻以绝色念，成年之后迎来全国解放，人民当家做主的新时代，人民教师的新职业，使徐慎行看到了过去人生的封闭与褊狭，终于脱掉身上的蓝袍长衫，过起正常人的自由生活。但好景不长，“反右派斗争”时因给校长提意见，刚入教师行列的徐慎行被打成了右派。从此，他从谨言慎行到唯唯诺诺，如此这般地从拘束的青年熬到凄凉的中年，又步入孤寂的老年。“文革”之后，社会拨乱反正了，徐慎行的右派也被改正了，他可以脱下“蓝袍”自由参加活动了，但却无法把他蜷曲的脊骨捋抚舒展。我被作品的故事感染了，更被一个反差巨大的数字震惊了，那就是活了六十岁的徐慎行，只过了二十天舒心展眉的自由生活。我随即赶写了一篇文章，题目就命名为《人生的压抑与人性的解放——读陈忠实的〈蓝袍先生〉》。当时有关人性、人道主义的讨论方兴未艾，处于这种争论热潮之中的我，选取了人性、人道的角度来解读作品，在当时也属顺理成章，这也在一定程度上抓住了作品的要害。我在文章中写道：“六十岁与二十天，多么巨大的反差，多么悬殊的对比。因与长时间的失常生活过于不成比例，那二十天的自由生活，如同一场稍纵即逝的梦，是那样的甜美，又是那样的虚幻。”我还在评论文章里肯定了陈忠实在作品里所表现出来的可喜的突破与超越：“由《蓝袍先生》可以看出，忠实创作思想中悲剧意识的成分在扩伸，在强化，这是一个很重要也很可贵的进展。”

今天回过头重读《蓝袍先生》，并把它放在陈忠实小说创作的总脉络里看，这部作品远非人性、人道的角度可以说清和道尽，作品在徐慎行的背时遭际与坎坷命运里，有着诸多丰富而深厚的内涵，其中的一些元素与意味，都与长篇小说《白鹿原》有着一定的内在关联，这都可以进而佐证陈忠实自己对《蓝袍先生》“引发”了《白鹿原》写作的说法。

陈忠实在《寻找属于自己的句子——〈白鹿原〉创作手记》里谈到《蓝袍先生》“引发”长篇小说《白鹿原》的创作时，这样告诉人们：“在作为小说主要人物蓝袍先生出台亮相的千把字序幕之后，我的笔刚刚触及他生存的古老的南塬，尤其是当笔尖撞开徐家镌刻着‘耕读传家’的青砖门楼下的两扇黑漆木门的时候，我的心里瞬间发生了一阵惊悚的战栗，那是一方幽深难透的宅第。也就在这一瞬，我的生活记忆的门板也同时打开，连我自己都惊讶有这样丰厚的尚未触摸过的库存。徐家砖门楼里的宅院，和我陈旧又生动的记忆若叠若离，我那时就顿生遗憾，构思里已经成形的蓝袍先生，基本用不上这个宅第和我记忆仓库里的大多数存货，需要一部较大规模的小说充分展示这个青砖门楼里的几代人的生活故事……长篇小说创作的欲念，竟然在这种不经意的状态下发生了。”

由这段回忆文字可以看出，《蓝袍先生》写到的徐慎行的家门、家世与家风，触发了作者深藏已久的有关关中乡土的历史记忆与生活积累，那就是以儒家传统为主导的家族文化，在乡土社会的根深蒂固和长期运行，以及由此造成置身其中的人们在人生追求和生存想往上的坎坷与艰难，乃至对个人性格的磨损，对人生命运的限定。这由具体细节触碰出的时代变迁中的家族故事，陈忠实此后还经历了县志调阅，家谱研读，人物踏访，以及在艺术上寻找相应的表现方式等具体环节，才开始成形并进入写作，但由徐家“这个宅第”打开“记忆仓库”却是必经的要道。事实上，它不只是打开了作者的“记忆仓库”，它还把作者的写作导向了最能表现乡土社会底蕴的家族文化，以及在家族文化的背景与场景下刻画中国农人命运的艺术高地。

从《蓝袍先生》到《白鹿原》的持续探索与不断寻找，陈忠实找到了“属于自己的句子”，写出了堪为“民族秘史”的杰作。这给了人们不少有益的启示，其中最为重要的一点是，小说写作要扎根于现实社会的土壤，植根于民族文化的沃土。小说创作是虚构的艺术，此言不虚。但这种虚构既非闭门造车式的凭空臆想，也非天马行空般的胡思乱想。这种虚构与想象，它应该有所依托，有所附着，这就是与作家相随相伴的现实社会与历史时代。而小说创作，一定是作家对自己置身的社会有话要说，对自己所属的时代有感而发，从而使自己看取的生活和构筑的故事，既成为一个有意义的艺术探求的文本，也成为一份有价值的“历史的摘要”（泰纳语）。正是在这个意义上，别林斯基告诉人们：“没有一个诗人能够由于自身和依赖自身而伟大，他既不能依赖于自己的痛苦，也不能依赖于自己的幸福；任何伟大的诗人之所以伟大，正因为他的痛苦和幸福深深扎根于社会和历史的土壤里，他从而成为社会、时代，以及人类的代表和喉舌。”陈忠实在小说创作上，就是奔着这样的目标一直向前，循着这样的路数去努力探求，这是陈忠实写作出《白鹿原》的诀窍所在，也是他留给当代文坛的重要经验。

2017 年 12 月 12 日于北京朝内

图书在版编目(CIP)数据

蓝袍先生/陈忠实著；白烨主编. --郑州：河南文艺出版社，2019.5（2023.3 重印）
（百年中篇小说名家经典／何向阳总主编）
ISBN 978-7-5559-0785-5

Ⅰ.①蓝… Ⅱ.①陈…②白… Ⅲ.①中篇小说-小说集-中国-当代 Ⅳ.①I247.5

中国版本图书馆 CIP 数据核字(2018)第 279512 号

丛书策划 陈 杰 杨彦玲
本书策划 俞 芸 责任校对 丁淑芳
责任编辑 俞 芸 书籍设计 刘运来
丛书统筹 李亚楠 责任印制 陈少强

蓝袍先生
Lanpao Xiansheng

出版发行 河南文艺出版社
本社地址 郑州市郑东新区祥盛街 27 号 C 座 5 楼
邮政编码 450018
承印单位 河南省四合印务有限公司
经销单位 新华书店
开 本 787 毫米 × 1092 毫米 1/32
印 张 9
字 数 170 000
版 次 2019 年 5 月第 1 版
印 次 2023 年 3 月第 2 次印刷
定 价 32.00 元

印厂地址 焦作市武陟县詹店镇詹店新区西部工业区凯雪路中段
邮政编码 454950 电话 0391-8373957